ROMANCES SANS PAROLES
suivi de
CELLULAIREMENT

Paru dans Le Livre de Poche :

FÊTES GALANTES – LA BONNE CHANSON
précédé de
AMIES
POÈMES SATURNIENS

Collection dirigée par Michel Zink et Michel Jarrety

PAUL VERLAINE

Romances sans paroles

suivi de

Cellulairement

ÉDITION CRITIQUE ÉTABLIE, ANNOTÉE ET PRÉSENTÉE
PAR OLIVIER BIVORT

LE LIVRE DE POCHE
classique

Olivier Bivort est l'auteur d'un volume consacré à *Verlaine* dans la collection « Mémoire de la critique » (Presses de l'Université de Paris-Sorbonne). Il a édité *Les Amies, Fêtes galantes* et *La Bonne Chanson* au Livre de Poche et prépare une bibliographie de Verlaine à paraître aux éditions Memini, pour la *Bibliographie des écrivains français*. Il enseigne à l'Université de Trieste.

INTRODUCTION

Les derniers vers de « Colloque sentimental », le poème qui termine les *Fêtes galantes*, laissaient s'effacer dans le soir les mots des amants fatigués de s'aimer : des paroles jamais sues, parce que jamais écrites, suspendues, comme évanouies :

> *Tels ils marchaient dans les avoines folles,*
> *Et la nuit seule entendit leurs paroles.*

Il y a un lien qui unit les *Fêtes galantes* aux *Romances sans paroles*, par-delà *La Bonne Chanson*, à travers ce non-dit, ce retrait de la parole. Le titre du recueil de 1874 apparaît d'ailleurs dans celui de 1869, sous la forme d'un vers, au début de « À Clymène », avant que Verlaine ne le reprenne en mai 1872, mais au singulier, pour intituler la future pièce d'ouverture des *Romances sans paroles*. De 1869 à 1872, le poète a jeté bas le masque de la comédie : sa poésie s'est simplifiée et elle s'est dégagée de l'emprise culturelle qui la maintenait dans l'histoire. Revenue au lyrisme et à la subjectivité, elle s'est aussi fragilisée. Les neuf « Ariettes oubliées » qui ouvrent les *Romances sans paroles* sont à tous égards des poèmes d'une délicatesse extrême. Le monde qu'ils représentent est près de se désagréger, les situations qu'ils évoquent sont sur le point de disparaître et le moi n'y est pas plus stable que l'environnement dans lequel il évolue : constamment en retrait, spectateur de ses propres transformations, il se laisse submerger sans réagir par les émotions qu'il éprouve. Sa passivité l'expose, son indolence le rend vulnérable. La langueur, le désarroi et la tristesse l'envahissent alors sans raison, venus d'un ailleurs qu'il ne contrôle pas et qu'il se refuse à comprendre. Muet, « sans paroles », il subit une lente infusion de l'espace et du temps qui finissent par le priver de ses forces. Mais peut-on concevoir une poésie bâtie sur une telle recherche de la faiblesse et de l'abandon ? Elle nécessite d'abord un état de réceptivité, atteint ici par ces mouvements hypnotiques que sont le balancement et le tournoiement, ou encore par l'attente et la contemplation des phénomènes, parfois poursuivie jusqu'à l'extase. Elle fait surtout appel à de nombreux procédés. Les *Romances sans paroles* développent une rhétorique de la mélancolie construite sur l'indétermination, l'interrogation et la répétition, pratiquée dans des phrases qui s'étirent jusqu'à perdre peu à peu leur consistance, laissant derrière elles les dernières syllabes d'un écho qui se meurt. La simplicité et la naïveté sont parmi les registres qui leur donnent ce ton si particulier et si neuf qui les distingue des précédents recueils de Verlaine. La douceur du chant qui en émane naît de l'habileté du poète à manier la métrique et à travailler la prosodie. Or ces techniques dépendent en grande partie des modèles et des genres auxquels Verlaine a choisi de se rapporter.

De la musique avant toute chose

Contrairement à la tradition des *lieder*, les *Romances sans paroles* de Félix Mendelssohn-Bartholdy, courtes pièces pour piano publiées entre 1830 et 1845, n'étaient pas chantées, alors que la romance est traditionnellement une chanson à couplets avec refrain. Légère ou naïve, souvent écrite sur des thèmes sentimentaux ou mélancoliques, la romance vient du fonds populaire de la littérature médiévale, où elle a illustré les amours et les gestes de personnages historiques et légendaires ; le genre s'est épanoui au XVIIIe siècle et un grand nombre de pièces écrites à cette époque comme *Il pleut, il pleut bergère*,

Au clair de la lune, Plaisir d'amour ne dure qu'un moment, sont toujours connues aujourd'hui. Elle fut encore en vogue sous le Directoire et pendant la première moitié du XIXᵉ siècle : c'est à l'époque romantique qu'elle est entrée en littérature, à l'instar des ballades et des chansons. Rares sont les poètes de ce temps qui ne s'y soient essayés, de Musset à Gautier, de Hugo à Marceline Desbordes-Valmore ; mais si Musset regrettait encore, dans *Rolla*, le « temps où nos vieilles romances / Ouvraient leurs ailes d'or vers leur monde enchanté » et si Nerval rappelle à Daphné, dans *Les Chimères*, la nostalgie d'« une ancienne romance », « cette chanson d'amour qui toujours recommence », le genre s'essouffle dans la seconde moitié du siècle, devenu représentatif d'un passé révolu et suranné. Gustave Vapereau, dans les années quatre-vingt, observe que si « un des caractères de la poésie de romance est de faire une place excessive au sentiment, ou plutôt à la sentimentalité, la fadeur, la langueur, une religiosité de salon sont [aussi] ses écueils »[1].

Or voilà qu'un poète d'une génération nouvelle, Verlaine, n'hésite pas à relever cette tradition désuète et va jusqu'à reprendre son titre à l'œuvre d'un musicien mort quelque vingt-cinq ans auparavant[2]. Il est vrai qu'il avait commencé par donner ce titre à un poème et à l'accorder à une section de son livre, avant de l'appliquer au recueil : pratique courante qu'il avait déjà éprouvée dans les *Fêtes galantes*, titre, à l'origine, du poème d'ouverture, devenu par la suite « Clair de lune ». Il est vrai aussi que ces mêmes *Fêtes galantes*, qui pouvaient passer au premier abord pour un ensemble de pièces légères dans le goût du XVIIIᵉ siècle, témoignent en réalité d'une conscience particulièrement aiguë de la modernité.

---

1. *Dictionnaire universel des littératures*, Hachette, 2ᵉ éd., 1884, p. 1759.   **2.** D'autres poètes avaient déjà exploité le titre de Mendelssohn, *Romances sans paroles*, avant Verlaine, mais sans jamais faire l'impasse sur les « paroles » : ainsi Ernest Prarond et ses *Paroles sans musiques* (1855) ou Jean Caselli [Henri Cazalis, l'ami intime de Mallarmé] et ses *Romances sans musiques dans le mode mineur* (poèmes en prose recueillis dans *Vita tristis*, 1865).

Le sous-titre de la première section des *Romances sans paroles*, *Ariettes oubliées*, est presque un écho du titre. L'ariette est « un air léger et court qui se chante avec paroles et accompagnements » dit Littré, ajoutant que « les vaudevilles se sont nommés longtemps et se nomment encore comédies à ariettes » tandis que Larousse précise, dans son *Grand Dictionnaire universel du XIXe siècle*, que l'ariette est « aujourd'hui passée de mode ». Une des pièces de cette section (la cinquième) s'intitulait déjà « Ariette » en juin 1872 et Verlaine a choisi d'étendre le titre à la série entière ; enfin *Ariettes oubliées* est un emprunt — et un hommage indirect — à Rimbaud : c'est lui qui a utilisé cette expression dans une lettre que nous avons perdue, mais dont nous possédons la réponse. « C'est charmant, l'*Ariette oubliée*, paroles et musique ! Je me la suis fait déchiffrer et chanter ! Merci de ce délicat envoi ! » lui écrivait Verlaine, qui ajoutait, dans la marge : « Parle-moi de Favart, en effet »[1]. Or l'épigraphe de la première « ariette oubliée » vient de Favart et reporte deux vers tirés d'une ariette d'un de ses opéras-comiques, *Ninette à la cour, ou le Caprice amoureux* : « Le vent dans la plaine / Suspend son haleine ». Il est probable qu'il s'agit de l'« ariette oubliée » dont parlait Rimbaud et qu'il avait envoyée à son ami : en 1872, dans l'inventaire des livres et objets laissés chez ses beaux-parents, Verlaine note qu'il possède « un recueil de pièces (XVIIIe siècle), entr'autres : *Ninette à la cour*, par Favart, avec une eau-forte initiale »[2]. L'ariette de Favart était « oubliée » parce qu'on ne la connaissait plus, mais le sens que Verlaine prête à ces deux mots dans son recueil est différent : ses ariettes sont oubliées parce qu'on ne s'en souvient plus, qu'il n'en subsiste que quelques notes : elles sont, comme les romances, sans paroles.

En choisissant ces titres, Verlaine donne la primauté au

1. Lettre à Rimbaud du 2 avril 1872, dans *Œuvres complètes*, éd. H. de Bouillane de Lacoste et J. Borel, Le Club du meilleur livre, t. 1, 1959, p. 971-973. **2.** *Ibid.*, p. 1005.

chant sur le langage, à la musique sur la poésie — si tant est que la poésie ne soit pas, avant tout, une musique de la langue. Verlaine musicien, c'est presque un poncif, et il est difficile de ne pas évoquer le début de « L'Art poétique », qui s'applique plus aux *Romances sans paroles* qu'à *Cellulairement*, le recueil dans lequel ce poème était d'abord inclus : « De la musique avant toute chose... ». L'ensemble des *Romances sans paroles* est placé sous le registre de la musique, depuis les pièces descriptives des *Paysages belges* jusqu'aux morceaux autobiographiques des *Birds in the night*, même si, en l'espèce, une telle généralisation pourrait sembler indue. En 1886, désirant camoufler son identité et les titres de ses œuvres, Verlaine intitule *Flûte et cor* les *Romances sans paroles*[1], comme à bien souligner leur nature, se référant par ailleurs à un vers de « L'Art poétique », « la nuance seule fiance/ Le rêve au rêve et la flûte au cor ! » : flûte et cor, deux instruments à vent, où les modulations du souffle suffisent à exprimer la pensée et les sens. Un grand nombre de musiciens ont mis en musique des poèmes des *Romances sans paroles*[2] : leurs rythmes, leurs sonorités, leurs tonalités — leur structure harmonique — les y engageaient.

La musicalité n'est pas réservée, dans l'œuvre de Verlaine, aux seules *Romances sans paroles*. Mais c'est qu'ici la musique est tout à la fois un thème, un motif, une structure et un effet : outre les chœurs et l'antienne de la première ariette, l'ariette de la seconde, le piano et le chant de la cinquième, les hautbois, pistons et tambours de « Chevaux de bois », la gigue de « Streets I », on ne compte pas les mots qui s'y rapportent, directement ou indirectement. Il importe donc de distinguer les genres auxquels sont apparentées romances et ariettes et de s'in

---

1. « Les poètes maudits : Pauvre Lelian », *La Vogue,* 7-14 juin 1886 ; recueilli dans *Les Poètes maudits*, Vanier, 1888 ; *Œuvres en prose complètes*, éd. J. Borel, Gallimard, Bibliothèque de la Pléiade, 1972, p. 688.   2. Ainsi Fauré et Debussy. Voir R. L. White, *Verlaine et les musiciens*, Minard, La Thésothèque, 1992.

terroger sur les goûts musicaux de Verlaine à l'époque des *Romances sans paroles* : loin de la « musique savante », ces modèles s'inscrivent en effet dans un domaine particulier, celui de la musique populaire, tant par nature que par détournement. Attiré par les « opéras vieux, refrains niais, rythmes naïfs », bien avant que Rimbaud en fît son credo d'un temps [1], Verlaine est un habitué des cafés-concerts, grand amateur de scies et de rengaines ; il a composé et interprété des chansons légères et a eu longtemps l'intention d'écrire des opéras bouffe. Il a même projeté, dans les années quatre-vingt, d'écrire un volume de chansons en collaboration avec Cazals [2]. Ainsi, dans « Nocturne parisien », une pièce des *Poèmes saturniens* (1866), évoquant un orgue de Barbarie « bram[ant] un de ces airs, romances ou polkas / Qu'enfants nous tapotions sur nos harmonicas », il se laisse aller à un certain sentimentalisme, mais marque son attachement à ce genre de musique, qui l'attirera toujours :

> [...] *l'on pleure en entendant cela !*
> *Mais l'esprit, transporté dans le pays des rêves,*
> *Sent à ces vieux accords couler en lui des sèves ;*
> *La pitié monte au cœur et les larmes aux yeux,*
> *Et l'on voudrait pouvoir goûter la paix des cieux.*

Le goût de Verlaine pour les manifestations de la culture populaire se manifeste pleinement dans le pot-pourri formé par la sixième ariette des *Romances sans paroles* : héros et héroïnes de vieilles chansons s'y mêlent, croisant à l'occasion tel personnage de conte, telle figure du temps passé. Le procédé sera le même dans un

---

1. *Une saison en enfer*, *Délires II. Alchimie du verbe*, dans *Œuvres complètes*, éd. P. Brunel, La Pochothèque, Le Livre de Poche, p. 457. Dans « Conte », un poème des *Illuminations*, Rimbaud écrit : « La musique savante manque à notre désir » (*ibid.*, p. 461). **2.** Voir lettre à Cazals du 15 août 1888 dans G. Zayed, *Lettres inédites de Verlaine à Cazals*, Genève, Droz, 1957, p. 90 et note. Cazals publiera son propre recueil de chansons en 1902 (*Le Jardin des ronces*, Éditions de *La Plume*).

poème de *Cellulairement* (« Images d'un sou ») et il ne
sera pas rare de rencontrer dans l'œuvre de Verlaine, au
détour d'un poème, un vers ou une expression échappés
des chansons traditionnelles ou des couplets à la mode.
Trois autres pièces des *Romances* ont elles aussi directement partie liée avec la musique et la chanson populaires :
« Chevaux de bois », « Streets i » et « A Poor Young Shepherd ». La première évoque les flons-flons de la foire et
le « son du piston vainqueur », la seconde est construite
sur un rythme de gigue et la troisième se présente comme
une « valentine » ou chanson offerte en gage d'amour, en
Angleterre, le jour de la Saint-Valentin. Toutes trois sont
construites sur des répétitions et des retours de vers, et
les deux dernières adoptent la forme du refrain. Cela dit,
Verlaine ne se présente pas comme un chansonnier ou un
poète populaire : il ne publie pas « La Machine à coudre
et le cerf-volant », « L'Ami de la nature » ou « Allez au
boul'vard Saint-Michel... », toutes chansons écrites dans
un style familier, voire argotique, qu'il réserve à ses
amis [1] ; il n'écrit pas non plus de poèmes « sur l'air de »
comme d'autres le font beaucoup à l'époque.

Verlaine trouve dans la chanson populaire une simplicité, une naïveté et une fraîcheur de ton associées à des
modèles formels qui lui laissent une grande liberté de
composition. Dès ses premiers poèmes, il a mis la chanson poétique à son répertoire, comme elle l'était à celui
de ses aînés, Banville en tête. Elle lui permet d'illustrer
sa fantaisie et son vague à l'âme sur des rythmes moins
canoniques, avec des techniques moins contraignantes :
la « Chanson d'automne », dans les *Poèmes saturniens*,
est un exemple. Verlaine ne craint pas le lyrisme, c'est
ce qui le distingue de ses amis partisans de « l'art pour
l'art » : la chanson, bonne ou mauvaise, sage ou ingénue,
est un réceptacle idéal pour ses épanchements, et de *La
Bonne Chanson* (1870) à *Chansons pour elle* (1890), il
cultive d'abord des genres et des formes. La romance

---

1. Voir *Œuvres poétiques complètes*, éd. Y.-G. Le Dantec et
J. Borel, Gallimard, Bibliothèque de la Pléiade, 1962, p. 126-128.

assume aussi ce rôle, poussant peut-être plus le poème
dans le registre de la mélancolie que ne le fait la chanson,
tout en accentuant le côté naturel, voire ingénu, de la
composition[1]. Elle consent à Verlaine d'être à la fois naïf
et savant et de pousser la langue et la prosodie dans des
domaines qui ne sont plus tout à fait ceux de la poésie
reçue, contrôlant ses moyens et mesurant habilement ses
effets pour se maintenir à la frontière de la norme. De la
« Chanson d'automne » aux *Ariettes oubliées*, sa technique s'est affinée, en même temps qu'il se démarquait
de la tradition et des règles. Ainsi, du côté de la prosodie
et de la métrique, la romance ou l'ariette lui donnent la
liberté de composer des poèmes écrits entièrement en
rimes féminines (les 2e, 4e, 8e et 9e ariettes, « Simples
fresques I ») ou masculines (« Simples fresques II »,
« Streets I » — avec le refrain monorime féminin —,
« Child Wife »), d'alterner les genres de strophe à strophe
(7e ariette, « Chevaux de bois », *Birds in the night*) ou de
répéter systématiquement le même mot à la rime, (3e
ariette, « A Poor Young Shepherd »). La sixième ariette
est, à ce titre, un exemple de ces fausses négligences
empruntées à la poésie populaire : Verlaine y néglige la
consonne d'appui, ne respecte pas la quantité des voyelles
à la rime, fait rimer systématiquement des finales masculines et des finales féminines pour finir par ne plus rimer
du tout et par prendre congé en une pirouette :

> *Voici que la nuit vraie arrive...*
> *Cependant jamais fatigué*
> *D'être inattentif et naïf*
> *François les bas bleus s'en égaie.*

C'est Théodore de Banville qui, un des premiers, a
exploité systématiquement de tels procédés, en particulier

---

1. L'*Encyclopédie* de Diderot et d'Alembert précise, au XVIIIe s., que
« la naïveté est le caractère principal de la romance » (Neuchâtel
[Paris], 1765, t. XIV, p. 343).

dans les *Odes funambulesques* (1857 et 1859), précisant même à l'occasion la source de ses effets, la chanson :

> La rime par à peu près y est de tradition. Ici, le fin du fin et la suprême habileté, c'est d'imiter la négligence et le sans façon de la rime populaire, de faire rimer les mots terminés par un S avec ceux qui sont terminés par un T, et d'éviter, au lieu de la rechercher, la conformité de la consonne d'appui[1].

Mais l'auteur du *Petit traité de poésie française* restait confiné dans le cadre de ses modèles, alors que Verlaine étend subrepticement la technique à son recueil entier, bousculant les formes fixes de l'intérieur sous le couvert de la tradition. Il a bien conscience de heurter les conventions : à Lepelletier qui s'étonne de ses « hérésies » de versification dans les *Romances sans paroles*[2], il répond qu'il faut s'attendre à d'autres « déconcertements » dans ses poèmes à venir ; deux ans plus tard, il s'enquiert auprès de Delahaye des réactions d'Édouard Chanal à qui il a fait tenir sa plaquette : « Et quoi de Chanal ? Il a dû pousser de beaux cris universitaires, au reçu des *Romances*[3] ! ».

Verlaine n'est pas un poète timide que les audaces épouvantent. C'est un artiste qui sent la portée d'une mesure, un écrivain qui sait le poids d'un mot. Sa langue elle-même participe d'une instabilité savamment maintenue entre la permanence et la précarité, entre le reçu, l'admissible et l'acceptable. On lui a reproché de ne pas la savoir ou de ne pas la maîtriser en conséquence[4]. Rien n'est moins juste. Verlaine sait être précieux, populaire,

---

1. *Odes funambulesques*, Lemerre, 1873, p. 377, à propos de la « Chanson sur l'air des Landriry » (1846).   **2.** La lettre de Lepelletier est perdue (la réponse de Verlaine date du 23 mai 1873, *Œuvres complètes*, éd. citée, p. 1040).   **3.** Lettre à Delahaye du 27 novembre 1875, *ibid.,* p. 1121. Édouard Chanal était le successeur d'Izambard au collège de Charleville et le dernier professeur de Rimbaud en classe de rhétorique.   **4.** J. Lemaitre, « M. Paul Verlaine et les poètes "symbolistes" et "décadents" » *Revue bleue*, 7 janvier 1888, reproduit dans *Verlaine*, Presses de l'Université de Paris-Sorbonne, coll. Mémoire de la critique, 1997, p. 127-155.

argotique ou académique quand il le veut. Dans les *Romances sans paroles* les niveaux de langue sont légèrement bousculés dans le sens de la familiarité et de la nonchalance, de façon à produire des effets de naïveté et de simplicité et c'est la syntaxe, plus que le lexique, qui contribue à renforcer ces effets [1]. Avec le temps, Verlaine accentuera les rencontres entre registres différents, jusqu'à faire du dénivellement un des traits saillants de sa poétique des années quatre-vingt-dix.

Mais si la musique peut se passer du chant, la poésie peut-elle se dispenser des paroles ? Les rythmes peuvent-ils suppléer les mots et les sonorités remplacer les syllabes ? La musicalité du vers et de la langue est une des ambitions poétiques de Verlaine depuis le début. Elle renforce un ensemble de procédés visant à donner à la poésie un pouvoir de suggestion et d'évocation que les mots seuls n'assument plus tout à fait. La méprise et l'indécision volontaires qui guident le poète dans le choix des mots [2] leur ouvre des horizons insoupçonnés car elle les projette au-delà d'eux-mêmes, dans des territoires plus riches et plus complexes, où ils prennent une épaisseur et une ampleur singulières. On reste aussi frappé par l'économie de mots dont Verlaine fait preuve dans les *Romances sans paroles*. S'il recourt parfois à l'extrême simplicité, voire au dépouillement (« Spleen »), il ne craint pas d'utiliser des clichés lexicaux de la poésie amoureuse la plus banale. Mais il les met à nu, à vif. La charpente lexicale de la septième ariette ne repose que sur une demi-douzaine de mots pleins, répétés de manière lancinante : cette peine d'amour commune s'en trouve sublimée, essentielle. Ailleurs, dans la troisième ariette, le mot « cœur » revient cinq fois, comme si, à force, il perdait son sens premier et que, progressivement, il se gonflait de signification, jusqu'à l'émotion pure. La répétition est une des figures les plus sollicitées dans le recueil, qu'elle porte sur des sonorités, des mots, des

---

1. Voir, entre autres, la première et la cinquième ariettes, « Spleen », etc. **2.** Voir « L'Art poétique ».

phrases ou des strophes entières : du point de vue de la musique, elle a la fonction d'un refrain ; en ce qui concerne la musicalité, elle contribue à affirmer la structure rythmique du poème ; vis-à-vis du sens enfin, elle force le discours à un retour sur lui-même, dans un mouvement concentrique et expansif. Elle agit paradoxalement contre la redite. Enfin, il est encore une couche du langage, et des moins parlantes, qui concentre en elle une partie du sens des *Romances « sans paroles »* : la syntaxe. Verlaine s'y révèle un artisan qui motive des formes, crée des tours : ainsi la tournure impersonnelle du verbe « pleurer » dans la troisième ariette : « Il pleure dans mon cœur/ Comme il pleut sur la ville », l'étonnant subjonctif imparfait en proposition indépendante de la septième ariette : « Est-il possible, — le fût-il, —/ Ce fier exil, ce triste exil », ou l'usage déviant des pronoms interrogatifs neutres dans « Charleroi » (« Quoi bruissait/ Comme des sistres ? ») sont autant de moyens de pallier la carence des mots et de laisser le sens, de l'intérieur des formes, reprendre son dû à la parole. Il n'est pas jusqu'à ces nombreuses phrases interrogatives qui ne laissent en suspens les réponses, comme à prolonger le poème dans le non-dit, le non-avenu, créant un au-delà du texte, lui aussi à l'abri du discours, voire du langage. Ainsi les *Romances sans paroles* disent-elles moins qu'elles ne laissent entendre : la langue y bruit, le sens y murmure, l'âme y bégaie. Les mots ne s'exposent pas. Ils chantent un air qui se suffit à lui-même.

Choses vues ?

Les *Paysages belges*, deuxième section du recueil, ont pour origine les impressions de voyage recueillies par Verlaine lors de sa traversée de la Belgique en compagnie de Rimbaud, pendant l'été 1872 . « Je voillage vertigineusement » écrit Verlaine à Lepelletier en juillet 1872 : de Paris à Bruxelles, en passant par Walcourt et Charleroi, puis vers Malines, les « bons juifs errants » découvrent en effet les mille horizons d'une Belgique idéalisée par

le plaisir de la nouveauté. Cette période de vagabondage
fut heureuse : une sensation de bien-être teintée de douce
mélancolie émane de ces pièces, qu'elles illustrent une
scène prise sur le vif (« Walcourt ») ou un tableau de foire
(« Chevaux de bois »), qu'elles décrivent simplement un
paysage (« Simples fresques II », « Malines »), exprimant
alors un sentiment de quiétude et de sérénité. Verlaine
qualifiait cette série de « pittoresque presque naïf »[1], jus-
tifiant les scènes de vie quotidienne et la nature descriptive de ses poèmes. Il est pourtant loin de donner dans le
pittoresque. Les « vieilles estampes » d'où est tirée l'épigraphe qui ouvre la section et les « simples fresques » qui
annoncent les textes bruxellois renvoient à des modèles
picturaux et à des techniques de représentation : véritables
tableaux, ces *Paysages* sont aussi de beaux exercices de
style. Procédant tantôt par juxtaposition, tantôt par super-
position de plans, Verlaine évoque un moment ou une
« chose vue » et son poème glisse insensiblement du des-
criptif à l'impressif : Charleroi est suggéré par des
souffles, des traits de lumière, des odeurs, des éclats, des
vibrations ; la ville n'existe pas moins, inquiète et palpitante, présente et absente à la fois :

> *On sent donc quoi ?*
> *Des gares tonnent,*
> *Les yeux s'étonnent,*
> *Où Charleroi ?*

Dans « Simples fresques », c'est le brouillage des éléments du paysage, les perspectives sans fin et les couleurs
fondues qui dégagent la vision dans le champ de la per-
ception : ces vers sont très proches des *Ariettes oubliées*
par cet abandon des sens que Verlaine se plaît tant à
rechercher et à cultiver. La langueur est, dans *Paysages
belges*, un effet du bonheur. Il s'en faut de peu que tout

---

1. Lettre à É. Blémont, 5 octobre 1872, *Œuvres complètes,* éd. citée,
p. 991.

mouvement se fige, que tout bruit cesse et que le moi disparaisse, évaporé dans le paysage.

Aquarelles, la dernière section des *Romances sans paroles*, est, aux dires de Verlaine, « la partie anglaise du volume »[1]. On s'attend à y retrouver un pendant des *Paysages belges*, le titre, si verlainien, laissant présager de petits tableaux transparents, des paysages fondus, des couleurs pâles. C'est pourtant la partie la moins homogène du recueil en dépit d'un semblant d'unité donnée par les indications de lieu et les titres, tous anglais : « Green », « Spleen » et « Beams » sont des poèmes d'amour, à leur manière ; « Streets i » et « A Poor Young Shepherd », d'inspiration anglaise, sont issus de modèles populaires ; « Child Wife » est un *factum* dirigé contre Mathilde, et la seule pièce descriptive de la section, « Streets ii », se distingue des précédentes par son réalisme. Verlaine a-t-il renvoyé à la fin de son recueil un ensemble de textes disparates, réunis artificiellement sous un titre suggestif ? Le lien qui unit ces poèmes est-il d'ordre chronologique, d'ordre biographique ?

Il est intéressant, à ce titre, de se pencher sur les conditions de la production poétique de Verlaine pendant son séjour en Angleterre. À l'automne 1872, il a l'intention de donner à *La Renaissance littéraire et artistique*, la revue dans laquelle il avait publié deux poèmes de son futur recueil, une série de « notes excessivement curieuses » sur la Belgique et l'Angleterre, sous le titre *De Charleroi à Londres*[2]. Malgré le refus du directeur de la revue, Émile Blémont, il n'abandonnera pas son projet : au moment de l'impression des *Romances sans paroles*, il demande à Lepelletier d'ajouter à la liste des livres à paraître : « — Sous presse. *Londres : Notes pittoresques* »[3]. On peut avoir une idée de ces notes de voyage en lisant les lettres à Blémont et à Lepelletier envoyées à

---

1. Lettre à É. Blémont, 22 avril 1873, *ibid.*, p. 1030.   **2.** Lettre à É. Blémont, 22 septembre 1872, *ibid.*, p. 984 ; il reviendra encore à la charge en avril 1873 (*ibid.*, p. 1030).   **3.** Lettre à E. Lepelletier, [août-septembre 1873], *ibid.*, p. 1058.

la fin de 1872 : comme un reporter en quête de curiosités,
Verlaine rapporte à ses amis une foule de détails singu-
liers qui distinguent les us et coutumes des insulaires de
ceux du continent, depuis le prix des fruits jusqu'à l'usage
des water-closet. Les docks de Londres suffisent alors à
« [s]a poétique de plus en plus *moderniste* [1] » (on peut se
demander si Verlaine a jamais eu une poétique moderniste !) et l'Angleterre ne semble pas devoir rentrer dans
ses motifs d'inspiration : « quoiqu'ayant beaucoup *vu* ici
et aux environs, je ne perçois nullement la poésie de ce
pays-ci qui, j'en suis sûr, n'en manque pas », écrit-il à
Blémont à son arrivée [2] et, un peu plus tard, à Lepelletier :

> Il est probable que la vie anglaise a des poésies à moi
> non encore perceptibles ; j'attends, et, en attendant,
> comme Mérat, "je recueille des impressions" [3] !

Ces réflexions sont importantes et montrent combien,
à l'époque, la poésie de Verlaine procède d'une exigence
qui est plus qu'une attente ou un simple besoin : pénétrer
au cœur des choses, les comprendre avant de pouvoir les
rendre. Des poèmes comme « Streets i » ou « A Poor
Young Shepherd », des plus simples et des plus faciles
en apparence, et où le travail poétique passe inaperçu,
résultent d'une telle discipline. Verlaine écrivait encore à
Lepelletier, fin 1872 :

> Je te parlais je crois dans une de mes premières lettres de
> ma recherche de ce qu'il pouvait y avoir de *bien* ici. Je
> crois avoir trouvé : c'est quelque chose de très doux,
> d'enfantin presque, de très jeune, de très candide avec
> des brutalités et des gaîtés amusantes et charmantes. [...]
> Ces observations ressortent de tout ce qu'il m'a été donné
> d'entendre dire et chanter dans les cafés-concerts : mine
> admirable en tous pays d'informations sur le vif [...] [4].

Il ne pouvait mieux commenter ses propres poèmes

---

1. Lettre à E. Lepelletier, 24 septembre 1872, *ibid.*, p. 988.
2. Lettre à É. Blémont, 5 octobre 1872, *ibid.*, p. 991-992.   **3.** Lettre
à Lepelletier, [décembre 1872 ?], *ibid.*, p. 1016.   **4.** *Ibid.*, p. 1014-
1015.

anglais. En définitive, *Aquarelles* rassemble des poèmes écrits en Angleterre plus que des poèmes anglais. Poèmes féminins en premier lieu qui témoignent, si besoin est, et selon Verlaine, en faveur de sa « parfaite amour pour le sesque [*sic*] [1] ». Un beau sexe idéalisé, objet d'offrande, de désir et de révérence. La « tigresse épouvantable d'Hyrcanie » des *Fêtes galantes*, femme impitoyable et cruelle, a fini par dompter celui qui croyait naïvement l'avoir dressée et de « Green » à « Beams », en passant par « Spleen », le poète s'est fait courtois, quémandeur d'indulgence. Ne cherchons pas l'identité de ces *vous*, de ces *tu*, de ces *elle* ; « Child Wife » mis à part, aucun élément ne nous permet de biographiser ces pronoms. Il faut lire « Green » comme un poème d'amour, « Beams » dans son mystère, comme un rayon qui porte des espoirs de liberté et de bonheur, comme un appel de l'infini, un refus de la réalité. Ce poème est daté du 4 avril 1873, donc de la fin du voyage de Verlaine et, *a posteriori,* de la fin du rêve rimbaldien. Or, si les *Romances sans paroles* sont bien un recueil de l'ailleurs, ne fût-ce que parce que Verlaine a réellement quitté un monde pour un autre et qu'il a réellement cru à « tous les enchantements », elles portent aussi en elles le poids, léger ou insupportable, des deux êtres qui ont provoqué cette rupture : Mathilde et Rimbaud.

La mauvaise chanson

Malgré son horreur déclarée de l'autobiographie [2], il semble bien que Verlaine ait eu un moment l'intention d'écrire une suite à *La Bonne Chanson* qui aurait rendu compte de ses déboires conjugaux, en contrepartie à son recueil de fiançailles. Ce projet n'aboutit pas en tant que tel et quelques-uns de ces poèmes trouvèrent place dans les *Romances sans paroles* :

---

1. Lettre à Lepelletier, 23 mai 1873, *ibid.*, p. 1041.   **2.** Lettre à É. Blémont, 22 avril 1873, *ibid.*, p. 1032 ; Verlaine y joignait « Child Wife » !

> Je fais imprimer ici [à Londres] un petit volume :
> *Romances sans paroles*, — il y aura dedans une partie
> quelque peu élégiaque, mais, je crois, pas glaireuse :
> quelque chose comme *La Bonne Chanson* retournée,
> mais combien tendrement ! tout caresses et *doux*
> reproches — en dépit des choses qui sont, je le répète,
> littéralement hideuses, sauf erreur (que j'implore !)[1].

Émile Blémont, à qui Verlaine envoie ses textes, lui
parle d'une *« Mauvaise Chanson »*, adjectif que le poète
accepte sans protester, et qu'il reprend à son compte en
présentant à son ami trois autres pièces de sa « mauvaise
série »[2]. *Birds in the night,* la section que Verlaine enten-
dait réserver à ces poèmes dans les *Romances sans
paroles*, dépassait certainement en nombre ce qui y figure
aujourd'hui : Verlaine fait part à Blémont d'une « dizaine
de petits poèmes » et il semble, d'après un témoignage
de Delahaye, que Rimbaud l'ait dissuadé de s'appesantir
sur un sujet qu'il trouvait « par trop puéril »[3]. Il avait
beau jeu de conseiller son ami ! Il reste que Verlaine n'a
pas résisté au besoin d'exprimer publiquement sa rancune
et son ressentiment envers sa femme ; la composition des
Birds in the night s'étend sur une année et la disposition
des poèmes dans le manuscrit montre que la section s'est
formée petit à petit en dépit de l'impression de continuité
qu'elle suggère, notamment par l'absence de titres, un
poème de la même veine s'étant par ailleurs déplacé dans
Aquarelles, la section suivante : « Child Wife », la « femme-
enfant », allusion à la pièce VIII de *La Bonne Chanson*.

Verlaine est convaincu d'être dans son bon droit et il
n'a de cesse de répéter à ses correspondants qu'il est la
victime des Mauté, ses beaux-parents. La procédure de
séparation a été entamée quatre mois après l'arrivée de
Rimbaud à Paris et l'on comprend qu'elle n'ait pas été
interrompue lorsqu'on sait de quelle manière fut traitée

---

1. Lettre à É. Blémont, [fin septembre 1872], *ibid.*, p. 1013 (les
éditeurs datent cette lettre de décembre 1872 mais elle est antérieure à
celle du 5 octobre).   **2.** Lettre à É. Blémont, 5 octobre 1872, *ibid.*,
p. 991, 992.   **3.** E. Delahaye, *Verlaine*, Messein, 1923, p. 167.

Mathilde pendant les semaines qui suivirent, jusqu'à ce fatal 22 juillet 1872 où les époux se quittèrent pour ne plus se revoir, Mathilde repartant pour Paris avec sa belle-mère, Verlaine restant sur le quai de la gare avant de rejoindre Rimbaud. Le dernier billet de Verlaine à sa femme donne le ton des poèmes à venir :

> Misérable fée carotte, princesse souris, punaise qu'attendent les deux doigts et le pot, vous m'avez fait tout, vous avez peut-être tué le cœur de mon ami ; je rejoins Rimbaud, s'il veut encore de moi après cette trahison que vous m'avez fait faire[1].

Birds in the night, daté de septembre-octobre 1872, comprend sept douzains qui ne sont pas précisément « tout caresses et *doux* reproches ». Une des épigraphes qui ouvre cette section est empruntée à la troisième pièce de *La Bonne Chanson* et le changement de contexte donne à ces vers un tour singulier, comme si les embûches redoutées au moment des fiançailles devaient fatalement s'avérer et que le pauvre poète, pris à son propre piège, ne pût plus que regretter son manque de lucidité. Signée « Inconnu », cette épigraphe inaugurait la litanie des justifications et des griefs portés par Verlaine sur la place publique à l'encontre de sa femme, ces « vers mensongers » qui, aux dires de Mathilde, devaient la rendre « tristement célèbre »[2]. Le ressentiment conjugal conduit Verlaine à un écueil que la poésie arrive rarement à éviter, les instruments rhétoriques de la persuasion convenant peu à la subtilité et à la retenue du langage poétique. Autant *La Bonne Chanson* pouvait parfois s'élever jusqu'au chant, autant l'essor de ces « oiseaux dans la nuit » manque souvent d'élan, rase le fait divers, s'alourdit de remontrances, le titre prometteur de ces envols nocturnes décevant les attentes, sauf peut-être dans le dernier douzain, d'un ton plus élevé. « Child Wife »

---

1. Cité par Mathilde dans ses *Mémoires* : Ex-Madame Paul Verlaine, *Mémoires de ma vie*, éd. M. Pakenham, Seyssel, Champ Vallon, Dix-neuvième, 1992, p. 170. 2. *Ibid.*, p. 181.

est de la même nature, dissimulant sous une gentille expression anglaise une diatribe acerbe. Le cycle de Mathilde est, du point de vue littéraire, le plus faible du recueil : trop de paroles, pas assez de romances.

Le plus beau d'entre tous les mauvais anges

> — Je tiens beaucoup à la dédicace à Rimbaud. D'abord *comme protestation*, puis parce que ces vers ont été faits, lui étant là et m'ayant poussé beaucoup à les faire, surtout comme témoignage de reconnaissance, pour le dévouement et l'affection qu'il m'a témoignés toujours et particulièrement quand j'ai failli mourir[1].

Cette dédicace, malgré l'insistance de Verlaine, n'a jamais été portée en tête des *Romances sans paroles*. Lepelletier, qui se chargeait de l'impression du volume, avait jugé que deux ans de prison suffisaient à entacher la réputation du poète sans qu'il fût besoin de renchérir sur certain épisode malheureux. À vrai dire, cela n'aurait pas changé beaucoup la situation de Verlaine, mis en marge des milieux littéraires bien avant son emprisonnement et pour les raisons qu'on imagine ; la morale a de ces revers que la littérature ne parvient pas toujours à faire pardonner[2]...

On oublie parfois que la rencontre entre Verlaine et Rimbaud fut d'abord une rencontre entre deux poètes : en septembre 1871, un adolescent de Charleville adressait des vers à un poète qu'il admirait, dans l'espoir d'un encouragement, d'un conseil ou d'une publication. Il était « prodigieusement armé en guerre »[3] et « [s]es vers étaient d'une beauté effrayante, vraiment »[4]. On le fit

---

1. Lettre à E. Lepelletier, 19 mai 1873, *Œuvres complètes*, éd. citée, p. 1039-1040. **2.** Voir la réponse de Verlaine à Lepelletier du 23 mai 1873 : « les subtilités cancanières et bourgeoises n'en subsisteront pas moins, et le nom de Dieu m'emporte si en faisant tout ça je pensais à quoi que ce soit d'"*imphâme*", *infemme* si tu préfères », *ibid.*, p. 1041. **3.** Lettre de Verlaine à Rimbaud, septembre 1871, *ibid.*, p. 966. **4.** P. Verlaine, « Nouvelles notes sur Rimbaud », *La Plume*, 15-30 novembre 1895, *Œuvres en prose complètes*, éd. citée, p. 974.

venir. La suite est connue. En mai 1872, à l'époque où Verlaine commence à composer ses *Ariettes oubliées*, Rimbaud est à Paris. Il écrit de son côté des vers qui se distinguent de sa manière précédente par leur obscurité et, techniquement, par la richesse des rythmes, la variété des mètres, des coupes de plus en plus hardies ; ces poèmes, que les éditeurs d'aujourd'hui regroupent le plus souvent sous l'appellation de « Derniers vers », s'apparentent parfois à des modèles populaires ou en imitent les tours. Verlaine, dans *Les Poètes maudits*, a caractérisé ainsi cette évolution :

> M. Rimbaud vira de bord et travailla (lui !) dans le naïf, le très et l'exprès trop simple, n'usant plus que d'assonances, de mots vagues, de phrases enfantines ou populaires. Il accomplit ainsi des prodiges de ténuité, de flou vrai, de charmant presque inappréciable à force d'être grêle et fluet[1].

Il aurait pu en dire autant des *Romances sans paroles* ! La question des rapports poétiques entre Verlaine et Rimbaud se doit donc d'être posée, non seulement parce que Verlaine exprime une dette envers son ami, mais parce que leurs œuvres, en cette année 1872, se rencontrent et s'appellent.

On a parlé d'influence. Le mot implique deux directions, de Verlaine à Rimbaud, de Rimbaud à Verlaine. Il serait plus juste de parler d'échanges et de réciprocité : les deux poètes ont travaillé parallèlement, ont collaboré à l'occasion ; ils se sont ouvert mutuellement de nouveaux horizons[2]. Les points de contact entre les *Romances sans paroles* et les « Vers de 1872 » ne manquent pas, depuis un des titres sous lequel Rimbaud aurait pensé à rassembler ses poèmes, *Études néantes*, aux dates semblables de nombreuses pièces et jusqu'à l'évocation commune des

1. « Les poètes maudits : Arthur Rimbaud », *Lutèce*, 10-17 novembre 1883 et *Les Poètes maudits*, Vanier, 1884, *ibid.*, p. 655-656.
2. Voir P. Brunel, « *Romances sans paroles* et études néantes : esquisse pour un chant amébée », dans *La Petite Musique de Verlaine :* « *Romances sans paroles, Sagesse* », SEDES-CDU, 1982, p. 17-30.

villes où les deux poètes séjournèrent. Verlaine, plus
expansif, a voulu laisser des signes tangibles de cette
communion dans son recueil, en plus de la dédicace : les
deux vers de Favart que Rimbaud lui avait fait connaître
et une phrase (ou un vers) de Rimbaud lui-même, placés
en épigraphe respectivement avant la première et la troisième ariette. On peut s'amuser à identifier les deux amis
sous les « pleureuses » de la quatrième ariette ou recon-
naître les deux vagabonds derrière les « bons juifs
errants » de « Walcourt », on peut s'intéresser plus sérieusement aux parallèles lexicaux entre les deux séries, mais
il y a moins lieu de comparer les textes sur le plan thématique ou d'établir des rapprochements d'ordre biographique que de montrer comment les œuvres se répondent,
sans nécessairement exercer leur ascendant l'une sur
l'autre [1].

Ainsi de la métrique, assurément l'un des aspects les
plus incisifs de la modernité des deux poètes, et plus particulièrement du mètre impair. Verlaine avait utilisé le
pentasyllabe dans les *Poèmes saturniens* (« Marine » et
« Soleils couchants »), dans les *Fêtes galantes* (« Colombine », en alternance avec un vers de deux syllabes) avant
d'en user dans les *Romances sans paroles* (la huitième
ariette, « Simples fresques II », « A Poor Young Shepherd »). C'est un des mètres les plus pratiqués par le
Rimbaud de 1872, qui l'emploie dans sept pièces (dont
deux en alternance avec un autre mètre) sur un total de
22 poèmes composés cette année-là ; parmi les plus
connues, des « romances » ou des « chansons » telles que
« Chanson de la plus haute tour », « L'Éternité » ou
« Âge d'or ». L'heptasyllabe, utilisé par Verlaine dans les
Fêtes galantes (deux pièces) et dans *La Bonne Chanson*
(deux pièces, dont une en alternance avec un autre mètre),

---

1. Voir, sur ces « influences », C. A. Hackett, « Verlaine's influence
on Rimbaud », dans *Studies in Modern French Literature*, Manchester
University Press, 1961, p. 163-180 (en français dans *Autour de Rimbaud,* Klincksieck, 1967, p. 29-45) et A. Fongaro, « Les échos verlai-
niens chez Rimbaud et le problème des *Illuminations* », *Revue des
sciences humaines*, avril-juin 1962, p. 263-272.

n'est présent dans les *Romances sans paroles* que dans
deux poèmes (la première ariette et la dernière, en alternance avec l'alexandrin) alors qu'on le retrouve dans
quatre poèmes rimbaldiens. En revanche, l'hendécasyl-
labe, mètre rare pratiqué par Rimbaud dans trois pièces
de 1872, n'apparaît pour la première fois dans l'œuvre de
Verlaine que dans un poème des *Romances sans paroles*
(la quatrième ariette), et il faudra attendre l'année suivante pour qu'il le reprenne dans « Crimen amoris »,
peut-être à la gloire de Rimbaud. On voit combien, pour
se limiter à cette question, il serait hasardeux d'accorder
des priorités à Verlaine ou à Rimbaud. D'autre part, si
leurs moyens et leurs effets sont en partie similaires, les
buts qu'il se sont efforcés de rejoindre et les résultats
auxquels ils sont parvenus se distinguent nettement : alors
que l'un cultive l'apathie, l'autre montre sa force ; tandis
que celui-ci grince des dents, celui-là murmure sa peine.
Ici, la candeur s'oppose au sarcasme, comme l'univers de
Verlaine diffère du monde de Rimbaud.

Un volume original

Malgré un important service de presse, le recueil de
Verlaine n'eut pratiquement aucun écho : quelques lignes
d'Émile Blémont dans *La Renaissance littéraire et artistique*, la revue qui avait publié les deux premières ariettes
en mai et juin 1872[1]. Ce fut une rare faveur car Verlaine
avait été banni de tous les cénacles et ses anciens
confrères l'avaient abandonné, la République des lettres
n'admettant pas qu'un de ses citoyens s'égare à ce point.
Blémont avait mis le doigt sur l'un des aspects les plus
originaux des *Romances sans paroles*, la musique, qu'il
trouvait bizarre, sinon maladive, laissant entendre que le
pessimisme qui se dégageait de ces vers avait des origines
troublantes, lui qui connaissait les dessous de l'« affaire
Rimbaud ». Il faudra presque attendre la réimpression du
volume par Vanier, à la fin de 1887, pour que critiques

---

1. Voir cette recension dans le dossier, p. 323.

et poètes découvrent la nouveauté et l'originalité des vers
que Verlaine avait écrits quinze ans plus tôt. Le poète
avait entre-temps suivi d'autres chemins, ceux de *Sagesse*
et de *Jadis et naguère*, et il allait bientôt prendre celui de
Parallèlement.

Verlaine a souvent parlé de ses propres œuvres, tant à
l'occasion d'articles qu'il a consacrés à lui-même que de
conférences au cours desquelles il ne manquait pas de
se citer. Les quelques remarques qu'il a pu faire sur les
Romances sans paroles sont précieuses : dans sa notice
pour *Les Hommes d'aujourd'hui*, retraçant son propre iti-
néraire poétique, il rappelle que :

> ce ne fut qu'en 1874 que *fusa*, pour ainsi parler, son
> volume peut-être le plus original, mais qui devait beau-
> coup plus tard faire son bruit dans le nouveau monde
> poétique : [...] les *Romances sans paroles*[1].

Le « bruit » en question fut plutôt un bourdonnement
et l'on compte sur les doigts de la main le nombre de
critiques qui ont souligné la nouveauté du recueil à
l'époque[2]. Que Verlaine reconnaisse l'originalité des
Romances sans paroles après *Sagesse* est utile pour marquer cette étape de son parcours poétique, et le terme
qu'il utilise et qu'il souligne dans son commentaire me
semble particulièrement digne d'attention : comme des
couleurs qui se répandraient imperceptiblement sur le
papier mouillé, l'atmosphère noyée des *Romances sans
paroles* résulte de la fusion de sensations et d'éléments
d'origines diverses. C'est que, toujours selon Verlaine,
les *Romances sans paroles* sont « ainsi dénommées pour
mieux exprimer le vrai vague et le manque de sens précis
projetés[3] ». On aura reconnu là un autre principe énoncé

---

1. *Paul Verlaine, Les Hommes d'aujourd'hui* [novembre 1885],
Œuvres en prose complètes, éd. citée, p. 766.   **2.** Voir *Verlaine*,
Presses de l'Université de Paris-Sorbonne, *op. cit.*   **3.** « La poésie
contemporaine », conférence faite au Cercle des XX à Bruxelles le
2 mars 1893 et conférence au Cercle artistique d'Anvers le 1ᵉʳ mars
1893, *Œuvres en prose complètes*, éd. citée, p. 901 et 905.

dans « L'Art poétique », celui de la nuance et de l'à-peu-près[1] :

> *Il faut aussi que tu n'ailles point*
> *Choisir tes mots sans quelque méprise :*
> *Rien de plus cher que la chanson grise*
> *Où l'Indécis au Précis se joint.*

Il ne fait pas de doute que « L'Art poétique » synthétise la manière des *Romances sans paroles*, et l'on aurait tort d'alléguer la composition tardive de ce poème, daté de « Mons, avril 1874 » dans *Cellulairement*, en dehors du fait qu'à cette date, notre recueil venait à peine d'être imprimé et qu'il porte ce millésime. De nombreux éléments concordent pour donner à ce texte une dimension rétrospective et pour ne pas le considérer comme un programme. « Je n'aurai pas fait de théorie », disait Verlaine à propos de son poème, conseillant à ses lecteurs de ne « pas [le] prendre au pied de la lettre »[2] ; sa destinée paradoxale sera d'avoir été lu alors que les vers qu'il illustrait n'étaient pas encore très connus : publié une première fois en 1882, puis dans *Jadis et naguère* en 1884, « L'Art poétique » deviendra le credo d'une génération qui verra plus tard dans *Sagesse* et dans les *Romances sans paroles* le point de départ d'un renouveau poétique.

Les *Romances sans paroles* sont, avec les « Vers de 1872 » de Rimbaud, un tournant dans l'histoire de la sensibilité et des formes poétiques françaises au XIXe siècle. Ils furent rares, dans les années 1870, les poètes qui ont senti la nécessité de renouveler les formes et cherché en dehors de la tradition des éléments propres à satisfaire leurs exigences : le Corbière des *Amours jaunes*, le Cros du *Coffret de santal*, auxquels il faut associer Germain Nouveau, ami de Rimbaud et de Verlaine qui, en 1877,

---

1. Verlaine reviendra encore sur cette alliance dans un poème de *Parallèlement*, intitulé « À la manière de Paul Verlaine », parlant cette fois d'un « accord discord ensemble et frais ». 2. « Critique des *Poèmes saturniens* » (1890), *Œuvres en prose complètes*, éd. citée, p. 722.

confiait à Jean Richepin sa volonté de « ressusciter de vieilles choses » dans un volume qu'il aurait intitulé *Chansons retrouvées*, un titre qui rappelle les *Ariettes oubliées* et les *Romances sans paroles* :

> Ça ressemble comme dessin, ces chansons, — les modèles, bien entendu, — aux croquis des grands maîtres, sobriété, largeur, profondeur, éclairs et négligences. C'est antiparnassien quoi ! [1].

Les poèmes que Rimbaud écrivit en 1872 n'ont été connus qu'en 1886, en pleine période symboliste [2]. On doit à Verlaine d'avoir révélé l'œuvre de Rimbaud et on ne peut lui reprocher d'avoir attendu si longtemps avant de la donner à imprimer : il ne possédait pas les manuscrits et il fallait trouver l'occasion de les publier. C'est lui qui a bénéficié en premier de la reconnaissance de la jeune école et livré à Laforgue, Kahn, Vielé-Griffin et d'autres les prémisses d'une poétique du sensible et de l'évocation. On comprend que les *Romances sans paroles* aient séduit les poètes symbolistes : parti de modèles surannés étrangers à l'académisme, usant de formes et de structures extrêmement sophistiquées, Verlaine était arrivé à chanter à l'âme et aux sens le désarroi et la langueur du monde moderne à travers des sensations fugaces, des bribes de réalité à peine amarrées à la vie ; il s'était laissé porter par cet univers, parce que, de l'intérieur, il l'avait rendu sien. Il avait compris que la romance pouvait être plus riche que la parole.

CELLULAIREMENT

Verlaine met le point final aux *Romances sans paroles* à la mi-avril 1873, pendant la courte période où il est séparé de Rimbaud : il séjourne alors chez une de ses tantes, à Jéhonville, en Belgique, tandis que son ami a

---

1. Germain Nouveau, *Œuvres complètes*, éd. P.-O. Walzer, Gallimard, Bibliothèque de la Pléiade, 1970, p. 846.   **2.** Ils sont publiés pour la première fois dans *la Vogue* en mai et juin 1886, mêlés aux poèmes en prose des *Illuminations*.

gagné Roche et la ferme familiale où il se lance dans le projet d'un *Livre païen*, embryon d'*Une saison en enfer*. Ils se reverront le 25 mai, à Bouillon, et repartiront ensemble pour une dernière traversée, qui sera aussi leur dernière saison ensemble. En dépit des déboires conjugaux de Verlaine, ce moment de répit correspond pour lui à un moment d'intense réflexion poétique. La lettre qu'il envoie à Lepelletier le 16 mai 1873 est, à ce titre, un vrai feu d'artifice d'idées, de projets, de reprises et constitue une nouvelle étape dans son parcours de poète :

> Je fourmille d'idées, de vues nouvelles, de projets vraiment beaux. — Je fais un drame en prose, je te l'ai dit, *Madame Aubin* [...]. — Je complète un opéra-bouffe XVIIIe siècle, commencé il y a 2 ou 3 ans avec Sivry. [...] — Un roman féroce, aussi sadique que possible et très sèchement écrit. — Une série de *Sonnets* dont *Les Amies* font partie [...]. — La préface aux *Vaincus* où je tombe *tous les vers*, y compris les miens [...]. — Voilà, je pense, quelque besogne.
>
> Je caresse l'idée de faire, — dès que ma tête sera bien reconquise, — un livre de poèmes (dans le sens *suivi* du mot), poèmes didactiques si tu veux, d'où l'*homme* sera complètement banni. Des paysages, des choses, malices des choses, bonté, etc., etc., des choses. — Voici quelques titres : *La Vie du Grenier*. — *Sous l'eau*. — *L'Île*. — Chaque poème serait de 300 ou 400 vers. — Les vers seront d'après un système auquel je vais arriver. Ça sera très musical, sans puérilités à la Poe [...] et aussi pittoresque que possible. *La vie du Grenier*, du Rembrandt ; *Sous l'eau*, une vraie chanson d'ondine ; *L'Île*, un grand tableau de fleurs, etc., etc [1].

Ces projets n'aboutiront pas, quoique Verlaine fasse encore figurer quelques-uns de ces titres sur la couverture des *Romances sans paroles* un an plus tard, tantôt parmi les « ouvrages en préparation », tantôt dans la liste de volumes déjà parus. La nature du « système », qui aurait peut-être dû marquer son passage de l'impressionnisme à

---

1. *Œuvres complètes*, éd. citée, p. 1034-1035.

la poésie objective, reste difficile à saisir. Les quelques lignes qui l'esquissent semblent un prolongement de la manière des *Paysages belges* (« Walcourt », « Charleroi » et « Malines » en particulier), et préludent à l'esprit de « L'Art poétique », qui, écrit l'année suivante, donne à la musique et à la musicalité une importance décisive. Cependant, les préceptes de ce poème, inséré dans *Cellulairement*, évoquent plus la technique des *Romances sans paroles* qu'ils n'annoncent de nouvelles méthodes. Cela dit, *Cellulairement* contient des poèmes qui sont présentés par Verlaine comme des essais résultant du « système » : ainsi les trois derniers sonnets de *L'Almanach pour l'année passée*, datés pour l'ensemble de septembre 1873[1]. Le poète les oppose, dans la lettre où ils figurent, à deux textes écrits suivant « le vieux système », « trop facile à faire et bien moins amusant à lire » : « Autre » et « Un pouacre », datés respectivement juillet et septembre 1873. Une certaine obscurité — pour ne pas parler de symbolisme avant la lettre — distingue les premiers des seconds. « L'espoir luit... », un des sonnets de la première série, avait du reste été choisi par Jules Lemaitre en 1888 pour illustrer le caractère abscons et artificiel de la nouvelle école, en l'occurrence le symbolisme, dont Verlaine lui apparaissait comme le chef de file[2].

Verlaine qualifiera les textes de *L'Almanach* de « fantaisies » quelques semaines plus tard, se voyant « obligé d'ajourner le fameux volume sur *les Choses* » qu'il avait en projet, faute de trouver « la tension d'esprit » nécessaire ; il enverra encore à son correspondant une « prière de la primitive Église » écrite « d'après le système » mais ce douzain ne sera pas jugé digne de figurer dans le recueil et Verlaine ne le publiera pas de son vivant[3]. Il n'est donc pas simple de fixer le passage des *Romances sans paroles*

---

1. Voir lettre à Lepelletier [octobre 1873], *ibid.*, p. 1065.
2. « M. Paul Verlaine et les poètes "symbolistes" et "décadents" », art. cité. Lemaitre ne pouvait pas connaître la véritable date de composition de ce poème.　　3. Lettre à Lepelletier, 24-28 novembre 1873, *Œuvres complètes*, éd. citée, p. 1071, 1072. Voir ce texte en appendice, p. 282.

à *Cellulairement*, en dépit des déclarations d'intention du poète. Les circonstances dans lesquelles ce recueil sera formé[1] détermineront en effet des changements d'orientation et de thématique, et l'emprisonnement donnera à la poésie verlainienne une inflexion qu'elle n'aurait certainement pas prise dans une situation « normale ». *Cellulairement* est ainsi un recueil hybride, le premier d'une longue série dans l'œuvre de Verlaine : contrairement aux quatre volumes qui le précèdent, il présente des parties très différentes entre elles, tant du point de vue du ton que de la manière, et le fil conducteur qui devrait les relier est parfois bien ténu.

Mes prisons

La composition de ce recueil virtuel, puisqu'il ne fut pas publié, s'étend sur dix-huit mois si l'on se tient aux indications portées par Verlaine au bas de ses poèmes : dix-huit mois de prison et de solitude forcée pendant lesquels le poète poursuit son œuvre, sans autre programme que celui de composer et de réunir des poèmes, pour que son nom « ne reste pas oublié ». Fait unique dans l'œuvre de Verlaine, tous les poèmes de *Cellulairement* sont datés, singulièrement ou par groupes. On a beaucoup discuté l'exactitude de ces mentions, arguant que le poète n'aurait pu, matériellement et suivant ses rythmes habituels, avoir écrit tel texte en tel lieu ou à tel moment[2]. Il importe certes de reconstituer la chronologie des poèmes de Verlaine, d'autant qu'il s'est plu à la confondre au fil du temps et de volume en volume, mais il faut prendre en compte les intentions qui l'ont guidé dans l'organisation et la succession des poèmes de *Cellulairement*. De

---

1. Voir les Notes sur l'établissement du texte, p. 53-56.   2. Voir sur cette question controversée : V. Ph. Underwood, « Le *Cellulairement* de Paul Verlaine », *Revue d'histoire littéraire de la France*, juillet-septembre 1938, p. 372-378 ; H. de Bouillane de Lacoste et H. Saffrey, « Verlaine en prison », *Le Mercure de France*, 1er août 1956, p. 653-684 ; A. Fongaro, « Notes sur la genèse de *Cellulairement* », *Revue des sciences humaines*, avril-juin 1957, p. 165-171.

« Impression fausse » daté de « Br[uxelles], 11 juillet 73.
Entrée en prison » au *Final*, daté de « Mons, 16 janvier
[1875]. S[ort]ie de pr[ison] », la chronologie du recueil
est d'abord celle de la captivité, avec ses étapes administra-
tives et ses moments douloureux : « Berceuse » est daté
« 8 août 1873 », le jour de la condamnation de Verlaine
à deux ans de prison par le tribunal correctionnel de
Bruxelles ; la mention qui termine « Réversibilités »
(« Dans la prison cellulaire de Mons. Fin octobre 1873 »)
évoque son transfert dans cet établissement le 25 octobre
de cette année et la date de « Via dolorosa », « Mons,
juin-juillet 1874 », coïncide avec l'annonce faite au poète,
par le directeur de la prison, de la séparation de corps et
de biens avec Mathilde, et avec sa conversion. La date du
Final, modifiée sur le manuscrit principal, montre que
Verlaine a choisi d'accorder son parcours spirituel avec
les moments forts de sa détention en un double chemin
de croix, plutôt que de reproduire ses états d'âme au jour
le jour : daté d'abord de « Mons. 20 août 1874 » (cette
date concorde avec celle de la correspondance, Verlaine
annonçant le *Final* à Lepelletier le 22 août 1874, sept
jours après avoir reçu la communion), il la modifie en
« 16 janvier [1875] », jour de sa libération. Le plan du
recueil n'est d'ailleurs pas rigoureusement chronologique,
puisque Verlaine place les quatre premiers « récits diaboliques » datés 1873 après une suite de textes datés 1874.
Ainsi, sans perdre de vue les deux aspects de la question
(celui de la datation des pièces et celui de leurs positions
respectives), il convient d'aborder les poèmes de *Cellulairement* dans l'ordre que Verlaine leur a assigné, comme
les étapes d'une rédemption qui culminerait avec la
liberté retrouvée.

Cellulairement est un recueil de prison, et qui l'affirme
haut et fort. Le titre est quelque peu énigmatique : cet
adverbe rare et récent (1862), né avec la biologie cellulaire, n'a pas été employé avant Verlaine pour qualifier
la réalité carcérale. Il ne faut pas pour autant attendre
l'indication qui clôt « Réversibilités » (« dans la prison
cellulaire de Mons ») pour le comprendre, car le prologue

de l'œuvre est direct et explicite : « ces vers maladifs / Furent faits en prison ». Verlaine ne tire nulle gloire de cet épisode et ne se pose pas non plus en victime : il assume la fatalité qui, selon lui et malgré lui, l'a conduit derrière les barreaux :

> *Un mot encore, car je vous dois*
> *Quelque lueur en définitive*
> *Concernant la chose qui m'arrive :*
> *Je compte parmi les maladroits.*

> *J'ai perdu ma vie et je sais bien*
> *Que tout blâme sur moi s'en va fondre :*
> *À cela je ne puis que répondre*
> *Que je suis vraiment né Saturnien.*

Mais Verlaine n'est ni Silvio Pellico, ni Jean Genet. C'est un homme qui subit un état de fait et qui, de semaine en semaine, s'interroge sur son devenir. La réalité de la prison ne le sollicite pas essentiellement. Il réservera à la prose, bien plus tard, le soin de rendre compte de son expérience de détenu[1]. Le recueil laisse peu de place à l'anecdote, au décor et à la vie carcérale : si à la suite du prologue, « Impression fausse » et « Autre » inaugurent le cycle bruxellois avec une certaine bonhomie et si « Réversibilités » signale en partie le passage à la prison montoise, seuls deux dizains des « Vieux Coppées » et une strophe de « Via dolorosa » renvoient encore à la vie de prison. Et c'est à peine si, dans « Sur les eaux », daté juillet 1873, le poète se demande naïvement « pourquoi / [s]on esprit amer / D'une aile inquiète et folle vole sur la mer [...] ivre de soleil / Et de liberté ». Sur un total de 44 pièces, c'est peu pour un recueil qui porte un tel titre.

Restructuré comme il l'a été après la libération de Verlaine en 1875, *Cellulairement* relate une crise d'identité sans pareille dans sa vie. Les événements qui l'ont provo-

---

1. *Mes prisons*, 1893.

quée et les dix-huit mois de privation de liberté qui l'ont
entretenue auraient pu réfréner son désir d'écrire, la lassitude et le désespoir auraient pu le briser. Il n'en a rien
été, sinon qu'il n'était pas, moralement et intellectuelle-
ment, en condition de poursuivre les recherches qu'il
s'était fixées en mai 1873. Il lui restait son moi, *son
pauvre moi* désemparé, et une situation propre à exacer-
ber les sentiments d'extranéité, d'impuissance et de rési-
gnation qui le poursuivaient depuis sa jeunesse. Il n'y a
pas loin des *Poèmes saturniens* à *Cellulairement,* au-delà
de l'identité saturnienne rappelée dans le prologue. Les
thèmes de *Melancholia* ou des *Paysages tristes*, deux des
sections du recueil de 1866, retrouvent naturellement leur
place ici, amplifiés par le contexte : ainsi le tiraillement
de « Berceuse » se rapproche-t-il du balancement de la
célèbre « Chanson d'automne », ainsi l'abandon de « La
Chanson de Gaspard Hauser » rappelle-t-il la dernière
strophe de « L'Angoisse ». Avec cette différence, fonda-
mentale, que ce qui pouvait n'être parfois que complai-
sance (un laisser-aller très entretenu, une langueur
satisfaite) prend ici des accents douloureux : Verlaine ne
joue plus avec la réalité, il la vit.

Échappées

Dans « Au lecteur », Verlaine désigne le contenu de
son livre comme des « rêves de malade » (*ægri somnia*).
Ces rêves ne sont pas seulement des chimères, ce sont
aussi des fuites. Retour au passé et au souvenir, refuge
dans le sommeil et l'imaginaire, et, plus tard, consolation
dans la religion, elles le détournent un moment de la réalité, elles le protègent de la désespérance. Verlaine est
plus que jamais, dans *Cellulairement*, le poète de l'entre-
deux. De la recherche de l'autre comme gage d'innocence
(« La Chanson de Gaspard Hauser ») à la contemplation
de son propre moi livré au sarcasme et à la dérision (« Un
pouacre »), l'expérience du dédoublement est salutaire
pour repousser les démons de la culpabilité mais elle permet aussi de se dégager de la réalité. Bien des poèmes

dans *Cellulairement* prennent leur essor à partir d'un état
second, à mi-voie entre l'éveil et le sommeil, entre le rêve
et la vie. Et ce n'est pas tant le « grand sommeil noir »
(« Berceuse ») qui s'abat sur la destinée du poète que le
« tiède demi-sommeil » (« Sur les eaux ») qui le maintient
dans un état proche de la torpeur et de l'engourdissement,
état qu'il recherche et entretient. C'est qu'il lui importe
avant tout de « chasser la mémoire et l'âme » (« Les
choses qui chantent... ») pour se libérer du passé : « L'espoir luit... », le second poème de l'*Almanach pour l'année passée* témoigne ainsi d'une volonté d'abandon, d'un
désir d'échapper aux contingences, d'un besoin de retrouver l'innocence perdue :

> *Pauvre âme pâle, au moins cette eau du puits glacé,*
> *Bois-la. Puis dors après. Allons, tu vois, je reste,*
> *Et je dorloterai les rêves de ta sieste,*
> *Et tu chantonneras comme un enfant bercé.*

Verlaine se plaît à demeurer au seuil de l'illusion, à cet
endroit précis où tout pourrait basculer, où la conscience
et l'inconscience se recouvrent et se fondent, laissant
venir à lui les sensations comme un effleurement de
l'âme. La somnolence est son tempérament, qui le laisse
sans force au bord de l'abîme. Il n'y a guère de poème
qui illustre mieux ce fragile équilibre que « Kaléidoscope » : entre le pressentiment et la submersion, le poète
se laisse prendre au jeu de la fragmentation et de la
recomposition des images :

> *Ce sera comme quand on rêve et qu'on s'éveille,*
> *Et que l'on se rendort et que l'on rêve encor*
> *De la même féerie et du même décor.*

L'espace de « Kaléidoscope » résulte à la fois de la
projection et de l'introspection : les éclats colorés de la
mémoire et du passé, dans leur tournoiement, y *fabri-
quent* du rêve. Verlaine ne procède pas autrement, dans
un autre poème, lorsqu'il laisse venir à lui avant qu'elles

ne s'effacent ces « Images d'un sou » qui s'enchevêtrent et se superposent pour former, sur un rythme de sept syllabes proche de la litanie, la plus improbable des légendes populaires. On avait déjà vu cette manière de pot-pourri dans la sixième ariette des *Romances sans paroles* ; ici ce sont autant de « magies » résultant d'une opération de confusion des espaces, des personnages et des époques, comme si devait se concrétiser un lieu idéal, réceptacle de toutes les histoires d'amours malheureuses. Plus encore que dans les *Romances sans paroles*, il cherche à se dégager de l'emprise du monde sur le moi : il sait que là où il se trouve, les « Déjàs sont les Encors » et les « Jamais sont les Toujours » (« Réversibilités »).

Intermèdes

Il est d'autres palliatifs à l'ennui que la culture de l'ennui. Verlaine le sait, qui conserve son humour et continue de pratiquer la dérision. Depuis sa cellule, il ne renonce pas à ces dessins, chansons et jeux de mots, tellement propres à sa nature, qui émaillent l'ensemble de sa correspondance. Les *Vieux Coppées*, insérés dans *Cellulairement* comme un intermède ludique, sont un ensemble de dix dizains parodiques qu'il envoie à Lepelletier avec les dix sonnets religieux qui forment le *Final* du recueil[1]. Il n'y a pas de poèmes plus différents que ceux de ces ensembles, tant du point de vue du ton que de la manière, tant du point de vue de la nature des textes que de leur portée. Les « Coppées » se rapportent à la veine satirique de Verlaine, une voie qu'il empruntera toujours, y compris dans les moments les plus graves. Imités des *Promenades et intérieurs* de François Coppée[2], ils ser-

---

1. Envoi groupé des lettres du 22 août et du 8 septembre 1874, *Œuvres complètes*, éd. citée, p. 1079-1082 et 1085-1090. Les *Vieux Coppées* sont datés « janvier, février, mars et *passim* » mais certains d'entre eux ont été écrits après la « conversion » (notamment le VIIIᵉ).
2. *Poésies 1869-1874*, Lemerre, 1874. Ces poèmes avaient d'abord paru dans *Le Parnasse contemporain* de 1869 et dans *Le Monde illustré* en 1871.

vent à la fois d'exutoire et de repoussoir, le pastiche autorisant les excès et les faiblesses sous le couvert du divertissement. Mais contrairement aux « Coppées » transcrits par Verlaine dans *L'Album zutique* et qui parodient le style réaliste et bon enfant des *Promenades et intérieurs*, ceux qu'il recueille dans *Cellulairement* ne conservent de leur modèle que l'enveloppe formelle et la disposition d'ensemble, encadrés d'un prologue et d'un épilogue. Ces « cent vers coupés en dizains chastes / Comme les ronds égaux d'un même saucisson / [...] / À l'instar de Monsieur Coppée et des cigales » ne sont là, en apparence, que pour accueillir « tout désir un peu sot, toute idée un peu bête ».

Il ne faut pas sous-estimer ces poèmes sous prétexte qu'ils ne seraient qu'une distraction. Ils sont aussi le lieu de la récrimination, de la critique féroce et de l'engagement : ils illustrent une inflexion verlainienne vers l'invective. À travers ces faux pastiches, Verlaine règle des comptes avec ses anciens amis, avec les poètes de son temps et avec la société, et les *Vieux Coppées* répondent en partie aux griefs formulés contre lui par son ancien éditeur, Alphonse Lemerre, quand Verlaine lui avait proposé de publier *Les Vaincus*, son recueil social jamais écrit : la jalousie et la politique[1]. Ces dizains en prise avec la réalité et l'actualité annoncent aussi une manière qui sera celle du Verlaine des années quatre-vingt et quatre-vingt-dix, et que d'aucuns considèrent tantôt comme une trahison envers la poétique de la « chanson grise », tantôt comme l'indice d'une perte de moyens ; ils témoignent, à mon sens, de la grande capacité de Verlaine d'adapter son discours à ses formes.

Un des poèmes les plus importants de Verlaine fait suite aux *Vieux Coppées* dans *Cellulairement* : « L' Art poétique ». Placé à cet endroit du recueil, il semble le partager entre un avant et un après, entre la plainte et

---

1. Voir M. Pakenham, « La correspondance de Verlaine », dans *Dédicaces à Paul Verlaine,* Metz, Éditions Serpenoise, 1996, p. 88-90, fac-similé.

l'attente d'une part, la crise religieuse et l'espoir d'autre part. Or, le contenu de « L'Art poétique » ne concerne ni les vers qui le suivent ni ceux qui le précèdent immédiatement. Ce texte constitue le point d'orgue des *Romances sans paroles*. Dans la première partie de *Cellulairement*, quelques poèmes empruntent bien la voie de la nuance, de la musique, de la méprise et du mètre impair, se refusent à l'éloquence et à la facilité des bons mots. Ils sont comme les échos des *Romances sans paroles*, dont la résonance se prolongera encore pendant quelques années, mais de plus en plus faiblement, jusque dans *Sagesse*. « L'Art poétique » en constitue à la fois la synthèse magistrale et l'épilogue, disant à travers des matins, des odeurs, des envols, — témoignage d'un ailleurs peut-être perdu, du moins inaccessible —, le bonheur et la liberté absolue de la poésie :

> *Que ton vers soit la Chose envolée*
> *Qu'on sent qui fuit d'une âme en allée*
> *Vers d'autres cieux à d'autres amours.*
>
> *Que ton vers soit la bonne aventure*
> *Éparse au vent crispé du matin*
> *Qui va fleurant la menthe et le thym...*
> *Et tout le reste est littérature.*

Envolées

« Lorsque l'âme flotte incertaine entre la vie et le rêve, entre le désordre de l'esprit et le triste retour de la raison humaine, c'est sans doute dans la pensée religieuse qu'il faut chercher des consolations » écrivait Nerval[1]. Verlaine fut sujet à une violente crise religieuse alors qu'il se trouvait en prison. En mai 1874, le directeur lui communique une triste nouvelle : le tribunal de la Seine a prononcé la séparation entre les époux, confiant la garde

---

1. Gérard de Nerval, extrait d'un ms. d'*Aurélia* (seconde partie), dans *Les Manuscrits d'*Aurélia *de Gérard de Nerval*, présentés par J. Richer, Les Belles Lettres, 1972, planche 6.

du petit Georges à Mathilde et condamnant Verlaine au versement d'une pension alimentaire. « Une heure après », écrit Verlaine dans *Mes prisons*, « je me pris à dire à mon "sergent" de prier monsieur l'Aumônier de venir me parler. Celui-ci vint et je lui demandai un caté-chisme »[1]. En l'espace de quatre mois, Verlaine se confessera et recevra la communion : cette profonde transformation le portera, sur le plan de l'art, à reconsidé-rer son cheminement poétique. Il n'y a pas lieu de s'inter-roger ici sur l'authenticité de la foi de Verlaine ou sur la sincérité de ses pratiques religieuses, qui lui appartiennent en propre. Il n'avait pas attendu d'être touché par la grâce pour écrire des poèmes religieux : il faisait part à Lepelle-tier de « *cantiques à Marie* et de prières de la primitive Église » en novembre 1873 et il avait déjà, à cette date, écrit quatre de ses « récits diaboliques »[2]. Il avait été sol-licité par des formes et des genres traditionnels ou popu-laires, comme les romances médiévales ou les litanies de la Vierge, et l'on trouve dans ses poèmes antérieurs des traces de ce latin d'église dont il partageait le goût avec Rimbaud : ainsi dans « Le Bon Disciple », composé en mai 1872, ou dans la sixième ariette des *Romances sans paroles*. Nul dessein spirituel ne semblait l'animer alors, au contraire[3].

La partie consacrée à la religion est très importante dans *Cellulairement* : dix-huit poèmes sur quarante-quatre (1032 vers sur un total de 1632). Faisant suite à « L'Art poétique », ils forment la dernière partie et la conclusion du recueil en une suite logique et ordonnée, de l'éveil du pécheur à son repentir jusqu'à l'obtention de la grâce. « À qui de droit » inaugure ce cycle non sans quelque grandiloquence : la poursuite de la bienveillance et de l'indulgence, voire du martyre devrait laver le poète de toute opprobre (et les allusions aux « calomnies » de

1. *Œuvres en prose complètes*, éd. citée, p. 346. **2.** Lettre du 24-28 novembre 1873, *Œuvres complètes*, éd. citée, p. 1071, 1072. **3.** Voir M. Pakenham, « "Je suis élu, je suis damné !" », dans *Spiritua-lité verlainienne*, éd. J. Dufetel, Klincksieck, 1997, p. 79-88.

la famille Mauté sont à peine voilées) mais une certaine
patience est de mise. « Via dolorosa » égrène, strophe
après strophe, les doléances d'une vie qui, de certitudes
en incertitudes, a conduit le poète au pied de la croix.
Verlaine a indiqué, dans un exemplaire annoté de
Sagesse, les divers épisodes de sa vie auxquels correspon-
dent les parties du poème, comme autant de stations sur
son chemin de Damas, des plus sereines aux plus doulou-
reuses. Daté de juin-juillet 1874, ce poème est contemporain de sa conversion et évoque un épisode raconté dans
Mes prisons. On peut donc parler d'autobiographie : sans
faire l'impasse sur les voix du discours — le dialogue ici
accuse l'altérité —, sans ôter à ces vers leur qualité propre
— ce poème bourdonne comme un récitatif —, Verlaine
est bien là, qui souffre, s'interroge et se tourmente.
« C'est absolument *senti* », écrivait-il à Lepelletier à propos des sonnets du *Final*[1]. Revenu au moi et à son être
lyrique, Verlaine renonce à la poésie impersonnelle et
objective qui l'avait un temps sollicité ; parce qu'il rend
compte d'une expérience, et d'une expérience boulever-
sante, son intimité et sa sincérité deviennent le gage de
l'authenticité de sa poésie.

On reste frappé par la chute de ton dans les « récits
diaboliques », « Crimen amoris » excepté. Cet ensemble,
réuni artificiellement au cycle religieux comme un exem-
plier édifiant avant la confrontation finale avec le Christ,
date de l'année 1873 et, si l'on en croit Verlaine, de ses
premiers mois de prison. Il en était assez fier : plus tard,
quand Charles Morice préparait la première monographie
qui allait lui être consacrée, il conseillait à l'auteur :

> Veuillez appuyer sur mon côté inventif, narratif plutôt,
> dont on n'a jamais parlé sauf vous une fois je crois. Il
> me semble que *Crimen amoris*, *La grâce*, *L'impénitence
> finale*, *Don Juan pipé*, *Amoureuse du Diable* [...] forment
> dans l'ensemble de ce que j'ai écrit un groupe assez

1. Lettre du 8 septembre 1874, *Œuvres complètes*, éd. citée, p. 1090.

important de choses à personnages pour être mentionné et apprécié[1].

La poésie narrative est un genre qui, par sa nature, côtoie la prose. Celle de Verlaine frôle parfois le prosaïsme. Charles Morice, tout à son sujet et attentif à ne pas froisser le maître, justifiait ce penchant par la nécessité : tout récit se devant d'être fluide et continu, le vers ne doit pas l'emporter sur le déroulement narratif. Pour le fond, il plaçait Verlaine dans la lignée de La Fontaine, de Voltaire et de Musset, avec cette singularité que notre poète aurait introduit dans le genre du conte en vers l'idée philosophique ou religieuse[2]. En vérité, Verlaine se situe dans le droit fil du romantisme fantastique qui a fait de la figure du diable dandy, joueur et tentateur, l'un de ses archétypes. Les « chroniques parisiennes » que sont « L'impénitence finale » et « Amoureuse du diable » (« Bouquet à Marie », dont on ne connaît pas de sous-titre, se rapproche de cette série quoique l'autobiographie y soit prépondérante) actualisent le thème et sont l'occasion pour Verlaine de vitupérer « ce temps bête » dont il dénonce l'hypocrisie et la facticité ; elles donnent aussi lieu à un exercice de style que d'aucuns ont jugé de mauvais goût, estimant barbare le procédé qui consiste à mêler les niveaux de langue et à introduire en poésie des solécismes et des tournures populaires. C'est pourtant un des traits de la langue de Verlaine qui ne cessera de se développer avec le temps et *Cellulairement*, contrairement à la relative unité linguistique des recueils précédents, présente en grand nombre de ces dénivellements, de ces ruptures discursives qui, avec la mobilité des coupes et la variété des rythmes, libèrent le langage poétique du « haut style » dans lequel il était confiné.

Il n'y a guère là de faiblesse : Verlaine excelle dans le maniement des registres et il suffit de lire « Crimen amo-

---

1. Lettre du 29 août 1887, dans *Lettres inédites à Charles Morice*, éd. G. Zayed, Nizet, 1969, p. 88.   **2.** Ch. Morice, *Paul Verlaine,* Vanier, 1888 ; reproduit dans *Verlaine*, Presses de l'Université de Paris-Sorbonne, *op. cit.*, p. 252-253.

ris », le premier des « récits diaboliques », pour constater à quel point il peut être proche du sublime. « Crimen amoris » est une symphonie, avec chœurs, danses, coups de cymbale et roulements de tambour, passant d'un mouvement à l'autre dans un tourbillon de couleurs et de lumières. Verlaine a rarement été aussi maître de son *tempo* que dans ces cent vers voués au dépassement du bien et du mal, où le héros, jeune démon souvent identifié avec Rimbaud, provoquant Dieu, s'offre en sacrifice au nom de l'Amour universel. C'est son second poème écrit en vers de onze syllabes (après la quatrième ariette des *Romances sans paroles*) et une des grandes réussites du genre. Difficile à manier (sa proximité avec l'alexandrin lui donne un aspect d'inachevé que son asymétrie renforce, en plus du rythme heurté et des coupes irrégulières qu'elle lui impose), ce mètre est autant, dans « Crimen amoris », celui du chaos, de l'apothéose et de l'écroulement que celui de l'apaisement et de la plénitude. Il témoigne de la grande maîtrise, par Verlaine, de ses instruments.

Le *Final* de *Cellulairement*, écrit avant que Verlaine eût terminé son volume, est formé par dix sonnets, organisés selon un dialogue entre le poète et le Christ. Verlaine n'est pas le premier à avoir donné la parole à Jésus, mais l'entreprise était risquée : il fallait éviter le didactisme et le style ampoulé de la poésie catholique traditionnelle et se garder de heurter les dogmes et l'Écriture, bref, rester un poète moderne tout en ne sortant pas de l'ornière canonique [1]. Les sources de Verlaine sont en partie connues : il se réfère à la Bible et en particulier à l'Évangile de saint Jean ; aux Pères de l'Église (saint Augustin), au *Catéchisme de persévérance* de Mgr Gaume (qui l'aida à retrouver la foi), mais aussi aux textes « littéraires » de la tradition chrétienne, à l'*Imitation*, aux mystiques (à saint Jean de la Croix, à sainte Thérèse, à sainte Catherine de Sienne), voire aux litanies

---

1. En faisant éditer *Sagesse* chez Victor Palmé, l'éditeur des Bollandistes, Verlaine recherchait bien une sorte d'*imprimatur*.

mariales et à la liturgie [1]. Au-delà de cet aspect théologique, les « sonnets dialogués » rendent compte d'un élan vers le Christ en une valse-hésitation de désirs, de remords et d'angoisses. On pourrait parler d'une poétique du *logos* : ces sentiments se traduisent en effet, sur le plan expressif, par une syntaxe saccadée et fragmentée, caractérisée par de fréquentes ruptures de constructions où interrogations, exclamations et répétitions poussent le poème dans le registre de l'oral, à l'abri de tout artifice.

« À qui de droit », « Via dolorosa » et *Final* constituent la partie la plus neuve de *Cellulairement*, non seulement parce que ces poèmes rendent compte d'une crise spirituelle, mais parce qu'ils sont à l'origine d'une rupture poétique. Après *Cellulairement*, Verlaine remettra en cause les « vers sceptiques et tristement légers » qui précédaient sa conversion, et cela au nom de la sincérité et du naturel [2]. Inscrit au cœur même du recueil, ce tournant aura des répercussions dans toute l'œuvre : un tel revirement a peut-être précipité l'abandon du projet de *Cellulairement* dans la deuxième moitié des années soixante-dix. Non que Verlaine laisse d'un coup une manière pour une autre, la chanson douce pour l'épanchement ; mais l'une prendra lentement le pas sur l'autre, presque jusqu'à l'étouffer. Œuvre charnière, *Cellulairement* offre donc un témoignage de première importance sur l'évolution poétique de Verlaine, sans quoi bien des positions qu'il a prises ne s'expliqueraient pas. La reconstitution de cet ensemble permet en outre de replacer dans leur contexte des poèmes éparpillés et d'éviter des méprises d'ordre historique, biographique et poétique. *Sagesse* illustre bien ce problème : les cinq années qui séparent les deux recueils, le parti pris catholique de 1880 et la distribution éclatée des poèmes plus anciens ont alors neutralisé les textes provenant de *Cellulairement* jusqu'à en fausser la

---

1. Voir L. Morice, *Verlaine, le drame religieux*, Beauchesne, 1946 et, du même auteur, son éd. de *Sagesse*, Nizet, 1948.   **2.** Préface à la première édition de *Sagesse*, *Œuvres en prose complètes*, éd. citée, p. 239.

lecture et l'interprétation. *Sagesse* était inconcevable sans *Cellulairement*. Certes, un projet abandonné, quoique porté à terme, reste toujours un projet. Lui redonner sa place dans l'œuvre de Verlaine est pourtant plus qu'une nécessité.

Olivier Bivort

Je remercie cordialement Steve Murphy, Michael Pakenham, Yves Peyré et Fabrice van de Kerckhove pour leur disponibilité : les documents qu'ils m'ont fournis ou qu'ils m'ont permis de consulter m'ont été indispensables pour mener à bien cette édition.

André Guyaux a bien voulu relire ces notes. Je le remercie vivement.

NOTES SUR L'ÉTABLISSEMENT DU TEXTE

ROMANCES SANS PAROLES

L'histoire éditoriale des *Romances sans paroles* débute au mois de mai 1872. Dans les livraisons des 18 mai et 29 juin 1872 de *La Renaissance littéraire et artistique*, la revue dirigée par Émile Blémont, Verlaine publie deux poèmes aux titres prometteurs : « Romance sans paroles » (la future première ariette) et « Ariette » (la future cinquième ariette). Il vit alors une relation tumultueuse avec Rimbaud, qui l'éloigne toujours plus de sa femme et de ses amis. Les deux poètes quittent la France le 8 juillet 1872 pour la Belgique : ils y resteront deux mois, avant de gagner l'Angleterre. C'est à Londres, au début de l'automne, que Verlaine forme le projet d'un recueil contenant ses poèmes écrits en mai et en juin (*Ariettes oubliées*), ainsi que des textes inspirés par son séjour en Belgique (*Paysages belges*). Le titre est fixé fin septembre ; cependant, quoique Verlaine affirme être en mesure de livrer son volume à l'impression en novembre, ni le plan ni le contenu ne sont encore définitivement arrêtés (lettre à Lepelletier du 24 septembre 1872 [1]) : aux *Paysages belges* et à une « série d'impressions vagues, tristes et gaies », il pense ajouter une diatribe fournie contre Mathilde, sous la forme d'une dizaine de poèmes (*Birds in the night*), en contrepoint à *La Bonne Chanson* (lettres à Blémont du 5 octobre 1872 et de décembre 1872).

---

1. Pour toutes références à la correspondance, voir *Œuvres complètes*, éd. citée.

En décembre 1872, le futur recueil contient quelque 400 vers et se divise alors en quatre parties : *Romances sans paroles*, *Paysages belges*, *Nuit falote (XVIIIᵉ siècle populaire)* et *Birds in the night* ; Verlaine annonce à Lepelletier qu'il va « porter [le manuscrit] chez l'imprimeur » et que le volume paraîtra en janvier 1873 (décembre 1872). Il tient le même discours à Émile Blémont en février 1873 : « mon petit volume *Romances sans paroles* est archifini et n'attend plus que de faire gémir les presses de Greek street, Soho[1] ». Malheureusement, le projet n'aboutit pas et lorsque Verlaine quitte Londres à destination de la Belgique en avril 1874, son recueil est toujours à l'état de manuscrit. De Jéhonville, il se met à la recherche d'un éditeur français par l'entremise de Lepelletier[2] : il brûle de publier son livre avant le procès intenté contre lui par les Mauté (lettre à Lepelletier du 15 avril 1873). Ses déboires éditoriaux se poursuivent : les Lachaud, Dentu, Lemerre, Lechevalier et autres éditeurs parisiens, sollicités par Lepelletier à qui il a enfin envoyé le « phâmeux manusse » (lettre du 19 mai 1873), refusent d'imprimer les *Romances sans paroles*. Lepelletier parle avec raison de « la sorte d'ostracisme dont Verlaine demeur[e] frappé »[3] : Blémont mis à part, le milieu littéraire fait en effet des gorges chaudes de sa fuite avec Rimbaud et le tient soigneusement à l'écart de toute activité et de toute publicité. Verlaine, qui regagne Londres avec Rimbaud à la fin du mois de mai, continue à s'enquérir du sort de son livre auprès de Lepelletier, lequel allègue de vagues motivations politiques pour justifier le refus des éditeurs (juin 1873).

---

1. Les presses de l'*Avenir*, le journal en langue française que dirigeait à Londres Eugène Vermersch, proscrit de la Commune et ami de Verlaine, et dans les colonnes duquel le poète avait déjà publié un poème, « Des morts » (13 novembre 1872). **2.** Delahaye signale qu'il se serait d'abord adressé à Léon Deverrière « un ami de Rimbaud qui dirigeait [à Charleville] *Le Nord-Est*, journal républicain des Ardennes » (*Verlaine, op. cit.*, p. 166). **3.** *Paul Verlaine : sa vie, son œuvre*, Mercure de France, nouvelle éd., 1923, p. 362.

Le mois suivant, à Bruxelles, les événements que l'on sait précipitent Verlaine dans le plus noir des abîmes : arrêté le 10 juillet et condamné le 8 août à deux ans de prison pour coups et blessures sur la personne de Rimbaud, il est incarcéré aux Petits-Carmes. De sa cellule bruxelloise, il continue de presser Lepelletier, le priant de « faire imprimer [les *Romances sans paroles*] le plus tôt possible — 300 exemplaires — format *Fêtes galantes,* le même papier. Couverture légèrement saumon » et lui fournissant par la même occasion le détail d'un service de presse particulièrement riche (août ou septembre et octobre 1873). Il craint qu'on ne l'oublie et que sa réputation de poète ne s'affaiblisse, et il se rend compte que la poésie est, en prison, une issue de secours. Il faut savoir gré à Lepelletier de n'avoir pas abandonné son ami : rédacteur au *Peuple souverain*, journal républicain supprimé par le gouverneur militaire de Paris en mai 1873 et publié à Sens pour échapper à la censure imposée par l'état de siège, celui-ci décide d'utiliser le matériel de l'imprimeur local pour éditer les *Romances sans paroles*[1]. Le 24 novembre 1873, Verlaine reçoit les premiers placards de son livre à la maison de sûreté de Mons, où il a été transféré un mois plus tôt ; très satisfait, il suggère néanmoins quelques corrections, qui ne seront malheureusement pas toutes reportées (24-28 novembre 1873 et 27 mars 1874).

Les *Romances sans paroles* furent imprimées à Sens sur les presses de Maurice Lhermitte, tirées et brochées en février-mars 1874, à 500 exemplaires hors commerce, aucun éditeur n'ayant accepté de les parrainer. Verlaine reçut cinquante exemplaires en prison, à la fin du mois de mars ; « je remis un certain nombre de volumes à Madame Verlaine mère », écrit Lepelletier, « j'expédiai les envois que Paul Verlaine avait indiqués, je fis un ser-

---

1. Voir, pour les détails de cette impression, *ibid.,* p. 362-363 et notre dossier, p. 328-330.

vice aux journaux très complet. Pas un ne cita même le titre du livre »[1].

Établissement du texte

1. Manuscrits

Le manuscrit envoyé à Lepelletier le 19 mai 1873, « très en ordre, très revu » selon Verlaine lui-même, était formé de poèmes recopiés « sur des feuilles de papier à lettres, inégales, cependant en général assez soignées et propres »[2]. Edmond Lepelletier démembra et vendit le manuscrit des *Romances sans paroles* au début du siècle. Une première partie comprenant la page de titre, la dédicace et les quatre premiers poèmes des *Ariettes oubliées* fut acquise avec quelques placards par Jacques Doucet : ces feuillets se trouvent aujourd'hui dans la bibliothèque qui porte son nom[3]. Le manuscrit de « Charleroi » fut vendu à Louis Barthou et, joint à un exemplaire des *Romances sans paroles* dédicacé par Lepelletier au ministre bibliophile, il est passé en vente en 1935 et n'a plus refait surface depuis[4]. Enfin, la partie restante du manuscrit, la plus importante, fut achetée par Henry Saffrey à l'ami de Verlaine en 1907 ; passé successivement dans les collections d'Alfred Saffrey, de Jean Hugues et de Renaud Gillet, cet ensemble a été vendu en 1999[5] et se trouve actuellement dans une collection privée[6].

---

1. *Ibid.* En fait, seul Blémont rendit compte du volume (voir dossier, p. 323).   **2.** *Ibid.*, p. 327.   **3.** Ils sont reproduits en fac-similé dans Jean Richer, *Paul Verlaine*, Seghers, Poètes d'aujourd'hui, [1953]. Voir le fac-similé de la dédicace à Rimbaud ici même, p. 68. **4.** *Bibliothèque de M. Louis Barthou*, Blaizot, deuxième partie, 1935, n° 895. Il n'a pas été reproduit.   **5.** *From Stendhal to René Char : le cabinet de livres de Renaud Gillet*, London, Sotheby's, vente du 27 octobre 1999, n° 41, p. 73-76. Ce catalogue reproduit en fac-similé la 7ᵉ ariette, « Malines » et les trois premières strophes de « Chevaux de bois ».   **6.** Un article récent en a révélé l'existence, publiant quelques fac-similés inédits : J.-J. Lefrère, S. Murphy et J. Bonna, « Le manuscrit des *Romances sans paroles* », *Histoires littéraires*, n° 4, 2001, p. 21-39. Les auteurs reproduisent « Malines », la page de titre de *Birds in the night* et les trois derniers poèmes de cette série, « Green »,

Nous avons donné un état précis des documents disponibles, tant à partir des manuscrits originaux que des reproductions en fac-similé ; pour ce qui concerne les textes non accessibles ou qui n'ont pas été reproduits, nous nous sommes fondé sur l'édition de J. Robichez, lequel a pu consulter les manuscrits quand ils appartenaient encore à la famille Saffrey.

Verlaine a aussi envoyé des poèmes par lettres avant la mise en forme de son recueil. Ils sont pour la plupart adressés à Émile Blémont : « Simple fresque » (« Simples fresques I »), « Paysage belge » (« Simples fresques II »), « Chevaux de bois » et « Escarpolette » (la deuxième « ariette ») le 22 septembre 1872 ; les trois premières pièces de *Birds in the night* le 8 octobre 1872 et, alors que le recueil était déjà constitué, « A Poor Young Shepherd » et « The Child Wife » (« Child Wife ») le 22 avril 1873. Ces documents sont dans les collections de la Bibliothèque nationale de France. Enfin une copie du second poème de *Birds in the night*, apparaissant avec un surtitre (« La Mauvaise Chanson ») a probablement été envoyée à Lepelletier en octobre 1872 [1] : elle a été récemment reproduite dans la *Revue Verlaine* [2]. On trouvera dans les variantes les états correspondant à ces versions.

2. Publications préoriginales

— « Romance sans paroles » [première « ariette »], *La Renaissance littéraire et artistique,* 18 mai 1872, p. 27, dans la rubrique « Poésie ».
— « Ariette » [cinquième « ariette »], *La Renaissance littéraire et artistique*, 29 juin 1872, p. 76, dans la rubrique « Poésie ».

« Streets » (I et II) et « Beams » ; ils reportent en outre les six premiers vers de la 5e ariette et les huit premiers de la 7e.
1. Et non pas, comme l'indiquent les éditeurs des *Œuvres complètes*, à la suite de la lettre du 24 septembre 1872. **2.** Steve Murphy, « *La Mauvaise Chanson*, II », *Revue Verlaine*, n° 6, mars 2000, p. 239.

3. Éditions et poèmes parus du vivant de Verlaine

— *Romances sans paroles : Ariettes oubliées, Paysages belges, Birds in the night, Aquarelles*, Sens, typographie de Maurice L'Hermitte, 1874. Édition originale hors commerce tirée à 500 exemplaires. Pas d'achevé d'imprimer, non annoncée dans la *Bibliographie de la France*.

— « Chevaux de bois », dans *L'Artiste* (Bruxelles), n° 33, 19 août 1877, p. 263-264.

— « Chevaux de bois », dans *Sagesse*, Paris-Bruxelles, Société générale de librairie catholique, Palmé-Goemaere, 1881, p. 100-101 [III, xvii].

— *Romances sans paroles : Ariettes oubliées, Paysages belges, Birds in the night, Aquarelles*, édition nouvelle, Paris, Vanier, 1887. Deuxième édition tirée à 600 exemplaires. Pas d'achevé d'imprimer, annoncée dans la *Bibliographie de la France* le 17 septembre 1887.

— « Green », dans *Anthologie des poètes français du xixᵉ siècle*, t. III : *1842 à 1851*, Paris, Lemerre, [1888], p. 117-118. Pas d'achevé d'imprimer ; publié en fascicules hebdomadaires.

— « Il pleure dans mon cœur... », « Green », dans Paul Verlaine, *Album de vers et de prose*, Bruxelles, Librairie nouvelle, Anthologie des écrivains français et belges, vol. 58, série V, n° 10, [1888], p. 4.

— *Romances sans paroles : Ariettes oubliées, Paysages belges, Birds in the night, Aquarelles*, édition nouvelle, Paris, Vanier, 1891. Troisième édition. Pas d'achevé d'imprimer, annoncée dans la *Bibliographie de la France* le 8 août 1891.

— Paul Verlaine, *Choix de poésies*, Paris, Bibliothèque-Charpentier, 1891. Contient l'ensemble des poèmes des *Romances sans paroles* sauf la section *Birds in the night* et « Child Wife ». Tiré à 1535 exemplaires, sans achevé d'imprimer [mai 1891], annoncé dans la *Bibliographie de la France* le 20 juin 1891.

Nous n'avons pas tenu compte des publications ultérieures en revue, comme « Beams » dans *Le Gil Blas* du 30 octobre 1892 (quoique ce poème y soit intitulé « Romance sans paroles »)...

4. Choix du texte

Nous donnons ici le texte de l'édition originale (Sens, 1874) et non, comme la tradition philologique nous pousserait à le faire, celui de la dernière édition revue par l'auteur (1891). Dans le cas de Verlaine, il importe de lire chacun de ses poèmes dans son contexte et de les situer au mieux dans la chronologie de son œuvre, si souvent — et si intentionnellement — brouillée. Ainsi, en ce qui concerne les *Romances sans paroles,* des épigraphes significatives ont disparu au fil des éditions, une nouvelle disposition typographique des poèmes a neutralisé des découpages strophiques expressifs, des corrections ont modifié le sens de certains vers. Cependant, l'édition originale des *Romances sans paroles* n'est pas très soignée : imprimée dans des conditions difficiles, elle n'a pu bénéficier des relectures et des corrections nécessaires que tout auteur effectue avant l'impression. Il faut ajouter que Lepelletier n'a guère tenu compte des remarques de Verlaine, alors qu'il aurait pu améliorer le texte en temps utile. On possède néanmoins des documents dans lesquels Verlaine signale telle coquille, demande telle correction, précise telle variante, constituant *a posteriori* une lecture « sur épreuves » d'un texte déjà imprimé. Nous avons décidé de suivre, dans l'établissement du texte, l'ensemble de ces modifications sur la base de l'édition originale[1]. Ces sources sont partagées entre la correspondance et un certain nombre d'exemplaires tantôt corrigés de la main de Verlaine (dont une partie des premières et uniques épreuves), tantôt par les soins de Lepelletier[2].

---

1. Pour nous conformer à la tradition éditoriale, nous n'avons pas modifié le titre « Child Wife » corrigé par « The Pretty One » dans l'exemplaire des *Romances sans paroles* conservé à la British Library.
2. Dans la lettre à Lepelletier du 27 mars 1873, Verlaine demande à

Tenant compte de ces indications et des problèmes de ponctuation que nous nous sommes efforcé de résoudre (variantes indiquées ci-dessous en caractères gras)[1], nous nous écartons de l'édition originale dans les cas suivants, en signalant à chaque fois, et entre crochets, l'origine des corrections demandées par Verlaine :

Correspondance :
— Lettre à Lepelletier du 24-28 novembre 1873 : *a*
— Lettre à Lepelletier du 27 mars 1873 : *b*
— Lettre à Delahaye du 3 septembre 1875 : *c*
— Lettre à Blémont du 20 septembre 1875 : *d*

Exemplaires corrigés :
— Exemplaire d'épreuves corrigé (Bibliothèque littéraire Jacques Doucet) : *A*
— Exemplaire corrigé de la première édition (Bibliothèque nationale de France) : *B*
— Exemplaire corrigé de la première édition (British Library) : *C*
— Exemplaire corrigé de la première édition (Bloomington, Indiana University)[2] : *D*

[Édition originale, 1874] *Ariettes oubliées : I, vers 2 :* amoureuse *[corrigé dans B, C] ; vers 7 :* murmure, *[corrigé dans C] ; vers 15 :* n'est pas ? *[corrigé dans C] // II, vers 2 :* anciennes *[corrigé dans C] // IV, vers 1 :* choses *[corrigé dans C] ; vers 8 :* exile. *[corrigé dans C] // VI, vers 19 :* **palsembleu** *; vers 20 :* **loue** *// VIII, vers*

---

son correspondant s'il « n'y aurait pas moyen de corriger [des coquilles] à la main », opération qui fut réalisée dans un certain nombre d'exemplaires.

1. Dans sa lettre du 27 mars 1873, Verlaine signale à Lepelletier, mais sans les indiquer, qu'« il y a bien quelques virgules à déplacer et à enlever ».   **2.** Rosemary Lloyd, « Quelques manuscrits de Paul Verlaine », *Revue Verlaine*, nº 3-4, février 1997, p. 278-279. Malheureusement, les corrections reportées dans cet article ne sont pas toutes fiables (variante non signalée dans *Birds in the night*, un vers faux dans « Beams », une variante douteuse dans « Chevaux de bois »).

17 : poussine *[corrigé dans A, B, C] // IX, vers 8 :* noyées.
[corrigé dans C] // Charleroi, vers 2 : vont *[corrigé dans
C] // Bruxelles, Simples fresques* ɪɪ, *vers 9 :* Royers Collards *[corrigé dans C] ; date :* Auberge du *[corrigé dans
A, C, D] // Chevaux de bois, vers 8 :* **personne** *; vers
10 :* de votre tournoi *[corrigé dans A, C, D] ; vers 18 :*
éperons, *[corrigé dans C] // Malines, vers 19 :* Aime, à
loisir, *[corrigé dans A, C] // Birds in the night, vers 16 :*
Ne couveraient plus que *[corrigé dans A, B, C, D] ; vers
25 :* **geindre** *; vers 26 :* aimez *[corrigé dans a] ; vers
35 :* Patrie, *[corrigé dans D] ; vers 36 :* **France.** *; vers
44 :* meure. *[corrigé dans C] ; vers 53 :* fous, *[corrigé
dans C, D] ; vers 55 :* seront entre tous *[corrigé dans
D] ; vers 59 :* vous, enfin, *[corrigé dans D] ; vers 77 :*
pêcheur, *[corrigé dans D] ; vers 84 :* un œil de sa face !
[corrigé dans A, C] // Green, vers 6 : **front,** *; vers 9 :*
Entre vos jeunes seins *[corrigé dans B, C, D] ; vers 10 :*
encore *[corrigé dans A] // Streets* ɪɪ, *vers 3 :* Entre deux
murs hauts *[corrigé dans a, A, C, D] ; vers 4 :* murmure,
[corrigé dans D] // Child Wife, vers 12 : Vous n'étiez
[corrigé dans A, B, C, D] // Beams, vers 6 : citaient des
rayons *[corrigé dans b, A, B, C, D] ;* **or.** *; vers 9 :* volè-
rent *[corrigé dans b, A, B, C] ; vers 13 :* retourna doucement, *[corrigé dans A, C, D] ; vers 16 :* en portant haut
la tête *[corrigé dans c, d, D] // date :* Rouvre-Ostende *et*
Princesse-de-Flandre *[corrigés dans b, A, B, C, D].*

Ces leçons ne sont pas reprises dans l'apparat critique.
On trouvera l'ensemble des variantes p. 293.

CELLULAIREMENT

Verlaine est écroué aux Petits-Carmes le 11 juillet
1873, en attente de procès. S'il est préoccupé, après sa
condamnation, de faire imprimer les *Romances sans
paroles*, il lui importe aussi de continuer à écrire et de
poursuivre son œuvre : « j'ai mille projets littéraires : du
théâtre surtout, car j'entends, dès ma sortie, me remuer
jusqu'à ce que je gagne sérieusement de l'argent avec

"ma plume" » écrit-il à Lepelletier le 28 septembre 1873 ;
et il ajoute quelques jours plus tard : « il est urgent que
mon nom ne soit pas oublié pendant ces tristes loisirs »
(octobre 1873).

À partir du mois de novembre 1873, après qu'il a été
transféré à Mons, Verlaine commence à préparer un nouveau volume, composé de « fantaisies » et de récits « plus
ou moins diaboliques » dont il déjà envoyé des échantil-
lons à Lepelletier. Il s'agit du recueil le plus volumineux
qu'il ait projeté : 1200 vers en tout, soit près de trois fois
le contenu des *Romances sans paroles* (lettre du 24-28
novembre 1873). Les envois à Lepelletier se poursuivent,
dont le prologue de ce « bouquin » encore sans titre (lettre
du 22 août 1874) ainsi que le « final » catholique, écrit à
la suite de la conversion du poète (lettre du 8 septembre
1874). En un an, l'ami de Verlaine recevra ainsi près de
quarante poèmes, mais qui ne seront pas tous inclus dans
le futur recueil.

Verlaine est libéré le 16 janvier 1875. Deux mois plus
tard, il est en Angleterre[1] et, à Ernest Delahaye qui lui
demande des vers, il propose d'envoyer « par ordre de
classement, et cent vers par cent vers ou à peu près, les
1800 vers d'un volume intitulé : « *Cellulairement/* par/
Paul Verlaine/ Bruxelles-Mons 1873-1875/ (En Épigromphe) : "Dans les fers ! Voyez un peu le poète !" (J.
de Maistre.)[2] ». Il prie par la même occasion son ami de
l'aviser « si, par des hasards épatants [il] voyai[t] voie à
faire imprimer *gratis* ». Delahaye recevra ainsi, pli après
pli, l'ensemble de *Cellulairement*, dont le titre est désormais arrêté. Le 26 octobre 1875, Verlaine annonce :

> Fin du volumphe. [...] Procure-toi une feuille de papier
> pliée en 2, sur la première page colle le titre *Cellulaire-
> ment* 1873-1874. — Sans nom d'auteur, et dresse toi-
> même la table des maquières à la Ire page de la seconde
> feuille, fourre le volume entre les deux feuilles et serre

---

1. Voir la Chronologie, p. 333.   **2.** Lettre du 7 mai 1875, dans
Lettres inédites à divers correspondants, éd. G. Zayed, Genève, Droz,
1976, p. 57-59.

"précieusement". Si parfois voyais jour à occasion d'imprimer (gratis), fais savoir.

Delahaye ne fut pas le seul destinataire de *Cellulairement* : Charles de Sivry, le beau-frère du poète, avait probablement en sa possession un manuscrit du recueil [1] et Germain Nouveau, que Verlaine avait rencontré à Londres en mai 1875, en reçut lui aussi copie par courrier, à partir du mois d'octobre 1875 [2]. À cette époque, Verlaine a fixé définitivement le contenu de son volume et il attend qu'un éditeur accepte de le publier, mais en vain. Il pense à un nouveau livre, exclusivement religieux : *Sagesse* (première mention dans une lettre à Blémont du 27 octobre 1875). Publié en décembre 1880, *Sagesse* précipite la dispersion et la fin de *Cellulairement* : 16 pièces (dont le *Final*) passent d'un ensemble à l'autre, perdant leur identité première. Verlaine continuera de démembrer *Cellulairement* pendant de nombreuses années, partageant ses poèmes entre revues et recueils, les morceaux les plus conséquents entrant, après *Sagesse*, dans *Jadis et naguère* (1884 : 14 pièces) et *Parallèlement* (1889 : 7 pièces) [3]. Devenu « shocking au premier chef » (lettre à Charles de Sivry du 3 février 1881), le titre du recueil n'apparaît plus que dans quelques lettres du début des années quatre-vingt. L'existence de *Cellulairement* n'est révélée qu'en 1897, par Cazals, après la mort de Verlaine [4]. En 1912, après la découverte d'un manuscrit presque complet de *Cellulairement* qui avait appartenu à Verlaine lui-même, le poète et critique Ernest Dupuy publie une description

---

1. Voir lettre de Verlaine à Charles de Sivry du 28 janvier 1881, dans *Lettres inédites à divers correspondants*, *op. cit.*, p. 272. Nous écrivons « probablement » suite au *post scriptum* de Verlaine : « Si toi pas manuscrit *Cell*[t] [...] fais-moi signe [...] ». **2.** Le 4 août 1876, Nouveau remercie son correspondant « de la suite de *Cellulairement* », dont il « attend le final » ; voir Germain Nouveau, *Œuvres complètes,* éd. P.-O. Walzer, Gallimard, Bibliothèque de la Pléiade, 1970, p. 835 et 843. **3.** Une pièce dans *Amour* (1888) et deux dans *Invectives* (1896). **4.** « Verlaine intime », *The Senate*, No. 34, February 1897, p. 55.

du recueil, limitée à l'exposition du contenu[1]. Enfin, ce n'est qu'en 1992 que paraît la première édition de *Cellulairement*, donnée par Jean-Luc Steinmetz conformément aux indications fournies par Ernest Dupuy[2].

Établissement du texte

1. Manuscrits

L'édition de *Cellulairement*, abordée du point de vue philologique, pose de nombreux problèmes. Non seulement le recueil n'a pas été publié du vivant de Verlaine, mais le manuscrit principal, celui que possédait Ernest Dupuy et qui n'a jamais été reproduit, a été vendu en 1935 et est inaccessible depuis[3]. Pour reconstituer ce recueil, l'éditeur moderne doit se fonder en grande partie sur des descriptions de documents qui ont disparu et sur des manuscrits qui diffèrent par leur nature, leur destination et la date de leur élaboration. En outre, il est contraint de s'appuyer sur des témoignages à défaut de pouvoir consulter les sources, ce qui ne va pas sans soulever des questions de fiabilité[4].

Dans l'état actuel de nos connaissances, on peut identifier pas moins de quatre manuscrits différents de *Cellulairement*, compte non tenu des poèmes insérés dans la correspondance de Verlaine, ni de quelques copies isolées qui semblent avoir fait partie du projet de ce recueil.

---

1. « L'évolution poétique de Paul Verlaine. À propos d'un manuscrit du poète », *Revue des Deux Mondes*, 1ᵉʳ décembre 1912, p. 595-632 et « Étude critique sur le texte d'un manuscrit de P. Verlaine », *Revue d'histoire littéraire de la France*, juillet-septembre 1913, p. 489-516.   **2.** Paul Verlaine, *Cellulairement*, éd. présentée par J.-L. Steinmetz, s.l., Le Castor astral, Les inattendus, 1992. Un choix de poèmes regroupés sous le titre *Cellulairement* avait été donné par Antoine Fongaro dans Paul Verlaine, *Poésies choisies*, avec un commentaire par A. Fongaro, Roma, Signorelli, 2ᵉ éd., 1959, p. 111-143.   **3.** *Bibliothèque de M. Louis Barthou*, seconde partie, Blaizot et fils, 1935, p. 308-311.   **4.** Cette matière complexe exigeant des développements qu'une édition comme celle-ci ne peut accueillir, voir, pour de plus amples détails, « Éditer *Cellulairement* », *Revue Verlaine*, nº 7, 2001.

A. Dans une perspective chronologique, le premier état de *Cellulairement* nous est donné par la correspondance du poète, et plus précisément par les lettres envoyées à Edmond Lepelletier. Cette correspondance contient, dans l'état où nous la connaissons, trente poèmes destinés à entrer dans la composition de *Cellulairement*, envoyés par Verlaine à son ami entre octobre 1873 et septembre 1874. Nous ne savons pas si Lepelletier a reçu l'ensemble des poèmes du recueil, mais une lettre de Verlaine laisse supposer que leur nombre était supérieur à ceux qui nous sont parvenus[1]. Ces lettres sont aujourd'hui dans les collections de la Bibliothèque littéraire Jacques Doucet, à Paris[2].

B. Les états les plus consistants du recueil datent des années 1875 et 1876. Verlaine, alors libre, recopie ses poèmes de prison dans le but de les faire imprimer. Nous devons à Ernest Dupuy d'avoir révélé et décrit un de ces ensembles : vendu par Verlaine au peintre Félix Bouchor en 1890, acquis par Dupuy, ce manuscrit autographe, portant le titre *Cellulairement*, se présentait à l'origine sous la forme d'un cahier in 4° de papier d'écolier à rayures bleues aux pages numérotées de 1 à 75 ; quelques pages manquent (et donc des poèmes, nous reviendrons sur cette question) mais c'est la trace de *Cellulairement* la plus conséquente dont nous ayons témoignage : en tout 41 poèmes. Nous connaissons l'ordre de succession de ces textes, leurs titres originaux, épigraphes éventuelles et dates, ainsi qu'un certain nombre de variantes.

C. Un second manuscrit de *Cellulairement*, établi lui aussi sur papier d'écolier numéroté, ne nous est parvenu qu'à l'état de fragments. Un ensemble de six feuillets contenant 11 poèmes en constitue la partie la plus importante. Il a été vendu en 1948 par la Librairie Georges Heil-

---

1. Lettre du 22 août 1874 : « Le poème "Amoureuse du diable" [que Verlaine lui envoie] fait partie d'une série dont tu as déjà "L'Impénitence finale" » ; or ce poème n'apparaît pas dans la correspondance à Lepelletier. **2.** Suite à la vente de la succession Jean Hugues, Paris-Drouot, 20 mars 1998.

brun et n'a jamais été reproduit. La notice du catalogue, qui reporte les titres et l'ordre de succession des poèmes, révèle dans cette liste l'existence d'un poème qui ne figure pas dans le manuscrit décrit par Ernest Dupuy : « À qui de droit ». Ce manuscrit, après avoir appartenu à un collectionneur belge qui en a donné quelques variantes[1], est inaccessible aujourd'hui. Un deuxième et un troisième fragments ayant appartenu à ce cahier figurent dans les collections de la Bibliothèque littéraire Jacques Doucet : une copie manuscrite de la fin de « Via dolorosa » suivie de « Crimen amoris » en entier (conservée dans le dossier de *Jadis et naguère*) et une copie de « Bouquet à Marie » (conservée dans le dossier d'*Amour*), un autre poème qui ne figure pas dans le ms. principal. Le type de papier, la numérotation des feuillets et la présence de poèmes entiers ou de fragments déjà présents dans le ms. décrit par Dupuy ne laissent aucun doute sur l'origine et la destination de ces manuscrits. Démembré très tôt, ce cahier appartenait peut-être à Charles de Sivry, le beau-frère de Verlaine.

   D. Les troisième et quatrième manuscrits de *Cellulairement* de l'existence desquels nous ayons témoignage sont ceux que Verlaine envoya par la poste à Ernest Delahaye et à Germain Nouveau. On n'en a pas conservé les traces, du moins dans leur correspondance respective. La Bibliothèque littéraire Jacques Doucet possède un document qui pourrait avoir fait partie de ces envois par lettres : une copie manuscrite du *Final* reproduisant les dix sonnets dialogués qui forment la conclusion de *Cellulairement*, suivis de « Bouquet à Marie ». Une main, qui n'est peut-être pas celle de Verlaine, a porté en tête de ces textes la mention : « final d'un livre intitulé *Cellulairement* »[2]. Était-ce le dernier envoi de Verlaine à Delahaye, accompagnant la lettre du 26 octobre 1875 ?

---

   1. Albert Kies, « *Varia, Cellulairement* et autres manuscrits de Verlaine », *Le Livre et l'estampe*, n° 136, 1991, p. 337-339.   **2.** Facsimilé complet dans *Le Manuscrit autographe*, n° 7, janvier-février 1927, p. 34-37 et de la première page dans Verlaine, *Poésies (1866-1880)*, éd. Michel Décaudin, Imprimerie nationale, 1980, p. 358.

E. Deux poèmes manuscrits isolés ont pu faire partie, à un moment donné, d'un manuscrit de *Cellulairement*. D'une part un troisième état de « Bouquet à Marie » (lui aussi conservé dans le dossier d'*Amour* de la Bibliothèque Jacques Doucet) qui figure sur trois feuillets numérotés, de petite dimension ; les nombreuses corrections qu'il présente, la pagination et le type de papier sur lequel ce poème est transcrit laissent penser qu'il a probablement fait partie d'un projet ancien, peut-être élaboré en prison. Enfin une copie de « Autre », que possède la Bibliothèque municipale de Charleville-Mézières : le poème est daté de « Brux. Juillet 73 » et son titre en surcharge un autre, très proche de celui qu'il porte dans une lettre à Lepelletier (antérieure au 25 octobre 1873)[1]. Ce manuscrit faisait anciennement partie d'un ensemble joint aux épreuves de *Parallèlement*. Il n'est pas impossible que la copie de « Autre » soit un fragment du cahier décrit au point C.

On distinguera donc, pour résumer :

1. La correspondance à Lepelletier : *L*
2. Le manuscrit principal, décrit par E. Dupuy : *A*
3. Le cahier « Heilbrun » complété par « Crimen amoris » et « Bouquet à Marie » : *B*
4. Le manuscrit contenant « Final » suivi de « Bouquet à Marie » : *C*
5. Un manuscrit isolé de « Bouquet à Marie » : *D*
6. Un manuscrit isolé de « Autre » : *E*

2. Composition du recueil

Le ms. *A* étant le plus complet, il nous servira de point de départ. Suivant les informations données par Ernest Dupuy, il présenterait trois lacunes : la première à la suite de « Réversibilités », la seconde à la suite de « L'Art poétique », la troisième à la fin de « Crimen amoris ». Il est

---

1. Reproduit par Steve Murphy, « Pour de nouvelles éditions de l'œuvre poétique de Verlaine : problèmes matériels et méthodologiques », dans *Verlaine à la loupe*, Champion, 2000, p. 445.

tentant de combler ces manques. Nous voudrions proposer ici quelques éléments de réponse.

a) La lacune présentée à la suite de « Réversibilités » est problématique. La plupart des éditeurs s'accordent à penser qu'un des poèmes les plus cités de *Sagesse*, « Le ciel est, par-dessus le toit,... », écrit à Bruxelles en 1873, devait initialement faire partie de *Cellulairement*, quoiqu'il ne figure dans aucun des manuscrits connus du recueil. Cette hypothèse n'est pas entièrement fondée. Certes, « Le ciel est, par-dessus le toit,... » fait partie, dans *Sagesse* où il a été publié pour la première fois, d'une suite de poèmes composés à la même époque et issus de *Cellulairement*. Mais pourquoi Verlaine aurait-il extrait ce poème de cette série et l'aurait-il fait figurer à la suite de « Réversibilités » avec lequel il n'est guère en rapport, ni sur le plan du contexte, ni sur le plan chronologique ? De plus, la lacune est trop importante pour que ce texte la comble à lui seul : il faudrait y inclure un poème supplémentaire qui corresponde à l'espace restant, et qui, parmi ceux que Verlaine a composés en prison, ne figure pas dans le ms. *A*. Nous avons préféré écarter cette possibilité mais, pour ne pas faire l'impasse sur une telle éventualité, nous avons donné ces textes en appendice. Un poème pourrait néanmoins avoir figuré dans ces pages avec plus de probabilité que les autres : « À ma femme en lui envoyant une pensée ». Il avait été imprimé dans une livraison de *Lutèce* (4-11 octobre 1885) avec sept autres textes datés *in fine* « Bruxelles, août 1873 – Mons, janvier 1875 », sous le titre collectif *Révérence parler* ; il est utile de rappeler que la pièce liminaire de la série s'intitulait alors « Prologue d'un livre dont il ne paraîtra que les extraits ci-après », ce livre étant *Cellulairement*[1]. Tous les poèmes de cette série (moins le nôtre) sont présents dans le ms. *A*, et « Réversibilités » en fait partie ; « À ma femme... » contient 32 vers, soit environ 46 lignes compte tenu de la longueur du titre et

---

1. Cette série sera reproduite dans *Parallèlement* (1889) sous des titres différents, mais sans notre poème, celui-ci figurant déjà dans *Amour* (1888).

de la date ; or Ernest Dupuy constatait la disparition de 47 lignes dans le ms. *A*. Pour ces raisons, nous proposons d'inclure « À ma femme en lui envoyant une pensée » dans *Cellulairement* et de reproduire ce poème à la suite de « Réversibilités ».

b) Sur un des feuillets du ms *B*, les dix premiers vers d'un poème intitulé « À qui de droit » suivent les huit derniers vers de « L'Art poétique ». Or, en additionnant le nombre de vers, le titre et les blancs entre les strophes, on constate que « À qui de droit » occupe précisément l'espace manquant à la suite de « L'Art poétique » dans le ms. *A*. Ceci nous porte à inclure ce poème dans *Cellulairement*, à la place qu'il occupe dans le ms. *B*.

c) La dernière lacune ne pose guère de difficulté : Verlaine a arraché et annulé lui-même les deux pages qui suivent le vers 86 de « Crimen amoris » et le poème reprend — et se termine — après. Tout au plus peut-on poser des conjectures sur les vers qu'il a éliminés, sans écarter la possibilité d'une simple erreur de retranscription.

d) Dans une lettre à Charles de Sivry du 28 janvier 1881, Verlaine, parlant des récits qui terminent *Cellulairement*, y incluait « Bouquet à Marie »[1]. Il est indubitable que ce poème a fait partie du projet éditorial de *Cellulairement* : il figure dans les ms. *B, C* et *D*. Dans le ms. *B*, contemporain du ms. *A* et soigneusement numéroté, il apparaît à la suite des deux derniers vers d'« Amoureuse du diable » : c'est à cette place que nous proposons de le reproduire, l'incluant lui aussi dans *Cellulairement*.

3. Principes d'édition et choix du texte

La description du ms. *A* par Ernest Dupuy n'est ni une édition du recueil, ni une reproduction du manuscrit. Pour rendre compte des variantes de *Cellulaire-*

---

1. *Lettres inédites à divers correspondants*, éd. citée, p. 272. Ce poème n'est pas mentionné dans la lettre à Lepelletier du 22 août 1874, ni dans *Mes prisons* (1893), où la série en question est limitée aux cinq titres présents dans *Cellulairement*.

ment, ce critique s'est fondé sur les premières publications des poèmes en recueil. Or, une lecture attentive de ces leçons fait apparaître de nombreuses imprécisions au regard des éditions *princeps*. Il importait donc de revoir les textes dans leur version originale et de ne les modifier que lorsque la leçon manuscrite donnée par Dupuy s'en distinguait réellement. En effet, Verlaine a souvent corrigé ses poèmes d'édition en édition, s'écartant parfois de manière importante de ses anciennes versions ; Ernest Dupuy a parfois négligé cette perspective. Tout en n'ignorant pas la gageure que représente l'édition critique d'un recueil de poèmes dont on ne possède pas le ou les manuscrits principaux, les textes sont donc édités tels que Verlaine les a imprimés en édition *princeps*, corrigés s'il y a lieu en fonction des variantes données par le ms. *A*. Quant aux trois poèmes qui ne figurent pas dans le ms. *A*, ils sont donnés dans les versions suivantes : « À ma femme en lui envoyant une pensée » dans celle de 1885 (*Lutèce*, 4-11 octobre), « À qui de droit » dans celle de *Jadis et naguère* (où ce poème apparaît sous le titre « Conseil falot ») et « Bouquet à Marie » dans celle du ms. *B*. L'apparat critique permet au lecteur de suivre l'*iter* philologique et éditorial de chaque poème en reportant 1) les différentes versions manuscrites connues, y compris tardives ; 2) les publications préoriginales et les éditions publiées du vivant de Verlaine ; 3) une suite de variantes prenant en compte ces différents états. Ernest Dupuy n'avait pas jugé bon d'indiquer les variantes de ponctuations offertes par le ms. *A*. ; dans l'impossibilité de les retrouver et pour ne pas alourdir un apparat critique déjà imposant, nous avons renoncé à les prendre en compte pour l'ensemble des états.

ABRÉVIATIONS EMPLOYÉES
DANS L'ANNOTATION DES TEXTES

Acad. 1835 : *Dictionnaire de l'Académie française*, 6e éd., Paris, Firmin-Didot, 2 t., 1835.

Acad. 1878 : *Dictionnaire de l'Académie française*, 7e éd., Paris, Firmin-Didot, 2 t., 1878.

Bescherelle : BESCHERELLE aîné, *Dictionnaire national ou Dictionnaire universel de la langue française*, 2e éd., Paris, Simon-Garnier, 2 t., 1852.

Delvau : DELVAU, Alfred, *Dictionnaire érotique moderne* (1864), Paris, UGE, 10/18, Domaine français, 1997.

Girault : GIRAULT-DUVIVIER, Ch.-P., *Grammaire des grammaires,* 18e éd. revue, Paris, Cotelle, 2 t., 1863.

Grevisse : GREVISSE, Maurice et GOOSSE, André, *Le Bon Usage : grammaire française avec des remarques sur la langue française d'aujourd'hui*, 13e éd. revue, Gembloux, Duculot, 1993.

Larchey : LARCHEY, Lorédan, *Supplément aux neuvième et dixième éditions du Dictionnaire d'argot*, Paris, Dentu, 1883.

Lar. Gdu : LAROUSSE, Pierre, *Grand Dictionnaire universel du XIXe siècle*, Paris, Larousse, 15 t. (1866-1876) et 2 suppléments (1878 et 1890).

Lar. Nli : *Nouveau Larousse illustré*, sous la direction de Claude AUGÉ, Paris, Larousse, 7 t. et un supplément, 1897-1904.

Littré : LITTRÉ, Émile, *Dictionnaire de la langue française*, Paris, Hachette, 4 t. et un supplément, 1877.

Mémoires : Ex-Madame Paul VERLAINE, *Mémoires de ma vie* (1935), éd. Michael PAKENHAM, Seyssel, Champ Vallon, Dix-neuvième, 1992.

OC : *Œuvres complètes*, introduction d'Octave NADAL, études et notes de Jacques BOREL, texte établi par Henry DE BOUILLANE DE LACOSTE et Jacques BOREL, Paris, Club du meilleur livre, 2 vol., 1959 et 1960.

OpC : VERLAINE, Paul, *Œuvres poétiques complètes*, texte établi et annoté par Yves-Gérard LE DANTEC, édition revue, complétée et présentée par Jacques BOREL (1962), Paris, Gallimard, Bibliothèque de la Pléiade, 1977.

OprC : VERLAINE, Paul, *Œuvres en prose complètes*, éd. Jacques BOREL, Paris, Gallimard, Bibliothèque de la Pléiade, 1972.

Oxford : *The Oxford English Dictionary*, Oxford, Clarendon Press, 1961.

Rob. : ROBERT, Paul, *Dictionnaire alphabétique et analogique de la langue française* (1958-1964 ; 1970), Paris, Le Robert, 6 t. et un supplément, 1973.

Rob. Dhlf : *Dictionnaire historique de la langue française* (1992), sous la direction de Alain REY, éd. enrichie, Paris, Le Robert, 3 t., 1998.

Tlf : *Trésor de la langue française : dictionnaire de la langue du XIXe et XXe siècle (1789-1960)*, sous la direction de Paul IMBS puis de Bernard QUÉMADA, Paris, CNRS puis Gallimard, 16 t., 1971-1994.

N. B. : les références présentées sous la forme abrégée du nom de l'auteur, suivi de la date de publication de l'ouvrage, renvoient à la Bibliographie, p. 340.

PAUL VERLAINE

ROMANCES SANS PAROLES

ARIETTES OUBLIÉES
PAYSAGES BELGES. — BIRDS IN THE NIGHT
AQUARELLES

SENS

TYPOGRAPHIE DE MAURICE L'HERMITTE

—

1874

Page de titre de l'édition originale (1874).

ROMANCES SANS PAROLES

ARIETTES OUBLIÉES
PAYSAGES BELGES — BIRDS IN THE NIGHT
AQUARELLES

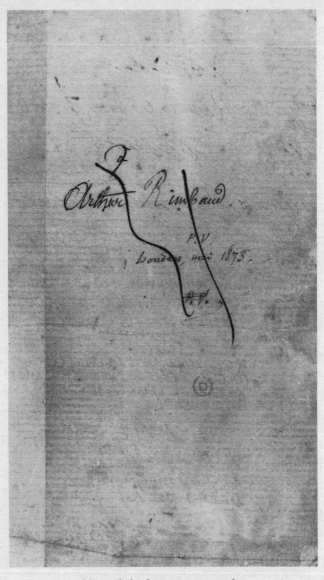

Manuscrit des *Romances sans paroles*.
Dédicace à Rimbaud supprimée à l'impression (1874).

ARIETTES OUBLIÉES

1. Charles-Simon Favart (auteur dramatique, 1710-1792). C'est Rimbaud qui a poussé Verlaine à s'intéresser à Favart ; l'épigraphe est empruntée à *Ninette à la cour ou le Caprice amoureux*, comédie en deux actes mêlée d'ariettes (1756, acte II, scène VII).

2. Interversion : l'« extase amoureuse » est un cliché déjà présent dans l'*Astrée* (1627).

3. Si aujourd'hui *c'est* suivi de noms au pluriel est « beaucoup plus courant dans la langue familière que dans la langue littéraire » (Grevisse), il n'en va pas de même dans l'usage classique et au XIXᵉ s., où le nombre est indifférent (Girault, cit. Racine).

4. *Parmi* suivi d'un complément au singulier est un tour classique (parfois critiqué par les puristes) très prisé par Verlaine qui l'utilise même avec des noms abstraits (une trentaine d'occurrences jusqu'à *Sagesse*) ; voir *Ariette* VIII, v. 12, p. 87 et *Birds in the night*, v. 74, p. 115.

5. Topos verlainien. Voir *Ariette* IX, v. 3, p. 89 et « Simples fresques I », v. 7-8, p. 97.

6. Dans le sens d'« avoir l'impression » et de « sembler » l'usage retient les pronoms *on* [dirait] et *vous* [diriez] : la deuxième personne du singulier assure un glissement de l'impersonnel au personnel.

7. Impropriété pour « roulement » selon Cl. Cuénot (1963, p. 169). Le *roulis* indique un mouvement de droite à gauche, mais signifie au figuré « bouleversement, confusion » (Rob. Dhlf, cit. Hugo, 1885).

8. Interjection fréquente dans la poésie intimiste du premier XIXᵉ s. (Lamartine, Hugo, Sainte-Beuve, Desbordes-Valmore, etc.).

9. « Passage de l'Écriture, qu'on chante en tout ou en partie, avant un psaume, et qu'on répète en entier après » ; « chant que l'on exécutait autrefois à deux chœurs qui s'alternaient » (Littré). « Au XIXᵉ s., dans certaines locutions, avec le sens de "chose qu'on ressasse" » (Rob. Dhlf).

Voir variantes, p. 294.

I

Le vent dans la plaine
Suspend son haleine.
(FAVART.)[1]

C'est l'extase langoureuse,
C'est la fatigue amoureuse[2],
C'est[3] tous les frissons des bois
Parmi[4] l'étreinte des brises,
C'est, vers les ramures grises,
6   Le chœur des petites voix[5].

Ô le frêle et frais murmure !
Cela gazouille et susurre,
Cela ressemble au cri doux
Que l'herbe agitée expire...
Tu dirais[6], sous l'eau qui vire,
12   Le roulis[7] sourd des cailloux.

Cette âme qui se lamente
En cette plainte dormante
C'est la nôtre, n'est-ce pas[8] ?
La mienne, dis, et la tienne,
Dont s'exhale l'humble antienne[9]
18   Par ce tiède soir, tout bas ?

1. L'utilisation des correspondances baudelairiennes et l'alliance entre le concret et l'abstrait dans les deux premières strophes rappellent les procédés de « À Clymène », dans les *Fêtes galantes* (1867)

2. *Cf. Ariette* VII, v. 9-10, p. 85.

3. Parmi les acceptions d'*œil double*, Lar. Gdu signale : « bandage destiné à couvrir les deux yeux ».

4. D'abord « air léger et détaché, à l'imitation des italiens » (Acad. 1798) puis « air léger, d'un mouvement plus ou moins vif et marqué, qui s'adapte à des paroles, et qui se chante avec des accompagnements » (Acad. 1835).

5. Archaïsme (XVIe s.) pour « toute seule », le plus souvent utilisé en position d'attribut. Verlaine écrira encore *étoile seulette* (« Londres », 1876, non recueilli en volume) et *âme seulette* (« Langueur », 1883, dans *Jadis et naguère*).

6. « *Épeurer* "faire peur à quelqu'un" est encore usuel au XVIe s. ; il disparaît aux siècles classiques et est remis en honneur par les écrivains du XIXe s. » (Rob. Dhlf). Ce verbe s'est diffusé au début des années 1870 : on le rencontre chez Rimbaud (« Au cabaret vert », 1870 et « Tête de faune », 1871) et chez Germain Nouveau (« En forêt », 1873).

7. Terme propre pour *balançoire*, déjà vieilli à la fin du XIXe s. et dont l'usage pourrait évoquer l'univers de Lancret ou de Fragonard (éd. Robichez, p. 582), mais on retrouve une métaphore semblable chez Balzac (*Les Employés*, 1844)* : « Enfin cet artiste, vraiment profond, mais par éclairs, se balançait dans la vie comme sur une escarpolette, sans s'inquiéter du moment où la corde casserait. »

Voir variantes, p. 294.

II

Je devine, à travers un murmure,
Le contour subtil des voix anciennes,
Et dans les lueurs musiciennes,
4   Amour pâle, une aurore future[1] !

Et mon âme et mon cœur en délires[2]
Ne sont plus qu'une espèce d'œil double[3]
Où tremblote, à travers un jour trouble,
8   L'ariette[4], hélas ! de toutes lyres !

Ô mourir de cette mort seulette[5]
Que s'en vont, cher amour qui t'épeures[6]
Balançant jeunes et vieilles heures !
12   Ô mourir de cette escarpolette[7] !

1. Seul témoignage de ce vers ou fragment de Rimbaud. L'épigraphe initiale (v. variantes, p. 294) est tirée d'un poème de Longfellow : « The Rainy Day » (*Ballads and other Poems*, 1841).

2. Ce tour impersonnel original (dû à l'homophonie partielle des verbes *pleuvoir* et *pleurer*) place le poème dans le registre de l'indétermination.

3. La *langueur*, état d'âme verlainien (28 occurrences dans l'œuvre en vers). Voir ici « Simples fresques I », v. 11, p. 97.

4. Absent de Acad. 1835 et de Bescherelle, rare avant 1864, ce verbe est donné par Littré comme « populaire et très usité ». « Vulgaire à l'époque classique, [il] s'est répandu au XIXᵉ s. au sens de "dégoûter" et aussi d'"indigner en provoquant un dégoût moral" puis de "démoraliser" (sans dégoût) » (Rob. Dhlf). Tlf, qui reporte notre exemple, lui donne comme acception : « éprouver un dégoût, une lassitude générale ».

5. *Cf.* Musset, « La Nuit d'octobre » (1837) : « Songe qu'il t'en faut aujourd'hui/ Parler sans amour et sans haine ».

Voir variantes, p. 294.

III

Il pleut doucement sur la ville.
(ARTHUR RIMBAUD.)[1]

Il pleure[2] dans mon cœur
Comme il pleut sur la ville,
Quelle est cette langueur[3]
4 Qui pénètre mon cœur ?

Ô bruit doux de la pluie
Par terre et sur les toits !
Pour un cœur qui s'ennuie
8 Ô le chant de la pluie !

Il pleure sans raison
Dans ce cœur qui s'écœure[4].
Quoi ! nulle trahison ?
12 Ce deuil est sans raison.

C'est bien la pire peine
De ne savoir pourquoi,
Sans amour et sans haine[5],
16 Mon cœur a tant de peine !

1. Quoique signé « inconnu », ce vers est tiré de « Lassitude », dans les *Poèmes saturniens* (1866). Voir l'épigraphe de *Birds in the night*, p. 107, pour un semblable procédé de camouflage.

2. « Qui pleurent ou qui regrettent » (Littré).

3. Les commentateurs évitent rarement l'écueil biographique, qui identifient dans ces « jeunes filles » tantôt Verlaine et Rimbaud, tantôt Verlaine et Mathilde. Nous préférons, avec Ch. Morice, rapprocher ce poème des *Amies* (1867).

4. Tonnelle, berceau de verdure ou de fleurs. *Cf.* « Printemps » dans *Les Amies* (1867) et « Fantoches » dans *Fêtes galantes* (1869).

Voir variantes, p. 295.

IV

De la douceur, de la douceur, de la douceur.
(INCONNU.)[1]

Il faut, voyez-vous, nous pardonner les choses :
De cette façon nous serons bien heureuses
Et si notre vie a des instants moroses,
4 Du moins nous serons, n'est-ce pas ? deux pleureuses[2].

Ô que nous mêlions, âmes sœurs que nous sommes,
À nos vœux confus la douceur puérile
De cheminer loin des femmes et des hommes,
8 Dans le frais oubli de ce qui nous exile !

Soyons deux enfants, soyons deux jeunes filles[3]
Éprises de rien et de tout étonnées,
Qui s'en vont pâlir sous les chastes charmilles[4],
12 Sans même savoir qu'elles sont pardonnées.

1. Petrus Borel (1809-1859) « qui fut [...] en son temps, une manière rudimentaire de Poète Maudit » (*OprC*, p. 703), auteur, entre autres, de *Champavert* (1833) et de *Madame Putiphar* (1839), volumes que Verlaine possédait avec les *Rhapsodies* (1832) dont est extraite cette épigraphe (voir lettre à Lepelletier du 8 novembre 1872, *OC*, p. 1005 et *OprC*, p. 488 et 944).

2. « Toucher légèrement » (Littré).

3. Cette alliance de demi-teintes est fréquente dans la poésie de Verlaine : *cf.* entre autres les « rayons gris et roses » (« Épilogue », dans *Poèmes saturniens*, 1866) et la « lune rose et grise » (« Mandoline », dans *Fêtes galantes*, 1869).

4. La postposition des adverbes en fin de vers (*cf.* ici même le v. 5) est un trait verlainien déjà souligné par Huysmans dans *À rebours* (1884).

5. *Cf.* Nerval, « Fantaisie » (1832) dans *Petits châteaux de Bohème* : « Il est un air pour qui je donnerais/ Tout Rossini, tout Mozart et tout Weber/ Un air très vieux, languissant et funèbre/ Qui pour moi seul a des charmes secrets ! »

6. Voir *Ariette* II, n. 6, p. 72.

7. Ce gallicisme aux consonances prosaïques (une « locution familière très lourde » pour Cl. Cuénot 1963, p. 133) est hugolien (8 occurrences en contexte poétique après 1856). Verlaine l'utilisera encore dans *Sagesse* (III, VIII, v. 12-13) : « Qu'est-ce que c'est que ce délice,/ Qu'est-ce que c'est que ce supplice » (poème écrit en 1874).

8. *Berceau* est-il une impropriété pour *bercement* (Cuénot 1963, p. 169, éd. Robichez, p. 584-585) ? *Cf.* « Berceuse », dans *Cellulairement*, v. 9-10, p. 147 : « Je suis un berceau/ Qu'une main balance ».

9. Dans son usage ancien, « aussitôt » (XVIe s.) et « dans peu de temps » (XVIIe s.), encore vivant aujourd'hui en français de Belgique.

Voir variantes, p. 295.

V

Son joyeux, importun d'un clavecin sonore.
(PETRUS BOREL.)[1]

Le piano que baise[2] une main frêle
Luit dans le soir rose et gris[3] vaguement[4],
Tandis qu'avec un très léger bruit d'aile
Un air bien vieux, bien faible et bien charmant[5]
Rôde discret, épeuré[6] quasiment,
6 Par le boudoir, longtemps parfumé d'Elle.

Qu'est-ce que c'est que ce[7] berceau soudain
Qui lentement dorlote mon pauvre être[8] ?
Que voudrais-tu de moi, doux chant badin ?
Qu'as-tu voulu, fin refrain incertain
Qui vas tantôt[9] mourir vers la fenêtre
12 Ouverte un peu sur le petit jardin ?

1. Passée en proverbe, l'expression « C'est le chien de Jean de Nivelle, il s'enfuit quand on l'appelle » (voir La Fontaine, « Le Faucon et le Chapon », dans _Fables_, VIII, XXI) est déjà mentionnée au XVIᵉ s. dans une chanson de la _Farce des deux savetiers_ : « Jean de Nivelle n'a qu'un chien :/ Il en vaut trois, on le sait bien,/ Mais il s'enfuit quand on l'appelle./ Connaissez-vous Jean de Nivelle ? »

2. « Le guet était devenu sous les derniers règnes la moins respectable des autorités et les libertins et les coureurs de nuit se faisaient un honneur et un plaisir de battre le guet » (Lar. Gdu) _Cf._ la chanson _Le Chevalier du guet_ (appelée aussi _Compagnons de la marjolaine_).

3. Les paroles actuelles de cette célèbre chanson populaire sont apparues vers 1820.

4. Personnage visionnaire et monomane, d'une intelligence supérieure sous des dehors naïfs, héros d'un conte de Charles Nodier, _Jean-François Les Bas-bleus_ (1833) puis d'un drame de Paul Meurice, _François les bas bleus_ (1863).

5. Pierrot, dans _Au clair de la lune_ (voir l'épigraphe manuscrite dans les variantes, p. 295).

6. Personnages de l'_Orlando furioso_ de l'Arioste, mais Verlaine se réfère à un air populaire de son temps, tiré de _Angélique et Médor_, opéra-bouffe en un acte, paroles de Sauvage et musique de Thomas (1843).

7. Personnage historique qui, au XVIᵉ s., prétendit être sacré roi à la place d'Henri IV ; nom donné par la suite, dans les comédies, à un soldat galant (_cf._ Molière, _Dom Juan_).

8. D'une chanson gaillarde du temps de Louis XV, attribuée à Gallet (_La Boulangère a des écus_) : « La boulangère a des écus/ Qui ne lui coûtent guère... », — car elle trompe son mari avec des hommes « généreux ».

9. Personnage qui appartient au répertoire des chansonniers depuis le milieu du XVIIᵉ s. _Cf. La Mère Michel_ : « C'est l'compère Lustucru/ Qui lui a répondu... »

10. Parodie du style classique (_cf._ Corneille, _Rodogune_, IV, 3 ou Racine, _Iphigénie_, I, 2).

11. « Que le Seigneur soit avec vous », formule prononcée par le prêtre durant la messe.

12. Verlaine passe à un registre précieux qui évoque l'atmosphère des _Fêtes galantes_ (_cf. Lettre_). L'_impure_ est, en français classique, une courtisane.

13. « Terme populaire : gueux, misérable, homme avare et sordide » (Littré) ; première occurrence dans _La Jalousie du barbouillé_ de Molière.

14. Parodie de l'épigramme de Trissotin dans _Les Femmes savantes_ (III, II) : « Et quand tu vois ce beau carrosse,/ Où tant d'or se relève en bosse/ Qu'il étonne tout le pays ».

VI

C'est le chien de Jean de Nivelle[1]
Qui mord sous l'œil même du guet[2]
Le chat de la mère Michel[3] ;
4 François les bas bleus s'en égaie[4].

La Lune à l'écrivain public[5]
Dispense sa lumière obscure
Où Médor avec Angélique[6]
8 Verdissent sur le pauvre mur.

Et voici venir La Ramée[7]
Sacrant en bon soldat du Roy.
Sous son habit blanc mal famé,
12 Son cœur ne se tient pas de joie,

Car la boulangère[8]... — Elle ? — Oui ! Dam !
Bernant Lustucru[9], son vieil homme,
A tantôt couronné sa flamme[10]...
16 Enfants, *Dominus vobis-cum*[11] !

Place ! En sa longue robe bleue
Toute en satin qui fait frou-frou,
C'est une impure, palsembleu[12] !
20 Dans sa chaise qu'il faut qu'on loue,

Fût-on philosophe ou grigou[13],
Car, tant d'or s'y relève en bosse[14],
Que ce luxe insolent bafoue
24 Tout le papier de monsieur Los[15] !

---

15. Prononciation, attestée dès le XVIIIe s., du nom du financier écossais John Law (1671-1729), inventeur du papier monnaie ; née de la confusion graphique du *w* avec une double *s* [lo > los].

1. « Appellation familière et péjorative pour un homme de loi, usuelle aux XVIIᵉ et XVIIIᵉ s. » (Rob. Dhlf).

2. « Personne de taille courte et ramassée » (Littré).

3. Auto-dérision : à l'exemple des chansons populaires, Verlaine laisse deux vers blancs dans la dernière strophe.

Voir variantes, p. 295.

Arrière ! robin[1] crotté ! place,
Petit courtaud[2], petit abbé,
Petit poète jamais las
28 De la rime non attrapée[3] !

Voici que la nuit vraie arrive...
Cependant jamais fatigué
D'être inattentif et naïf
30 François les bas bleus s'en égaie.

1. La parole de Jésus (à Pierre et aux fils de Zébédée, dans Matthieu, 26, 38 : « Mon âme est triste jusqu'à la mort ») semble être à l'origine de cette association, fréquente dans la poésie lyrique (3 occurrences dans les *Harmonies poétiques et religieuses* de Lamartine, en 1830) ; Verlaine l'utilisera encore dans *Sagesse*, I, XXII, v. 1-2 : « Pourquoi triste, ô mon âme/ Triste jusqu'à la mort ».

2. Le subjonctif imparfait en proposition indépendante sans *que*, tour pré-classique exceptionnel en français moderne, exprime la fatalité, le regret ou un souhait ressenti comme irréalisable : « si seulement il l'était ».

3. Si le participe passé de « s'en aller » peut être pris adjectivement et comme épithète (*cf.* « L'Art poétique » dans *Cellulairement,* v. 31, p. 195 : « une âme en allée »), son utilisation en position d'attribut (ici) reste exceptionnelle.

Voir variantes, p. 295.

VII

Ô triste, triste était mon âme[1]
2 À cause, à cause d'une femme.

Je ne me suis pas consolé
4 Bien que mon cœur s'en soit allé.

Bien que mon cœur, bien que mon âme
6 Eussent fui loin de cette femme.

Je ne me suis pas consolé,
8 Bien que mon cœur s'en soit allé.

———————

Et mon cœur, mon cœur trop sensible
10 Dit à mon âme : Est-il possible,

Est-il possible, — le fût-il[2], —
12 Ce fier exil, ce triste exil ?

Mon âme dit à mon cœur : Sais-je
14 Moi-même, que nous veut ce piège

D'être présents bien qu'exilés,
16 Encore que loin en allés[3] ?

1. Retournement du cliché « le sable est blanc comme neige ».

2. Le « ciel de cuivre » au couchant est un cliché. *Cf.* Rimbaud, « Jeune ménage » (27 juin 1872) : « La nuit, l'amie oh ! la lune de miel/ Cueillera leur sourire et remplira/ De mille bandeaux de cuivre le ciel ».

3. « Qui est dans le voisinage » (Littré). Emploi classique (*cf.* La Fontaine, *Fables*, V, 20, v. 29 : « la forêt prochaine »), aujourd'hui « presque sorti d'usage au profit de *proche* et de *voisin* » (Rob. Dhlf).

4. Sur l'emploi de *parmi* avec un substantif massif, voir *Ariette* I, n. 4, p. 70.

5. Se disant d'une personne qui respire avec difficulté, *poussif* est employé par analogie « à propos d'une voix [...] qui a des sonorités haletantes » (Rob. Dhlf, cit. Balzac, 1831).

6. *Quoi* pronom interrogatif sujet est rare et condamné par les puristes en français moderne. Grevisse mentionne cependant ce tour, renforcé comme ici par *donc*, chez Flaubert : « quoi donc t'étonne ? ». Voir, plus elliptique, « Charleroi », v. 5 et 19, p. 95.

Voir variantes, p. 296.

VIII

Dans l'interminable
Ennui de la plaine
La neige incertaine
4 Luit comme du sable[1].

Le ciel est de cuivre[2]
Sans lueur aucune
On croirait voir vivre
8 Et mourir la lune.

Comme des nuées
Flottent gris les chênes
Des forêts prochaines[3]
12 Parmi les buées[4].

Le ciel est de cuivre
Sans lueur aucune
On croirait voir vivre
16 Et mourir la lune.

Corneille poussive[5]
Et vous, les loups maigres,
Par ces brises aigres
20 Quoi donc vous arrive[6] ?

Dans l'interminable
Ennui de la plaine
La neige incertaine
24 Luit comme du sable.

1. Cyrano de Bergerac (1619-1655), « Sur l'ombre que faisaient des arbres dans l'eau », dans *Œuvres comiques, galantes et littéraires*, 1858 (posth.).

2. *Cf. Ariette* VIII, v. 9-12, p. 87.

3. *Cf. Ariette* I, n. 5, p. 70.

4. Très pâle, terne, sans éclat ; archaïque en parlant de choses.

5. Au sens ancien (XVIe s.) de « refléter, renvoyer l'image de » (Rob. Dhlf) et non de « regarder comme dans un miroir » (Littré).

6. Cette date se réfère à l'ensemble des *Ariettes oubliées*.

Voir variantes, p. 296.

IX

> Le rossignol qui du haut d'une branche
> se regarde dedans, croit être tombé dans
> la rivière. Il est au sommet d'un chêne
> et toutefois il a peur de se noyer.
> (CYRANO DE BERGERAC.) [1]

L'ombre des arbres dans la rivière embrumée
    Meurt comme de la fumée [2],
Tandis qu'en l'air, parmi les ramures réelles
4   Se plaignent les tourterelles [3].

Combien, ô voyageur, ce paysage blême [4]
    Te mira [5] blême toi-même,
Et que tristes pleuraient dans les hautes feuillées
8   Tes espérances noyées !

mai, juin 1872 [6].

PAYSAGES BELGES

« Conquestes du Roy. »
(Vieilles estampes.)

1. Village de Belgique, dans la province de Namur (1 000 habitants en 1872). Le 9 juillet 1872, Verlaine et Rimbaud quittent Charleville à destination de Bruxelles, *via* Walcourt et Charleroi.

2. Latinisme : « qu'on distingue à quelque chose de remarquable, digne d'être remarqué » (Littré), d'un usage fréquent chez Verlaine.

3. Vrai, véritable. *Franc*, antéposé au substantif, en renforce le sens : « en ce sens il se joint à toutes sortes de termes injurieux. Et il se dit par énergie, et pour leur donner encore plus de force » (archaïque, mais donné par Acad. 1835). *Cf.* la chanson à boire *Les Francs Buveurs*.

4. *Tous* pluriel suivi d'un substantif sans déterminant est archaïque et ne subsiste plus en français moderne que dans quelques expressions figées.

5. « Je voillage vertigineusement [...] psitt ! psitt ! — Messieurs, en wagon ! » (lettre à Lepelletier de juillet 1872, *OC*, p. 976). Sur l'emploi de *prochain*, voir *Ariette* VIII, n. 3, p. 86.

6. *Cf.* l'épigraphe abandonnée de « Simples fresques I » dans les variantes, p. 296. Rimbaud a utilisé ce syntagme, toujours au pluriel, dans « Comédie de la soif » (mai 1872) : « Juifs errants de Norwège/ Dites-moi la neige. »

Voir variantes, p. 296.

WALCOURT[1]

Briques et tuiles,
Ô les charmants
Petits asiles
4 Pour les amants !

Houblons et vignes,
Feuilles et fleurs,
Tentes insignes[2]
8 Des francs buveurs[3] !

Guinguettes claires,
Bières, clameurs,
Servantes chères
12 À tous fumeurs[4] !

Gares prochaines[5],
Gais chemins grands...
Quelles aubaines
16 Bons juifs errants[6] !

juillet 1872.

1. Ville industrielle de Belgique, dans la vallée de la Sambre. Voir « Walcourt », n. 1, p. 92. Rimbaud était déjà passé à Charleroi en octobre 1870 (*cf.* « Au Cabaret vert », « La Maline »).

2. Dans les contes et légendes germaniques, lutin familier chargé de veiller aux métaux précieux enfouis sous terre. Première occurrence en français dans la traduction du *Faust* de Nerval (1840).

3. Rencontre heureuse de deux clichés, l'un hugolien (« le vent profond »), l'autre plus diffus (« le vent pleure », utilisé entre autres par Gautier et Banville, et par Verlaine lui-même dans *La Bonne Chanson*, VI, v. 11 : « L'étang reflète,/ Profond miroir,/ La silhouette/ Du saule noir/ Où le vent pleure... »).

4. Voir *Ariette* VIII, n. 6, p. 86.

5. Construction très rare (*cf.* v. 5) : Grevisse note que *quoi* pronom interrogatif sujet seul en tête « reste assez surprenant » (cit. Baudelaire : « quoi était plus intolérable que cette dérision ? » et ce vers).

6. « Instrument de musique de l'ancienne Égypte consistant en un petit cerceau de métal, traversé de plusieurs baguettes, lesquelles produisaient un son lorsqu'on les agitait [...] et chez les modernes, instrument à cordes du genre du luth » (Littré).

Voir variantes, p. 296.

CHARLEROI[1]

Dans l'herbe noire
Les Kobolds[2] vont.
Le vent profond
4 Pleure[3], on veut croire.

Quoi donc se sent[4] ?
L'avoine siffle.
Un buisson gifle
8 L'œil au passant.

Plutôt des bouges
Que des maisons.
Quels horizons
12 De forges rouges !

On sent donc quoi ?
Des gares tonnent,
Les yeux s'étonnent,
16 Où Charleroi ?

Parfums sinistres !
Qu'est-ce que c'est ?
Quoi bruissait[5]
20 Comme des sistres[6] ?

Sites brutaux !
Oh ! votre haleine,
Sueur humaine,
24 Cris des métaux !

Dans l'herbe noire
Les Kobolds vont.
Le vent profond
28 Pleure, on veut croire.

1. En peinture, « effet de perspective qui fait croire à l'éloignement des objets représentés, à leur situation dans un espace doté de profondeur » (Rob.).

2. Terrain en pente servant de voie de communication, pente douce d'une colline.

3. Métaphore fréquente dans la poésie parnassienne, utilisée à plusieurs reprises par Verlaine (*cf.* « L'Angélus du matin » (1871), dans *Jadis et naguère*, v. 1-4 : « Fauve avec des tons d'écarlate,/ Une aurore de fin d'été/ tempétueusement éclate/ À l'horizon ensanglanté » ou *Sagesse,* III, IX, v. 10-11 (1872) : « La neige tombe à longs traits de charpie/ À travers le couchant sanguinolent »).

4. Voir sur ce topos verlainien les *Ariettes* I, v. 5-6, p. 71 et IX, v. 3-4, p. 89.

5. Voir *Ariette* III, n. 3, p. 74.

6. *Cf.* « Chanson d'automne » dans les *Poèmes saturniens* (1866) : « Les sanglots longs/ Des violons/ De l'automne/ Blessent mon cœur/ D'une langueur/ Monotone ».

Voir variantes, p. 296.

BRUXELLES

SIMPLES FRESQUES

I

La fuite[1] est verdâtre et rose
Des collines et des rampes[2],
Dans un demi-jour de lampes
4 Qui vient brouiller toute chose.

L'or sur les humbles abîmes,
Tout doucement s'ensanglante[3],
Des petits arbres sans cîmes,
8 Où quelque oiseau faible chante[4].

Triste à peine tant s'effacent
Ces apparences d'automne,
Toutes mes langueurs rêvassent[5]
12 Que berce l'air monotone[6].

1. Pierre-Paul Royer-Collard, homme politique et philosophe, chef du parti des doctrinaires (1763-1845) ; d'après Lepelletier (*Le Temps*, 23 juin 1907), les Royer-Collards personnifiaient pour Verlaine les ennemis de la poésie, mais le contexte semble invalider cette hypothèse.

2. Verlaine commente ces vers dans une lettre à Lepelletier (13 mai 1873, *OC*, p. 1041) : « Les petites pièces : *Le piano*, etc. ; *Oh triste, triste*, etc. ; *J'ai peur d'une abeille...* ; *Beams...* et autres, témoignent au besoin en ma faveur de ma parfaite amour pour le sesque [*sic !*], pour que le *notre amour n'est-il là niché* me puisse être raisonnablement reproché, à titre de « Terre jaune » [c'est-à-dire d'homosexualité] pour parler le langage des honnestes gens ».

3. Le « Jeune-Renard » était situé au n° 4 de la rue de la Collégiale, aujourd'hui rasée, à deux pas de la cathédrale Sainte-Gudule et du somptueux hôtel de la Banque nationale, dans le centre de Bruxelles.

Voir variantes, p. 297.

II

L'allée est sans fin
Sous le ciel, divin
D'être pâle ainsi !
Sais-tu qu'on serait
Bien sous le secret
6 De ces arbres-ci ?

Des messieurs bien mis,
Sans nul doute amis
Des Royer-Collards[1],
Vont vers le château.
J'estimerais beau
12 D'être ces vieillards.

Le château, tout blanc
Avec, à son flanc,
Le soleil couché.
Les champs à l'entour...
Oh ! que notre amour
18 N'est-il là niché[2] !

Estaminet du Jeune Renard[3], août 1872.

1. Publié à nouveau dans la première édition de *Sagesse* (III, XVII) avec de nombreuses modifications (voir cette version dans l'appendice, p. 279).

2. « Le Pas d'armes du roi Jean », dans *Odes et ballades* (1828).

3. Où ils « chevauchent » (à l'antique ou non), dans le sens érotique du terme (Delvau).

4. Partie de la forêt de Soignes, au sud de Bruxelles, aménagée en parc public entre 1862 et 1871.

5. Archaïsme (XIIIe s.) : action de tourner en rond, pour « tournoiement ».

6. « Voleur professionnel qui agit avec ruse et adresse » (Tlf), pickpocket.

7. Au XIXe s. le *cirque* est « principalement destiné à des spectacles équestres » (Lar. Gdu) ; c'est par dérision (*bête* : commun, sans originalité) que le manège est ainsi qualifié.

BRUXELLES

CHEVAUX DE BOIS [1]

> Par Saint-Gille,
> Viens nous-en,
> Mon agile
> Alezan.
> (V. HUGO.) [2]

Tournez, tournez, bons chevaux de bois,
Tournez cent tours, tournez mille tours,
Tournez souvent et tournez toujours,
4 Tournez, tournez au son des hautbois.

Le gros soldat, la plus grosse bonne
Sont sur vos dos comme dans leur chambre [3] ;
Car, en ce jour, au bois de la Cambre [4]
8 Les maîtres sont tous deux en personne.

Tournez, tournez, chevaux de leur cœur
Tandis qu'autour de tous vos tournois [5]
Clignote l'œil du filou [6] sournois.
12 Tournez au son du piston vainqueur.

C'est ravissant comme ça vous saoule,
D'aller ainsi dans ce cirque bête [7] !
Bien dans le ventre et mal dans la tête,
16 Du mal en masse et du bien en foule.

Tournez, tournez, sans qu'il soit besoin
D'user jamais de nuls éperons

1. Le champ de foire de la commune de Saint-Gilles-lez-Bruxelles était situé à l'époque Boulevard Jamar, près de la gare du Midi.

Voir variantes, p. 297.

Pour commander à vos galops ronds,
20 Tournez, tournez, sans espoir de foin.

Et dépêchez, chevaux de leur âme,
Déjà, voici que la nuit qui tombe
Va réunir pigeon et colombe,
24 Loin de la foire et loin de madame.

Tournez, tournez ! le ciel en velours
D'astres en or se vêt lentement.
Voici partir l'amante et l'amant.
28 Tournez au son joyeux des tambours.

Champ de foire de Saint-Gilles [1], août 1872.

1. Ville de Belgique (province d'Anvers, sur la Dyle).

2. En Belgique, nom des conseillers municipaux adjoints au maire.

3. « Disposer par degrés » (Rob.) ; Bescherelle et Littré donnent uniquement ce verbe comme « terme d'art militaire ». *Cf.* « L'échelonnement des haies » dans *Sagesse*, III, XIII.

4. *Cf.* Rimbaud, « Plates-bandes d'amarantes... » (daté Bruxelles, Juillet 1872) : « Je sais que c'est toi qui, dans ces lieux,/ Mêles ton bleu presque de Sahara ! » et, à propos de cette association entre la blancheur du paysage et le désert, *Ariette* VIII, v. 1-4, p. 87.

5. Verlaine avait déjà consacré un poème à la description du paysage vu d'un wagon de chemin de fer (*La Bonne Chanson*, VII : « Le paysage dans le cadre des portières... »).

6. Ce souvenir de *Télémaque* est passé au rang de citation au XIXᵉ s. ; de l'épigraphe de la pièce XXXIV des *Feuilles d'automne* (1832) : « un horizon fait à souhait pour le plaisir des yeux », à un passage de Flaubert rappelant « le mot de Fénelon : "spectacle fait à souhait pour le plaisir des yeux" » (*Par les champs et par les grèves*, 1848).

Voir variantes, p. 297.

MALINES[1]

Vers les prés, le vent cherche noise
Aux girouettes, détail fin
Du château de quelque échevin[2],
Rouge de brique et bleu d'ardoise,
5 Vers les prés clairs, les prés sans fin !

Comme les arbres des féeries,
Des frênes, vagues frondaisons,
Échelonnent[3] mille horizons
À ce Sahara de prairies[4],
10 Trèfle, luzerne et blancs gazons.

Les wagons filent en silence[5]
Parmi ces sites apaisés.
Dormez, les vaches ! Reposez,
Doux taureaux de la plaine immense,
15 Sous vos cieux à peine irisés !

Le train glisse sans un murmure,
Chaque wagon est un salon
Où l'on cause bas, et d'où l'on
Aime à loisir cette nature
20 Faite à souhait pour Fénelon[6].

Août 1872.

1. Du titre d'une romance d'Arthur Sullivan parue en 1869, selon V. Underwood (1953, p. 76). « L'histoire bien vraie de Bruxelles » (lettre de Verlaine à Lepelletier du 24-28 novembre 1873, *OC*, p. 1073).

2. Cette auto-citation camouflée provient de *La Bonne Chanson*, III, v. 1-4 ; *Birds in the night* est, selon Verlaine lui-même, une « bonne chanson » retournée ou encore une *Mauvaise chanson*. Même procédé pour l'épigraphe de l'*Ariette* IV, p. 77.

3. Laclos, *Les Liaisons dangereuses* (1782), III, lettre XCII, à propos de Cécile ; voir ci-après le v. 3, p. 109.

BIRDS IN THE NIGHT[1]

En robe grise et verte avec des ruches,
Un jour de juin que j'étais soucieux,
Elle apparut souriante à mes yeux
Qui l'admiraient sans redouter d'embûches.

(INCONNU.)[2]

Elle est si jeune !
(Liaisons dangereuses.)[3]

1. Mathilde commente : « je puis affirmer qu'au dire de tous amis, j'ai été surtout avec Verlaine *douce* et *patiente*, bien que tant de biographes aient répété, après lui, à satiété, que "je n'avais pas eu toute patience" » (*Mémoires*, p. 181).

2. Voir l'épigraphe de la série.

3. *Cf.* Musset, *Rolla* (1853), III, v. 114 : « Quinze ans ! – l'âge céleste... »

4. Mathilde sera la « lamentable sœur » dans « Child Wife », v. 7, p. 127.

5. « Quelques semaines avant son départ [avec Rimbaud], Verlaine me dit durement, un matin où je m'éveillais, souriante en lui disant gentiment bonjour : – tu as un vilain regard ! » (*Mémoires*, p. 181).

Vous n'avez pas eu toute patience[1],
Cela se comprend par malheur, de reste ;
Vous êtes si jeune[2] ! et l'insouciance,
4 C'est le lot amer de l'âge céleste[3] !

Vous n'avez pas eu toute la douceur,
Cela par malheur d'ailleurs se comprend ;
Vous êtes si jeune, ô ma froide sœur[4],
8 Que votre cœur doit être indifférent !

Aussi, me voici plein de pardons chastes,
Non, certes ! joyeux, mais très calme, en somme,
Bien que je déplore, en ces mois néfastes,
12 D'être, grâce à vous, le moins heureux homme.

*
* *

Et vous voyez bien que j'avais raison,
Quand je vous disais, dans mes moments noirs,
Que vos yeux, foyers de mes vieux espoirs
16 Ne couvaient plus rien que la trahison.

Vous juriez alors que c'était mensonge
Et votre regard qui mentait lui-même[5]
Flambait comme un feu mourant qu'on prolonge,
20 Et de votre voix vous disiez : « je t'aime ! »

Hélas ! on se prend toujours au désir
Qu'on a d'être heureux malgré la saison...
Mais ce fut un jour plein d'amer plaisir,
24 Quand je m'aperçus que j'avais raison !

1. « Il n'a d'ailleurs pas tenu parole, car toute sa vie ne fut qu'une longue jérémiade contre moi et contre les malheurs qu'il s'était volontairement attirés » (*Mémoires*, p. 182).

2. Verlaine avait d'abord écrit : « Vous ne m'aimez pas » ; il demande à Lepelletier d'effectuer la correction sur épreuves (lettre du 24-28 novembre 1873, *OC* p. 1071). Voir variantes, p. 298.

3. Ce vers devait servir d'épigraphe à la pièce xxx de *Bonheur*, alors intitulée « France » (lettre à Cazals du 10 octobre 1889 et ms.).

4. « Dessiller les yeux à quelqu'un » : lui faire voir la vérité qui lui était cachée.

5. Rappel à la mémoire d'une chose oubliée. Déjà vieilli au xviie s., ce terme, synonyme de « ressouvenir » (Littré), a été repris au xixe s., notamment par Flaubert et Baudelaire. Rob. Dhlf le donne comme « très littéraire ».

6. « Interjection familière pour exprimer le dédain, la répugnance, le dégoût qu'inspire quelqu'un ou quelque chose » (Bescherelle).

*
* *

Aussi bien, pourquoi me mettrai-je à geindre[1] ?
Vous ne m'aimiez pas[2], l'affaire est conclue,
Et, ne voulant pas qu'on ose me plaindre,
28 Je souffrirai d'une âme résolue.

Oui, je souffrirai car je vous aimais !
Mais je souffrirai comme un bon soldat
Blessé, qui s'en va dormir à jamais,
32 Plein d'amour pour quelque pays ingrat.

Vous qui fûtes ma Belle, ma Chérie,
Encor que de vous vienne ma souffrance,
N'êtes-vous donc pas toujours ma patrie[3],
36 Aussi jeune, aussi folle que la France ?

*
* *

Or, je ne veux pas, — le puis-je d'abord ?
Plonger dans ceci mes regards mouillés.
Pourtant mon amour que vous croyez mort
40 A peut-être enfin les yeux dessillés[4].

Mon amour qui n'est que ressouvenance[5],
Quoique sous vos coups il saigne et qu'il pleure
Encore et qu'il doive, à ce que je pense,
44 Souffrir longtemps jusqu'à ce qu'il en meure,

Peut-être a raison de croire entrevoir
En vous un remords, (qui n'est pas banal),
Et d'entendre dire, en son désespoir,
48 À votre mémoire : ah ! fi[6] ! que c'est mal.

1. « Enfin, voici notre dernière entrevue à Bruxelles racontée par lui. Je proteste seulement contre le mot *nue* » (*Mémoires*, p. 168 et 182).

2. « Paul arriva à l'heure dite ; j'étais si heureuse [...] que je me blottis dans ses bras, riant et pleurant à la fois » (*Mémoires*, p. 168).

3. « Comme, en me quittant, il me promit de me retrouver dans le parc de Bruxelles, quelques heures plus tard, je l'y attendis. Mais, hélas ! c'est avec d'autres yeux qu'il me revit » (*Mémoires*, p. 182).

4. « Couler un regard », qui ne semble pas attesté à l'époque, signifie : regarder en dessous, à la dérobée (Tlf).

*
* *

Je vous vois encor. J'entr'ouvris la porte,
Vous étiez au lit comme fatiguée.
Mais, ô corps léger que l'amour emporte,
52   Vous bondîtes nue, éplorée et gaie[1].

Ô quels baisers, quels enlacements fous !
J'en riais moi-même à travers mes pleurs[2].
Certes, ces instants seront, entre tous,
56   Mes plus tristes, mais aussi mes meilleurs.

Je ne veux revoir de votre sourire
Et de vos bons yeux en cette occurrence
Et de vous enfin qu'il faudrait maudire,
60   Et du piège exquis, rien que l'apparence.

*
* *

Je vous vois encor ! En robe d'été
Blanche et jaune avec des fleurs de rideaux.
Mais vous n'aviez plus l'humide gaîté
64   Du plus délirant de tous nos tantôts.

La petite épouse et la fille aînée
Avait reparu avec la toilette
Et c'était déjà notre destinée
68   Qui me regardait sous votre voilette[3].

Soyez pardonnée ! Et c'est pour cela
Que je garde, hélas ! avec quelque orgueil,
En mon souvenir qui vous cajola,
72   L'éclair de côté que coulait votre œil[4].

1. *Cf.* « Le Bateau ivre » : « J'ai suivi [...] la houle à l'assaut des récifs,/ Sans songer que les pieds lumineux des Maries/ Pussent forcer le mufle aux Océans poussifs ! »

2. Sur ce *topos*, *cf.* Baudelaire, « Le Voyage » et « Les Sept vieillards » dans *Les Fleurs du mal* (1857) : « Et mon âme dansait, dansait vieille gabarre/ Sans mâts, sur une mer monstrueuse et sans bords », et Verlaine lui-même dans « L'Angoisse » (*Poèmes saturniens*, 1866) : « Lasse de vivre, ayant peur de mourir, pareille/ Au brick perdu jouet du flux et du reflux,/ Mon âme pour d'affreux naufrages appareille ».

Voir variantes, p. 298-299.

*
* *

Par instants je suis le pauvre navire
Qui court démâté parmi la tempête,
Et ne voyant pas Notre-Dame luire [1]
76 Pour l'engouffrement en priant s'apprête [2].

Par instants je meurs la mort du pécheur
Qui se sait damné s'il n'est confessé,
Et, perdant l'espoir de nul confesseur,
80 Se tord dans l'Enfer qu'il a devancé.

Ô mais ! par instants, j'ai l'extase rouge
Du premier chrétien, sous la dent rapace,
Qui rit à Jésus témoin, sans que bouge
84 Un poil de sa chair, un nerf de sa face !

Bruxelles-Londres. — Septembre-Octobre 1872.

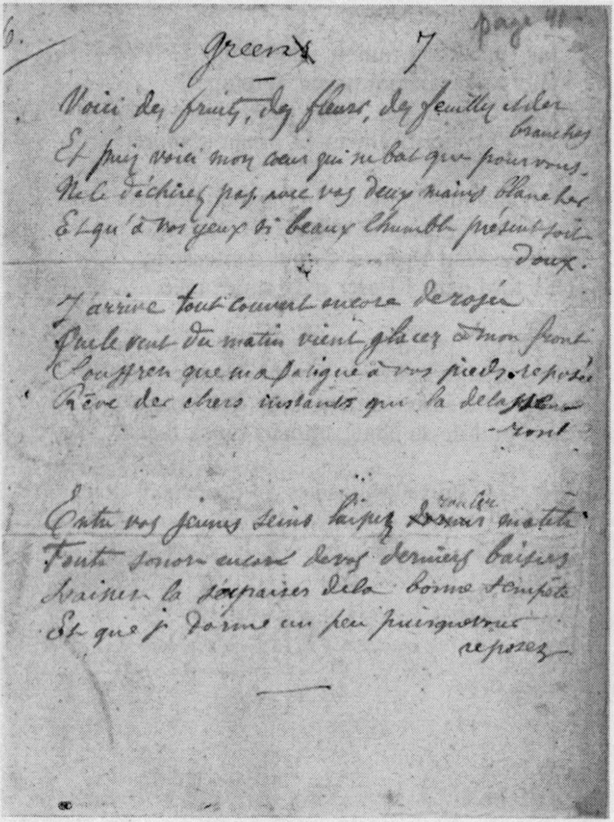

Fac-similé de *Green*.
Collection particulière, Genève.

AQUARELLES

1. En plus de la couleur verte, *green* désigne en anglais l'ensemble des plantes et des végétaux, et, comme adjectif, peut signifier « naïf et inexpérimenté » (Oxford).

2. Calque syntaxique et rythmique d'un vers de Marceline Desbordes-Valmore selon M. Bertrand (*Revue Verlaine*, nº 6, p. 11) : « Voici des nœuds, du fard, des perles et de l'or » (« Le Secret perdu »).

3. « Déchirer le cœur » : causer une vive affliction, une douleur affective.

Voir variantes, p. 299.

GREEN [1]

Voici des fruits, des fleurs, des feuilles et des branches [2],
Et puis voici mon cœur, qui ne bat que pour vous.
Ne le déchirez pas [3] avec vos deux mains blanches,
4 Et qu'à vos yeux si beaux l'humble présent soit doux.

J'arrive tout couvert encore de rosée
Que le vent du matin vient glacer à mon front.
Souffrez que ma fatigue, à vos pieds reposée,
8 Rêve des chers instants qui la délasseront.

Sur votre jeune sein laissez rouler ma tête
Toute sonore encor de vos derniers baisers ;
Laissez-la s'apaiser de la bonne tempête,
12 Et que je dorme un peu puisque vous reposez.

1. Plus près du « spleen printanier » qui émane du « Vere Novo » de Mallarmé (*Le Parnasse contemporain*, 1866) que des « Spleen » pluvieux de Baudelaire (*Les Fleurs du mal*).

2. Archaïsme classique (et non tour familier) : « *bouger* est neutre maintenant » souligne Littré, « et ne peut plus devenir réfléchi ».

3. Ellipse classique pour « ce que c'est que d'attendre ! »

4. Archaïsme : *fors* pour « excepté, hormi », est sorti de l'usage à la fin du XVIIᵉ s.

Voir variantes, p. 299.

SPLEEN [1]

Les roses étaient toutes rouges,
2 Et les lierres étaient tout noirs.

Chère, pour peu que tu te bouges [2],
4 Renaissent tous mes désespoirs.

Le ciel était trop bleu, trop tendre,
6 La mer trop verte et l'air trop doux.

Je crains toujours, — ce qu'est d'attendre [3] !
8 Quelque fuite atroce de vous.

Du houx à la feuille vernie
10 Et du luisant buis je suis las,

Et de la campagne infinie
12 Et de tout, fors [4] de vous, hélas !

1. Verlaine aurait confié à Th. Gringoire « qu'il avait écrit ces vers [à Londres] dans un bar qui se trouve à l'angle de Old Compton Street et de Greek Street » (*Le Courrier de Londres*, 2 décembre 1911).

2. Danse vive et gaie originaire d'Angleterre ou d'Irlande. Parmi ses « impressions de voyage » livrées de Londres à Lepelletier, Verlaine note que « dans les cafés-concerts, Alhambra, Grecian Theater, etc... on danse la gigue, entre deux *God save* » (lettre de septembre 1872, *OC*, p. 979).

3. Quartier animé du centre de Londres, habité par de nombreux immigrés français après la Commune. Verlaine et Rimbaud y avaient élu domicile à leur arrivée dans la capitale anglaise en septembre 1872.

Voir variantes, p. 299.

STREETS[1]

I

Dansons la gigue[2] !

J'aimais surtout ses jolis yeux,
Plus clairs que l'étoile des cieux,
4 J'aimais ses yeux malicieux.

Dansons la gigue !

Elle avait des façons vraiment
De désoler un pauvre amant,
8 Que c'en était vraiment charmant !

Dansons la gigue !

Mais je trouve encore meilleur
Le baiser de sa bouche en fleur,
12 Depuis quelle est morte à mon cœur.

Dansons la gigue !

Je me souviens, je me souviens
Des heures et des entretiens,
16 Et c'est le meilleur de mes biens.

Dansons la gigue !

SOHO[3].

1. Verlaine avait d'abord écrit : « Entre deux murs hauts de cinq pieds » ; il demande à Lepelletier de corriger ce vers au nom de la réalité : « Je me souviens qu'il n'y a, en effet, qu'un mur, l'autre côté étant au niveau du *ground* » (lettre du 24-28 novembre 1873, *OC*, p. 1171).

2. Anglicisme entré en français en 1754 : « nom qu'on donne, en Angleterre, aux fermes jolies et élégantes qui appartiennent à des villageois aisés » (Bescherelle, et toujours donné par Littré comme « maison de campagne »).

3. Quartier du centre de Londres jouxtant celui de Soho (voir poème précédent, n. 3). La « rivière dans la rue » y aurait été localisée par V. Ph. Underwood (1956, p. 104).

Voir variantes, p. 300.

II

Ô la rivière dans la rue !
Fantastiquement apparue
Derrière un mur haut de cinq pieds[1],
Elle roule sans un murmure
Son onde opaque et pourtant pure,
6 Par les faubourgs pacifiés.

La chaussée est très large, en sorte
Que l'eau jaune comme une morte
Dévale ample et sans nuls espoirs
De rien refléter que la brume,
Même alors que l'aurore allume
12 Les cottages[2] jaunes et noirs.

PADDINGTON[3].

1. « Femme enfant », expression attestée en anglais en 1849 (Dickens, *David Copperfield*). « Une autre pièce faite également pour moi », note Mathilde dans ses *Mémoires* (p. 183), elle que Verlaine avait déjà qualifiée de « femme-enfant » dans *La Bonne Chanson* (VIII, v. 12).

2. « J'avoue sans fausse honte qu'en effet je n'ai rien compris à la simplicité de Verlaine [...] cette simplicité m'ayant paru plutôt compliquée » (*Mémoires*, p. 183).

3. « Exposé au vent » (Tlf).

4. « Avec la préposition [...] *devant*, l'omission du régime appartient à l'usage le plus général » (Grevisse).

5. Le « bleu miroir » qualifiait un lac dans la seconde pièce « imitée de Catulle » écrite par Verlaine en classe de rhétorique (*OpC*, p. 13).

6. *Cf. Birds in the night*, v. 7, p. 109 : « Vous êtes si jeune, ô ma froide sœur ».

7. *Cf. La Bonne Chanson*, XI, v. 11-12 : « Mon oreille avide d'entendre/ Les notes d'or de sa voix tendre ».

Voir variantes, p. 300.

CHILD WIFE[1]

Vous n'avez rien compris à ma simplicité,
    Rien, ô ma pauvre enfant[2] !
Et c'est avec un front éventé[3], dépité,
4   Que vous fuyez devant[4].

Vos yeux qui ne devaient refléter que douceur,
    Pauvre cher bleu miroir[5],
Ont pris un ton de fiel, ô lamentable sœur[6],
8   Qui nous fait mal à voir.

Et vous gesticulez avec vos petits bras
    Comme un héros méchant,
En poussant d'aigres cris poitrinaires, hélas !
12   Vous qui n'étiez que chant[7] !

Car vous avez eu peur de l'orage et du cœur
    Qui grondait et sifflait,
Et vous bêlâtes vers votre mère — ô douleur ! —
16   Comme un triste agnelet.

Et vous n'avez pas su la lumière et l'honneur
    D'un amour brave et fort,
Joyeux dans le malheur, grave dans le bonheur,
20   Jeune jusqu'à la mort !

1. Littéralement « un pauvre petit berger » mais *shepherd*, dans le langage des comédies pastorales, était aussi utilisé en anglais pour désigner le poète (« the writer and his friends or fellow-poets », Oxford).

2. La tradition anglaise voulait que les amoureux offrent un poème ou une chanson à leur bien-aimée le jour de la Saint-Valentin.

Voir variantes, p. 300.

A POOR YOUNG SHEPHERD [1]

J'ai peur d'un baiser
Comme d'une abeille.
Je souffre et je veille
Sans me reposer :
5   J'ai peur d'un baiser !

Pourtant j'aime Kate
Et ses yeux jolis.
Elle est délicate
Aux longs traits pâlis.
10   Oh ! que j'aime Kate !

C'est Saint-Valentin !
Je dois et je n'ose
Lui dire au matin...
La terrible chose
15   Que Saint-Valentin [2] !

Elle m'est promise,
Fort heureusement !
Mais quelle entreprise
Que d'être un amant
20   Près d'une promise !

J'ai peur d'un baiser
Comme d'une abeille.
Je souffre et je veille
Sans me reposer :
25   J'ai peur d'un baiser !

1. Dans le sens de « rayons » (« A ray, or "bundle" of parallel rays, of light emitted from the sun or other luminous body »), mais aussi de « bateaux » (« A ship, a bark », Oxford).

2. Voir la variante de l'édition originale, p. 300. Verlaine demande à Delahaye de ne pas oublier de corriger ce vers, qu'il « croi[t] 40.000.000 de fois meilleur que l'autre » (lettre du 3 septembre 1875, *OC*, p. 1105).

3. Jour du retour de Verlaine et Rimbaud en France, *via* la Belgique.

Voir variantes, p. 300.

BEAMS[1]

Elle voulut aller sur les flots de la mer,
Et comme un vent bénin soufflait une embellie,
Nous nous prêtâmes tous à sa belle folie,
4 Et nous voilà marchant par le chemin amer.

Le soleil luisait haut dans le ciel calme et lisse,
Et dans ses cheveux blonds c'étaient des rayons d'or
Si bien que nous suivions son pas plus calme encor
8 Que le déroulement des vagues. — Ô délice !

Des oiseaux blancs volaient alentour mollement,
Et des voiles au loin s'inclinaient toutes blanches.
Parfois de grands varechs filaient en longues branches,
12 Nos pieds glissaient d'un pur et large mouvement.

Elle se retourna, doucement inquiète
De ne nous croire pas pleinement rassurés ;
Mais nous voyant joyeux d'être ses préférés,
16 Elle reprit sa route et portait haut la tête[2].

Douvres-Ostende, à bord de la
Comtesse-de-Flandre,
4 avril 1873[3].

Verlaine et Rimbaud à Londres (octobre 1872).
Dessin de Félix Régamey (*Verlaine dessinateur*, Floury, 1896).

CELLULAIREMENT

1. Adresse classique (*cf.* le titre du poème liminaire des *Fleurs du Mal*) qui est aussi celle de Montaigne en ouverture des *Essais* (1580), dont Verlaine cite l'incipit au v. 17.

2. « Il fut captif, où il apprit à prendre patience dans les adversités » (trad. J. Cassou). Épigraphe (tronquée) empruntée au prologue des *Nouvelles exemplaires* (1613).

3. « Les rêves de malade ». Expression tirée de l'*Art poétique* d'Horace (v. 7), passée à l'état de locution en français. Verlaine l'a utilisée plusieurs fois, notamment dans le « Prologue » de *Jadis et naguère* (v. 20, 1884) : « Allez, *ægri somnia* ».

4. Extrait de l'adresse au lecteur des *Essais* de Montaigne : « C'est icy un livre de bonne foy, lecteur », expression reprise par de nombreux auteurs pour défendre la sincérité de leurs propos.

5. Dans le sens premier de « petit livre » et non d'écrit diffamatoire ou injurieux.

AU LECTEUR [1]

> « Fué cautivo, donde aprendió a tener
> paciencia en las adversidades ».
>
> (Cervantes.) [2]

Ce n'est pas de ces dieux foudroyés,
Ce n'est pas encore une infortune
Poétique autant qu'inopportune :
4 Ô lecteur de bon sens, ne fuyez !

On sait trop tout le prix du malheur
Pour le perdre en disert gaspillage.
Vous n'aurez ni mes traits ni mon âge,
8 Ni le vrai mal secret de mon cœur.

Et de ce que ces vers maladifs
Furent faits en prison, pour tout dire,
On ne va pas crier au martyre.
12 *Que Dieu vous garde des expansifs !*

On vous donne un livre fait ainsi.
Prenez-le pour ce qu'il vaut en somme.
C'est l'*œgri somnia* [3] d'un brave homme
16 Étonné de se trouver ici.

On y met, avec la « bonne foy » [4],
L'orthographe à peu près qu'on possède
Regrettant de n'avoir à son aide
20 *Que ce prestige d'être bien soi.*

Vous lirez ce libelle [5] tel quel,
Tout ainsi que vous feriez d'un autre.

1. *Cf.* « Tristesse » de Musset (*Poésies nouvelles,* 1856) : « J'ai perdu ma force et ma vie,/ Et mes amis et ma gaité ;/ J'ai perdu jusqu'à la fierté/ Qui faisait croire à mon génie » et la « Chanson de la plus haute tour » de Rimbaud (mai 1872) : « Oisive jeunesse/ À tout asservie,/ Par délicatesse/ J'ai perdu ma vie. »

2. *Cf.* le texte liminaire des *Poèmes saturniens* (1866) : « Or ceux-là qui sont nés sous le signe SATURNE,/ [...]/ Ont entre tous, d'après les grimoires anciens,/ Bonne part de malheur et bonne part de bile. »

3. « Quelque chose comme, paraît-il, le "Dépôt" de Paris. Une vaste cour pavée, plutôt longue. D'affreux types en général » (*Mes prisons*, *OprC*, p. 333). La prison cellulaire dite des Petits-Carmes fut élevée en 1847 par l'architecte Dumont en style Tudor, à côté de l'Hôtel d'Aremberg, rue des Petits-Carmes, dans le quartier du Sablon. Verlaine fut conduit aux Petits-Carmes en voiture cellulaire dans l'après-midi du 11 juillet 1873.

Voir variantes, p. 301-302.

Ce vœu bien modeste est le seul nôtre,
24 N'étant guère après tout criminel.

Un mot encore, car je vous dois
Quelque lueur en définitive
Concernant la chose qui m'arrive :
28 Je compte parmi les maladroits.

J'ai perdu ma vie[1] et je sais bien
Que tout blâme sur moi s'en va fondre :
À cela je ne puis que répondre
32 Que je suis vraiment né Saturnien[2].

Bruxelles, de la prison des Petits-Carmes[3],
juillet 1873.

1. E. Delahaye signale que ce poème fut envoyé par Verlaine à Rimbaud depuis les Petits-Carmes, avec « Autre » et « Berceuse » (*Rimbaud,* Messein, 1923, p. 56).

2. « Le Chêne et le roseau » (*Fables*, I, xxii , v. 20-24) : « Les vents me sont moins qu'à vous redoutables/ Je plie, et ne romp pas. Vous avez jusqu'ici/ Contre leurs coups épouvantables/ Résisté sans courber le dos :/ Mais attendons la fin ».

3. *Dame* pour qualifier la femelle d'un animal est courant dans les chansons enfantines et dans les fables (*cf.* La Fontaine, « La Ligue des rats », *Fables*, XII, appendice). Littré le donne comme familier et de style badin. On dit « entendre trotter une souris » pour signifier que le silence est complet.

4. Syntaxe familière (voir aussi le v. 10 : on ronfle *ferme*).

5. La locution figurée, qui date du xve s., est « il fait noir comme dans un four ».

6. Voir n. 3, p. 136.

Voir variantes, p. 302.

IMPRESSION FAUSSE[1]

« Mais attendons la fin ».
(La Fontaine.)[2]

Dame souris trotte[3],
Noire dans le gris du soir,
Dame souris trotte
4   Grise dans le noir.

On sonne la cloche,
Dormez, les bons prisonniers !
On sonne la cloche :
8   Faut que vous dormiez[4].

Le grand clair de lune !
On ronfle ferme à côté.
Le grand clair de lune
12   En réalité !

Un nuage passe,
Il fait noir comme en un four[5].
Un nuage passe.
16   Tiens, le petit jour !

Dame souris trotte,
Rose dans les rayons bleus.
Dame souris trotte :
20   Debout, paresseux !

Br., 11 juillet 73.
Entrée en prison[6].

1. Entendez : autre « impression fausse » (voir le poème précédent et la n. 1, p. 138).

2. « Du pain et des jeux » (Juvénal, *Satires*, x, v. 81). Formule qui synthétisait les principales aspirations de la plèbe romaine à l'époque impériale.

3. « Une fois par jour, le matin, les prévenus, par sections, descendaient dans une cour pavée, "ornée" au milieu d'un petit "jardin" tout en la fleur jaune nommée souci » (*Mes prisons*, *OprC*, p. 335). Cl. Cuénot signale que l'amphibologie *souci* pour « fleur *et* préoccupation » (v. 2) se rencontre déjà dans la *Guirlande de Julie* (1641).

4. La locution « flageoler sur ses jambes » (chanceler) est renouvelée par l'emploi de *fémur*, terme anatomique rare dans le langage poétique où il est généralement réservé à des scènes macabres (*cf.* Gautier, « Bûchers et tombeaux » dans *Émaux et camées*, éd. de 1858 ; Rimbaud, « Bal des pendus », 1870).

5. Samson, envoyé sur terre par Dieu pour délivrer les Hébreux du joug des Philistins, fut capturé et emprisonné après que Dalila lui eut coupé ses longs cheveux, d'où il tirait sa force ; en prison, les Philistins le contraignirent à tourner la meule d'un moulin (Juges, 16, 21).

6. Strophe citée dans *Mes prisons* pour illustrer la « promenade [des prévenus] à la queue-leu-leu sous l'œil d'un gardien tout au plus humain » (*OprC*, p. 336).

7. Au sens étymologique de « cercle », indique le mouvement circulaire des prisonniers pendant la promenade (le sens familier de « désordre » n'apparaît que dans la seconde moitié du xxᵉ siècle).

AUTRE[1]

« Panem et circenses »[2].

La cour se fleurit de souci[3]
    Comme le front
    De tous ceux-ci
4   Qui vont en rond
En flageolant sur leur fémur[4]
    Débilité
    Le long du mur
8   Fou de clarté.

Tournez, Samsons sans Dalila,
    Sans Philistin,
    Tournez bien la
12   Meule au destin[5].
Vaincu risible de la loi,
    Mouds tour à tour
    Ton cœur, ta foi
16   Et ton amour !

Ils vont ! et leurs pauvres souliers
    Font un bruit sec,
    Humiliés,
20   La pipe au bec.
Pas un mot, sinon le cachot,
    Pas un soupir.
    Il fait si chaud
24   Qu'on croit mourir[6].

J'en suis de ce cirque[7] effaré,
    Soumis d'ailleurs

1. « Attristé, navré » mais Verlaine utilise peut-être ce verbe dans son acception théologique (1845) : « contrister le Saint-Esprit » pour « retomber dans le péché après avoir reçu les grâces du Saint-Esprit » (Rob. Dhlf).

2. « Dans la fraîcheur de leur jeunesse » mais aussi couronnés de « soucis » (v. 1-2 et n. 3, p. 140).

3. Cour de la prison réservée aux prisonniers en attente de jugement.

Voir variantes, p. 303.

Et préparé
28 À tous malheurs.
Et pourquoi si j'ai contristé[1]
Ton vœu têtu,
Société,
32 Me choierais-tu ?

Allons, frères, bons vieux voleurs,
Doux vagabonds,
Filous en fleur[2],
36 Mes chers, mes bons,
Fumons philosophiquement,
Promenons-nous
Paisiblement :
40 Rien faire est doux.

Br. juillet 73.
Préau des prévenus[3].

1. « Entretenir, nourrir, préparer mystérieusement » ou « entourer quelque chose de soins attentifs » (Rob.).

2. Archaïque (xvie s.) dans le sens de « traverser obliquement » (Rob. Dhlf) mais peut-être utilisé au figuré pour « user de finesse et de ruse pour éviter quelque chose ».

3. Aller en ligne oblique et, dans le sens moderne, « dévier » (Littré ne le donne que comme terme du langage militaire).

4. *Cf.* « Kaléidoscope », v. 25-26, p. 161 : « Ce sera comme quand on rêve et qu'on s'éveille,/ Et que l'on se rendort et que l'on rêve encor ».

Voir variantes, p. 303.

SUR LES EAUX

Je ne sais pourquoi
Mon esprit amer
D'une aile inquiète et folle vole sur la mer.
Tout ce qui m'est cher,
D'une aile d'effroi
6 Mon amour le couve [1] au ras des flots : Pourquoi ?
                                        [Pourquoi ?

Mouette à l'essor mélancolique.
Elle suit la vague, ma pensée,
À tous les vents du ciel balancée
Et biaisant [2] quand la marée oblique [3],
11 Mouette à l'essor mélancolique.

Ivre de soleil
Et de liberté,
Un instinct la guide à travers cette immensité.
La brise d'été
Sur le flot vermeil
17 Doucement la porte en un tiède demi-sommeil [4].

Parfois si tristement elle crie
Qu'elle alarme au lointain le pilote
Puis au gré du vent se livre et flotte
Et plonge, et l'aile toute meurtrie
22 Revole, et puis si tristement crie !

Je ne sais pourquoi
Mon esprit amer
D'une aile inquiète et folle vole sur la mer.
Tout ce qui m'est cher,
D'une aile d'effroi,
28 Mon amour le cherche au ras des flots. Pourquoi,
                                        [pourquoi ?

Brux. juillet 1873

1. Chanson pour endormir un enfant (Acad. 1835). Voir aussi « Impression fausse », n. 1, p. 138.

2. « Ne va point m'éveiller, de grâce parle bas ». Dernier vers d'une épigramme de Michel-Ange (1475-1564) recueillie dans ses *Rimes* (« Caro m'è il sonno... », posth., 1623).

3. *Cf.* le « sommeil noir », « frère de la mort et consolateur comme elle » (Gautier, *Jettatura*, 1856). Verlaine utilisera encore cette expression dans *Sagesse* III, x, v. 1-3 : « La tristesse, la langueur du corps humain/ M'attendrissent, me fléchissent, m'apitoient,/ Ah ! surtout quand des sommeils noirs le foudroient ».

4. Cette image (voir le titre du poème), que J. Robichez juge comme une impropriété (pour « bercement », son éd., p. 619) est chère à Verlaine : *cf. Romances sans paroles*, *Ariette* v, v. 7-8, p. 79 : « Qu'est-ce que c'est que ce berceau soudain/ Qui lentement dorlote mon pauvre être ? »

5. C'est le 8 août 1873 que Verlaine fut condamné à deux ans de prison ferme et à deux cents francs d'amende par le tribunal correctionnel de Bruxelles (voir *Mes prisons*, *OprC*, p. 338-340). Commentant cet épisode dans une conférence sur « la poésie contemporaine » (Bruxelles, 2 mars 1893), il précisait, parlant de lui-même : « une catastrophe sérieuse interrompit ces peines et ces plaisirs factices [sa propre vie avant la condamnation]. Même il se l'exagéra au point d'écrire *Un grand sommeil noir* » (*OprC*, p. 901).

Voir variantes, p. 304.

BERCEUSE [1]

« Però non mi destar : deh ! parla basso ».
(Michel-Ange.) [2]

Un grand sommeil noir [3]
Tombe sur ma vie :
Dormez, tout espoir,
4 Dormez, toute envie !

Je ne vois plus rien,
Je perds la mémoire
Du mal et du bien...
8 Ô la triste histoire !

Je suis un berceau [4]
Qu'une main balance
Au creux d'un caveau :
12 Silence, silence !

Br. le 8 août 1873 [5].

1. Personnage énigmatique qui défraya la chronique vers 1830. Ne sachant qui il était ni d'où il venait, ce jeune homme apparut à Nuremberg un jour de 1828 et devint rapidement l'objet de la curiosité publique : d'une naïveté désarmante, il semblait n'avoir jamais été mis en contact avec la société. Son assassinat, cinq ans plus tard, ne fit qu'alimenter les hypothèses sur son origine mystérieuse (on l'a dit fils putatif de Stéphanie de Beauharnais). La littérature et le drame ont fait de Gaspard Hauser un anti-héros par excellence (Jules Janin, dans ses *Contes de toutes les couleurs*, en 1833, Bourgeois et Dennery dans un drame représenté à l'Ambigu-comique en 1838, etc.) ; Verlaine a encore utilisé ce personnage dans un « scénario pour ballet » en prose (*Les Mémoires d'un veuf*, 1886).

2. L'utilisation du cliché se justifierait, selon Cl. Cuénot (1963, p. 131), par la naïveté du personnage.

3. La chronique raconte que, à son arrivée à Nuremberg, Gaspard Hauser était en possession d'une lettre de recommandation pour un officier d'un régiment de lanciers.

4. *Cf.* Musset, *Rolla* (1833, v. 56) : « Je suis venu trop tard dans un monde trop vieux ».

5. À l'imitation de la formule « priez pour le pauvre pécheur », encore utilisée par Verlaine dans *Bonheur*, xxv, v. 14 : « Priez avec et pour le pauvre Lelian ! »

6. Le 27 août 1873, la cour d'appel confirma le jugement du 8 août.

Voir variantes, p. 304.

LA CHANSON DE GASPARD HAUSER[1]

Je suis venu, calme orphelin,
Riche de mes seuls yeux tranquilles,
Vers les hommes des grandes villes :
4 Ils ne m'ont pas trouvé malin.

À vingt ans un trouble nouveau
Sous le nom d'amoureuses flammes[2]
M'a fait trouver belles les femmes :
8 Elles ne m'ont pas trouvé beau.

Bien que sans patrie et sans roi
Et très brave ne l'étant guère,
J'ai voulu mourir à la guerre :
12 La mort n'a pas voulu de moi[3].

Suis-je né trop tôt ou trop tard[4] ?
Qu'est-ce que je fais en ce monde ?
Ô vous tous, ma peine est profonde :
16 Priez pour le pauvre Gaspard[5] !

Br., août, 1873[6].

1. « Personne très sale, très laide, repoussante » (Tlf). On lit de Rimbaud, dans une « connerie » monosyllabique de l'*Album zutique* (« Cocher ivre », 1871) : « Pouacre/ Boit :/ Nacre/ Voit ».

2. *Cf.* « Nuit du Walpurgis classique » dans *Poèmes saturniens* (1866, v. 29-31) : « — Ces spectres agités, sont-ce donc la pensée/ Du poète ivre, ou son regret, ou son remords,/ Ces spectres agités en tourbe cadencée,/ Ou bien tout simplement des morts ? »

3. Affaibli par l'âge. On parle aussi d'une « voix cassée », qu'on a du mal à entendre.

4. Familier. Du refrain des chansons populaires.

5. « Le mot a désigné un bon vivant et, avec une valeur péjorative, un débauché, une personne rouée dont il faut se méfier, une personne méprisable » (Rob. Dhlf, 1718).

6. Du surnom donné à un personnage de comédie du XVIIᵉ s., employé « pour désigner un comédien de la foire qui débite des plaisanteries de mauvais goût, et par extension, un mauvais plaisant » (Rob. Dhlf).

7. « Enfant » ; Bescherelle et Littré le donnent comme familier et méprisant.

8. Dans le langage familier « aller se faire lanlaire » signifie, depuis le XVIIIᵉ s, « aller au diable » ; on lit cette expression en contexte populaire chez Balzac (*Le Colonel Chabert*, 1832) et chez Hugo (*Les Misérables*, 1862).

Voir variantes, p. 305.

UN POUACRE[1]

Avec les yeux d'une tête de mort
   Que la lune encore décharne
Tout mon passé, disons tout mon remord
4   Ricane à travers ma lucarne[2].

Avec la voix d'un vieillard très cassé[3],
   Comme l'on n'en voit qu'au théâtre,
Tout mon remords, disons tout mon passé
8   Fredonne un tralala[4] folâtre.

Avec les doigts d'un pendu déjà vert
   Le drôle[5] agace une guitare
Et danse sur l'avenir grand ouvert
12   D'un air d'élasticité rare.

« Vieux turlupin[6], je n'aime pas cela.
   Tais ces chants et calme ces danses. »
Il me répond avec la voix qu'il a :
16   « C'est moins drôle que tu ne penses,

Et quant au soin frivole, ô cher morveux[7],
   De te plaire ou de te déplaire,
Je m'en soucie au point que, si tu veux,
20   Tu peux t'aller faire lanlaire[8]. »

Br., septembre 1873

1. Les quatre poèmes qui suivent s'intitulaient d'abord « Mon almanach pour 1874 » (lettre à Lepelletier, octobre 1873, *OC*, p. 1062-1065) ; le changement de titre laisse supposer que Verlaine les a recopiés en 1875.

2. « Laissons-nous persuader par la nuit obscure » (*Iliade* VIII, 502 et IX, 65). Verlaine avait placé un moment cette épigraphe en tête de la 2ᵉ ariette des *Romances sans paroles* (voir variantes, p. 294).

3. D'abord intitulé « Printemps », ce poème daté « Jéhonville, Mai 73 à travers champs » dans l'exemplaire de *Sagesse* annoté par Verlaine serait donc antérieur au « drame de Bruxelles », mais le contexte semble invalider cette datation tardive.

4. *Cf.* « Spleen » (*Romances sans paroles*, p. 121, v. 1-2) : « Les roses étaient toutes rouges,/ Et les lierres étaient tout noirs ».

5. *Cf.* Rimbaud, « Après le Déluge », dans les *Illuminations :* « l'enfant tourna ses bras, compris des girouettes et des coqs de clochers de partout, sous l'éclatante giboulée ».

6. J.-L. Steinmetz (son éd., p. 88) signale cet emprunt (l'expression est entre guillemets dans la lettre à Lepelletier) au *Passant* de François Coppée (1869) : « Mignonne, voici l'avril ! » (sc. 1).

Voir variantes, p. 305.

ALMANACH POUR L'ANNÉE PASSÉE[1]

« Πειθώμεθα νυκτὶ μελαίνῃ »
(Homère.)[2]

I[3]

La bise se rue à travers
Les buissons tout noirs et tout verts[4],
Glaçant la neige éparpillée
4 Dans la campagne ensoleillée.

L'odeur est aigre près des bois,
L'horizon chante avec des voix,
Les coqs des clochers des villages
8 Luisent crûment sur les nuages[5].

C'est délicieux de marcher
À travers ce brouillard léger
11 Qu'un vent taquin parfois retrousse.

Ah ! fi de mon vieux feu qui tousse !
J'ai des fourmis plein les talons.
14 Voici l'Avril[6] ! vieux cœur, allons !

1. Intitulé « Été » dans la lettre à Lepelletier d'octobre 1873, ce poème a été daté par Verlaine « Jéhonville, Belgique Été 1873 » dans l'exemplaire annoté de *Sagesse*.

2. Tour classique formé sur l'expression « une lueur d'espoir ».

3. Se dit des poussières qui apparaissent dans les rayons du soleil. *Cf.* Perrault, *La Barbe-bleue* (*Contes*, 1697) : « Je ne vois rien que le soleil qui poudroie et l'herbe qui verdoie ».

4. Cette apostrophe reviendra quatre fois dans *Sagesse* mais dans un contexte religieux. *Cf.* I, VII, v. 1, 3 : « Les faux beaux jours ont lui tout le jour, ma pauvre âme/ [...]/ Ferme les yeux, pauvre âme et rentre sur-le-champ » (voir aussi I, XII, v. 3 ; et ici même le *Final*, V , v. 13, p. 273 et IX, v. 14, p. 277).

5. Sur le bercement, voir l'*Ariette* V dans les *Romances sans paroles*, v. 7-8, p. 79 : « Qu'est ce que c'est que ce berceau soudain/ Qui lentement dorlote mon pauvre être ? » et « Berceuse », p. 147.

Voir variantes, p. 306.

II[1]

L'espoir luit[2] comme un brin de paille dans l'étable.
Que crains-tu de la guêpe ivre de son vol fou ?
Vois, le soleil toujours poudroie[3] à quelque trou.
4 Que ne t'endormais-tu, le coude sur la table ?

Pauvre âme pâle[4], au moins cette eau du puits glacé,
Bois-la. Puis dors après. Allons, tu vois, je reste,
Et je dorloterai les rêves de ta sieste,
8 Et tu chantonneras comme un enfant bercé[5].

Midi sonnent ! De grâce, éloignez-vous, Madame :
Il dort, et c'est affreux comme les pas de femme
11 Répondent au cerveau des pauvres malheureux !

Midi sonnent ! J'ai fait arroser dans la chambre.
Il dort ! L'espoir luit comme un caillou dans un creux.
14 — Ah ! quand refleuriront les roses de septembre ?

1. Intitulé « Automne » dans la lettre à Lepelletier d'octobre 1873 et « Vendanges » dans *Jadis et naguère* (1884).

2. *Cf.* « À qui de droit », p. 197, v. 13-14 : « Ce que nous valons,/ Notre sang le chante ! »

3. Le parallèle vin/sang ne ressortit pas ici à la symbolique chrétienne de l'eucharistie, mais à l'ivresse ; ainsi *apothéose* est-il à prendre au sens d'exaltation.

4. Dynamiser par influence magnétique. *Cf.* Rimbaud, « L'Orgie parisienne ou Paris se repeuple » (1871) : « Corps remagnétisé pour les énormes peines,/ Tu rebois donc la vie effroyable ! »

Voir variantes, p. 307.

III[1]

Les choses qui chantent dans la tête
Alors que la mémoire est absente,
Écoutez ! c'est notre sang qui chante[2]...
4 Ô musique lointaine et discrète !

Écoutez ! c'est notre sang qui pleure
D'une voix jusqu'alors inouïe,
Alors que notre âme s'est enfuie,
8 Et qui va se taire tout à l'heure.

Frère du vin de la vigne rose,
Frère du sang de la veine noire,
11 Ô vin, ô sang, c'est l'apothéose[3] !

Chantez, pleurez ! Chassez la mémoire
Et chassez l'âme, et jusqu'aux ténèbres
14 Magnétisez[4] nos pauvres vertèbres.

1. Intitulé « Hiver » dans la lettre à Lepelletier, ce poème prendra le titre « Sonnet boiteux » dans *Jadis et naguère* (1884). Il est écrit en vers de treize syllabes et les tercets contiennent quatre vers blancs.

2. Dans le sens de « flotter d'une façon quelconque » (Littré) ; il s'agit des vapeurs dégagées par le gaz d'éclairage.

3. Familier, ce mot ne figure ni dans Acad. 1835, ni dans Bescherelle, ni dans Littré (dat. 1845 selon Rob. Suppl.).

4. *Piauler* se dit du cri des petits poulets et par extension, le verbe signifie « se plaindre en pleurant » (Bescherelle, Littré) ; *cf.* Rimbaud, « Après le Déluge », dans les *Illuminations :* « la Lune entendit les chacals piaulant dans les déserts de thym ». *Glapir* se dit de l'aboi aigre des renards et des petits chiens et, par dénigrement, d'une voix humaine aigre et désagréable (Littré).

5. *Cf.* Baudelaire, « Les Sept vieillards », v. 9 (*Les Fleurs du Mal*) : « Un brouillard sale et jaune inondait tout l'espace ». *Soho* (ici sans majuscule et au pluriel) est une interjection utilisée pour attirer l'attention de quelqu'un (Robichez, son éd., p. 635 ; Oxford). Voir au vers suivant : *indeeds* (vraiment), *all rights, hâos*.

6. « L'Éternel fit pleuvoir du ciel sur Sodome et Gomorrhe du souffre et du feu » (Genèse, 19, 24).

7. Cette date s'applique aux quatre poèmes de l'*Almanach pour l'année passée*.

Voir variantes, p. 307.

IV[1]

Ah ! vraiment c'est triste, ah ! vraiment ça finit trop mal.
Il n'est pas permis d'être à ce point infortuné.
Ah ! vraiment c'est trop la mort du naïf animal
4 Qui voit tout son sang couler sous son regard fané.

Londres fume et crie. Ô quelle ville de la Bible !
Le gaz flambe et nage[2] et les enseignes sont vermeilles.
Et les maisons dans leur ratatinement[3] terrible
8 Épouvantent comme un tas noir de petites vieilles.

Tout l'affreux passé saute, miaule, piaule et glapit[4]
Dans le brouillard rose et jaune et sale des *sohos*[5]
11 Avec des *indeeds* et des *all rights* et des *hâos*.

Non, vraiment, c'est trop un martyre sans assurance,
Non vraiment cela finit trop mal, vraiment c'est triste :
14 Ô le feu du ciel sur cette ville de la Bible[6] !

Br. septembre 1873[7].

1. Hormis le fait qu'il désigne l'instrument d'optique bien connu inventé au début du XIXᵉ s. par le physicien écossais David Brewster, le mot a suscité « de bonne heure (1818) un emploi figuré exprimant l'idée d'une succession rapide et changeante (de sensations, d'impressions) » (Rob. Dhlf).

2. *Cf.* « Streets I », dans *Romances sans paroles* (v. 1, p. 123 et n. 2, p. 122) : « Dansons la gigue ! »

3. « Bande de musique » est peut-être un anglicisme pour « orphéon », mais Rob. Dhlf donne *bande* comme synonyme d'orchestre en français classique (1669). Rimbaud a utilisé l'expression dans « Vagabonds », un poème des *Illuminations* où Verlaine s'est reconnu sous les traits d'un « satanique docteur » : « Je créais, par delà la campagne traversée par des bandes de musique rares, les fantômes du futur luxe nocturne ».

4. *Cf.* Rimbaud, « Les sœurs de charité », v. 3 (1871) : « le front cerclé de cuivre ». L'emploi de *après* dans le sens de « attaché à » ou « sur », souvent considéré comme populaire (ici, en contexte), est archaïque.

5. Argot : prostituées (Larchey). Bescherelle donne « traînée des rues » et Littré ignore l'acception.

6. Bescherelle et Littré le donnent comme populaire.

7. *Cf. Almanach pour l'année passée*, II, v. 2-4, p. 155 : « Que crains-tu de la guêpe ivre de son vol fou ?/ [...] Que ne t'endormais-tu, le coude sur la table ? »

Voir variantes, p. 307.

KALÉIDOSCOPE [1]

Dans une rue, au cœur d'une ville de rêve,
Ce sera comme quand on a déjà vécu :
Un instant à la fois très vague et très aigu...
4 Ô ce soleil parmi la brume qui se lève !

Ô ce cri sur la mer, cette voix dans les bois !
Ce sera comme quand on ignore des causes :
Un lent réveil après bien des métempsycoses :
8 Les choses seront plus les mêmes qu'autrefois

Dans cette rue, au cœur de la ville magique
Où des orgues joueront des gigues dans les soirs [2],
Où les cafés auront des chats sur les dressoirs,
12 Et que traverseront des bandes de musique [3].

Ce sera si fatal qu'on en croira mourir :
Des larmes ruisselant douces le long des joues,
Des rires sanglotés dans le fracas des roues,
16 Des invocations à l'oubli de venir,

Des mots anciens comme un bouquet de fleurs fanées !
Les bruits aigres des bals publics arriveront,
Et des femmes, avec du cuivre après leur front [4],
20 Paysannes, fendront la foule des traînées [5]

Qui flânent là, causant avec d'affreux moutards [6]
Et des vieux sans sourcils, fumeurs de gros cigares,
Cependant qu'à deux pas, dans des senteurs de gares,
24 Quelque fête publique enverra des pétards.

Ce sera comme quand on rêve et qu'on s'éveille !
Et que l'on se rendort et que l'on rêve encor
De la même féerie et du même décor,
28 L'été, dans l'herbe, au bruit moiré d'un vol d'abeille [7].

Br. octobre 1873.

1. Ce titre rappelle celui d'un des poèmes des *Fleurs du Mal*, « Réversibilité ». En théologie, la *réversibilité* est le principe selon lequel les souffrances et les mérites de l'innocent profitent au coupable, et ceux des saints à toutes les âmes en état de grâce (Rob.).

2. « Le monde entier est sous la puissance du malin » (Jean, Première épître, 5, 19).

3. « Tu devines qu'il s'agit des pompes de la prison, des signaux, de la Chapelle, où l'on est dans des stalles isolées, etc. » (Lettre à Lepelletier des 24-28 novembre 1873, *OC,* p. 1074).

4. Si Littré donne déjà *pourchas* comme vieilli (dans le sens de « ce que l'on pourchasse »), la locution « en pourchas », enregistrée en français classique (Charron, La Fontaine) prend chez Verlaine un sens nouveau : « comme s'ils se poursuivaient ».

5. Voir note 3. Dans la liturgie catholique, le salut est un office du soir.

6. Archaïsme : triste, affligeant, qui fait souffrir.

7. « Doucement », mais aussi de manière désagréable, avec fadeur.

8. Verlaine fut transféré à la prison de Mons le 25 octobre 1873 (voir *Mes prisons*, *OprC*, p. 342-344).

Voir variantes, p. 308.

RÉVERSIBILITÉS [1]

Totus in maligno positus [2]

Entends les pompes qui font
   Le cri des chats [3].
Des sifflets viennent et vont
   Comme en pourchas [4].
Ah, dans ces tristes décors
6 Les Déjàs sont les Encors !

Ô les vagues Angélus !
   (Qui viennent d'où ?)
Vois s'allumer les Saluts
   Du fond d'un trou [5].
Ah, dans ces mornes séjours
12 Les Jamais sont les Toujours !

Quels rêves épouvantés,
   Vous grands murs blancs !
Que de sanglots répétés,
   Fous ou dolents [6] !
Ah, dans ces piteux retraits
18 Les Toujours sont les Jamais !

Tu meurs doucereusement [7],
   Obscurément,
Sans qu'on veille, ô cœur aimant,
   Sans testament !
Ah, dans ces deuils sans rachats
24 Les Encors sont les Déjàs !

     Dans la prison cellulaire de Mons.
      Fin octobre 1873 [8].

1. Dans le double sens de « message d'affection » et de « fleur ». La *pensée* est l'emblème du souvenir ; de couleur foncée (voir v. 23, la « négresse ») elle signifie dans le langage des fleurs « douleur résignée, profonde, inoubliable » (Lar. Nli).

2. Dans le langage des fleurs, la rose de couleur rose signifie « serment d'amour » (Lar. Nli) ; *cf.* « Anniversaire », dans *Dédicaces* (v. 1, 1894) : « Je ne crois plus au langage des fleurs ».

3. Verlaine avait rencontré Mathilde en juin 1869 et ils se marièrent le 11 août 1870. Le poème est daté de 1873 dans *Amour*.

4. Archaïsme, pour « souvenir lointain » (*cf.* Chateaubriand, *Le Dernier Abencerage* (1826) : « combien j'ai douce souvenance/ Du joli lieu de ma naissance »).

5. « Bouquet de fleurs dont l'arrangement symbolique constitue une sorte de code au Moyen-Orient » (Tlf).

À MA FEMME
EN LUI ENVOYANT UNE PENSÉE[1]

Au temps où vous m'aimiez (bien sûr ?)
Vous m'envoyâtes, fraîche éclose,
Une chère petite rose,
4 Frais emblème, message pur.

Elle disait en son langage
Les « serments du premier amour »[2] :
Votre cœur à moi pour toujours,
8 Et toutes les choses d'usage.

Trois ans sont passés[3]. Nous voilà !
Mais moi j'ai gardé la mémoire
De votre rose, et c'est ma gloire
12 De penser encore à cela.

Hélas ! si j'ai la souvenance[4],
Je n'ai plus la fleur, ni le cœur !
Elle est aux quatre vents, la fleur.
16 Le cœur ? mais, voici que j'y pense,

Fut-il mien jamais ? entre nous ?
Moi, le mien bat toujours le même,
Il est toujours simple. Un emblème
20 À mon tour. Dites, voulez-vous

Que tout pesé, je vous envoie,
Triste sélam[5], mais c'est ainsi,
Cette pauvre négresse-ci ?
24 Elle n'est pas couleur de joie,

1. Nom vulgaire de la *scabieuse des jardins*, aux fleurs d'un noir poupré. Dans le langage des fleurs, la scabieuse signifie « tristesse » et le message qu'elle porte est : « mon âme est en deuil » (Lar. Nli).

Voir variantes, p. 308.

Mais elle est couleur de mon cœur ;
Je l'ai cueillie à quelque fente
Du pavé captif que j'arpente
28 En ce lieu de juste douleur.

A-t-elle besoin d'autres preuves ?
Acceptez-la pour le plaisir.
J'ai tant fait que de la cueillir,
32 Et c'est presque une fleur-des-veuves [1].

1. Littéralement : images populaires qui coûtaient un sou, mais aussi, pour Verlaine, toute matière à puiser dans la paralittérature (contes et légendes, vieux opéras, romances et chansons populaires, etc.), dont « Images d'un sou » représente un pot-pourri (*cf.* dans le même esprit la 6ᵉ ariette, dans *Romances sans paroles*, p. 81).

2. La partie de l'île de France où est enterrée Virginie, dans *Paul et Virginie*, le roman de Bernardin de Saint-Pierre (1787).

3. Référence à *Nina ou la Folle par amour*, comédie en un acte, en prose, mêlée d'ariettes, par Marsollier des Vivetières, musique de Dalayrac, 1786. La romance de Nina eut un immense succès : « Quand le bien-aimé reviendra,/ Près de sa languissante amie,/ [...]/ Le bien aimé ne revient pas... » ; il semble que Rimbaud y ait fait lui aussi allusion dans « Plates-bandes d'amarantes... » (1872) : « — Calme maisons, anciennes passions !/ Kiosque de la Folle par affection ».

4. Diminutif du prénom espagnol Inès. On croise une Inésille dans le *Gil Blas* de Lesage (1735), dans *Ines Mendo ou le préjugé vaincu* de Mérimée (1857), dans les *Scènes de la vie de Bohème* de Murger (1848), etc.

5. Sultan d'Égypte (1139-1218), frère de Saladin ; négociateur de la paix entre Saladin et Richard Cœur de Lion. On doit à Mme Cottin (1773-1807) un roman sur les amours imaginaires de Malek-Adel et de la sœur de Richard, Mathilde ; un opéra, sur le même sujet, fut aussi représenté à Paris en 1837. Le personnage avait été déjà évoqué par Verlaine dans « L'Auberge » (1868, recueilli dans *Jadis et naguère*, v. 9-10) : « La salle au noir plafond de poutres, aux images/ Violentes, *Maleck Adel* et les *Rois Mages* ».

6. Personnage légendaire déjà évoqué dans la *Légende dorée* de Jacques de Voragine (xiᵉ s.) : victime des calomnies de l'intendant Golo, elle est accusée d'adultère et abandonnée avec son fils au fond d'une forêt sauvage (voir ici les v. 32-36). Geneviève de Brabant est aussi le sujet et le titre d'une romance d'Arnaud Berquin (1749-1791) et d'un opéra bouffe d'Offenbach (1859).

7. La fable de Pyrame et Thisbé raconte les amours malheureuses de deux jeunes gens qui, à cause d'une méprise, se suicident tour à tour et l'un pour l'autre. Elle est entre autres le sujet du *Songe d'une nuit d'été* de Shakespeare, d'un poème de Góngora, d'une tragédie de Théophile de Viau.

IMAGES D'UN SOU[1]

De toutes les douleurs douces
Je compose mes magies !
Paul, les paupières rougies,
Erre seul aux Pamplemousses[2].
5 La Folle-par-amour chante
Une ariette touchante[3].
C'est la mère qui s'alarme
De sa fille fiancée.
C'est l'épouse délaissée
10 Qui prend un sévère charme
À s'exagérer l'attente
Et demeure palpitante.
C'est l'amitié qu'on néglige
Et qui se croit méconnue.
15 C'est toute angoisse ingénue,
C'est tout bonheur qui s'afflige :
L'enfant qui s'éveille et pleure,
Le prisonnier qui voit l'heure,
Les sanglots des tourterelles,
20 La plainte des jeunes filles.
C'est l'appel des Inésilles[4]
— Que gardent dans des tourelles
De bons vieux oncles avares —
À tous sonneurs de guitares.
25 Et Malek-Adel[5] soupire
Sa tendresse à Geneviève
De Brabant[6] qui fait ce rêve
D'exercer un doux empire
Dont elle-même se pâme
30 Sur la veuve de Pyrame[7]
Tout exprès ressuscitée,
Et la forêt des Ardennes

1. « Madame à sa tour monte,/ Si haut qu'elle peut monter... »

2. La romance du Comte Ory, publiée par La Place en 1765, où comment pénétrer dans un couvent de belles religieuses en se déguisant soi-même en nonne et passer la nuit avec l'abbesse... Le sujet fut repris par Scribe et Poirson pour un livret destiné à Rossini (1828).

3. Le poème s'intitulait d'abord « Le Bon Alchimiste » (lettre à Lepelletier des 24-28 novembre 1873).

4. *Cf. Le Marchand de chansons*, de Bérat : « Venez enfants,/ Petits et grands,/ [...]/ Accourez tous, fillettes et garçons,/ Voici, voici le marchand de chansons ».

5. Femme de mauvaise vie, prostituée (Littré le donne comme vieilli, Tlf comme vulgaire), mais aussi juron provençal, équivalent de « putain ! ». Sur le redoublement expressif du [r], *cf. Vieux Coppées*, x, p. 191, v. 6 : « "rrythme" équilistant ».

6. Cadet Rousselle, « type du niais représentant un mauvais acteur, ou plutôt un saltimbanque, chantant dans les cafés, vivant de la bohème d'alors » (Lar. Gdu) ; l'auteur de la célèbre chanson, créée vers 1792, est resté anonyme. Un *paillasse* est un « bateleur qui contrefait gauchement les tours de force qu'il voit faire » (Littré).

7. Personnification du crédit fréquente dans les images d'Épinal.

Voir variantes, p. 309.

Sent circuler dans ses veines
La flamme persécutée
35 De ces princesses errantes
Sous les branches murmurantes,
Et madame Malbrouck monte
À sa tour[1] pour mieux entendre
La viole et la voix tendre
40 De ce cher trompeur de Comte
Ory[2] qui revient d'Espagne
Sans qu'un doublon l'accompagne.
Mais il s'est couvert de gloire
Aux gorges des Pyrénées
45 Et combien d'infortunées,
L'une jaune et l'autre noire,
Ne fit-il pas à tous risques
Là-bas, parmi les Morisques !...
Toute histoire qui se mouille
50 De délicieuses larmes,
Fût-ce à travers des chocs d'armes
Aussitôt chez moi s'embrouille,
Se mêle à d'autres encore,
Finalement s'évapore
55 En capricieuses nues,
Laissant à travers des filtres
Puissants, talismans et philtres
Au fin fond de mes cornues
Au feu de l'amour rougies[3].
60 Accourez à mes magies !
C'est très beau. Venez, d'aucunes
Et d'aucuns[4]. Entrrez, bagasse[5] !
Cadet-Roussel est paillasse[6]
Et vous dira vos fortunes.
65 C'est Crédit[7] qui tient la caisse.
Allons vite qu'on se presse !

Mons, décembre 1873.

1. Dans le langage de Verlaine (mais aussi de Rimbaud et de G. Nouveau) les « Coppées » sont des parodies des *Promenades et intérieurs* de François Coppée (1842-1908), dizains réalistes publiés dans le *Parnasse contemporain* de 1869 et dans *Le Monde illustré* en 1871, et réunis en 1874. Voir entre autres *L'Album zutique* et *Opc*, p. 297-301.

2. C'est sous la forme d'un quatrain que Verlaine envoie à Lepelletier sa future épigraphe aux « Vieux Coppées » (lettre du 8 septembre 1874, *OC*, p. 1091) « Jules..., non, au fait, ne nommons personne/ (Je le redis aux peuples étonnés)/ N'a pas de cartilages dans le nez ;/ Comment voulez-vous que sa trompe sonne ? ». Le personnage visé est le journaliste et critique Jules Claretie (1840-1913), souvent moqué pour son petit nez ; quant au « critique connu », il s'agirait, selon E. Dupuy (sous toute réserve) de Francisque Sarcey (1827-1899).

3. *Cf.* le premier vers de « Lunes I » (1885), dans *Parallèlement* : « Je veux, pour te tuer, ô temps qui me dévastes ».

4. Les dizains de Coppée étaient formés « des riens [...], des souvenirs, des éclairs, des boutades,/ Trouvés au coin de l'âtre ou dans [l]es promenades » (*Promenades et intérieurs*). Verlaine adopte un registre populaire (voir *saucisson* et *licher* : manger, boire avec gourmandise, donné comme populaire et archaïque par Littré, et argotique par Larchey).

Voir variantes, p. 309.

VIEUX COPPÉES [1]

> « Il n'a pas de cartilages dans le nez :
> comment voulez-vous que sa trompe sonne ? »
> (Opinion inédite d'un critique connu,
> sur un bon jeune homme de lettres.) [2]

I

Pour charmer tes ennuis, ô Temps qui nous dévastes [3],
Je veux, durant cent vers coupés en dizains chastes
Comme les ronds égaux d'un même saucisson,
Servir aux connaisseurs un plat de ma façon :
5 Tout désir un peu sot, toute idée un peu bête
Et tout ressouvenir stupide, mais honnête,
Composeront le fier menu qu'on va licher [4].
Muse, accours, donne-moi ton *ut* le plus léger,
Et chantons notre gamme en notes bien égales
10 À l'instar de Monsieur Coppée et des cigales.

1. Une version modifiée de ce poème a été publiée dans *Invectives* (1896) sous le titre « Souvenirs de prison (1874) ».

2. Ce vers a été repris en liminaire d'un sonnet intitulé « À François Coppée » (1889) dans *Dédicaces*. C'était dans le Passage Choiseul, près de la Bibliothèque Nationale, que se trouvait la librairie d'Alphonse Lemerre (1838-1912), le premier éditeur de Verlaine et éditeur des Parnassiens ; dans l'entresol de sa boutique se sont côtoyés Verlaine, Villiers de l'Isle-Adam, Mallarmé, Coppée, Anatole France, Heredia, Léon Dierx, Mendès, etc. (voir *Les Mémoires d'un veuf, OprC*, p. 107-117).

3. Surnom donné à Napoléon III, du nom de l'ouvrier Badinguet qui favorisa son évasion du fort de Ham le 25 mai 1846.

4. Note de Verlaine dans la lettre à Lepelletier du 22 août 1874 : « Le *Lui* de chez Lemerre, m. "de l'Ile", pour ne pas le nommer ». Il s'agit de Leconte de Lisle (1818-1894), un des poètes qui contribua à la fortune de Lemerre et que Verlaine détesta cordialement, spécialement après la Commune qui les trouva sur deux fronts séparés (voir lettre à Lepelletier du 24-28 novembre 1873, *OC,* p. 1072 et *OprC,* p. 264, 434). Leconte de Lisle avait reçu la légion d'honneur le 15 août 1870 (v. 8-9).

5. Allusion au *Passant* de Coppée (1869) et peut-être à *Les Uns et les autres* (1870), comédie de Verlaine dans le goût des *Fêtes galantes* qui ne fut publiée qu'en 1884, dans *Jadis et naguère.*

6. On trouve, dans les *Œuvres posthumes* de Verlaine, cette note : « allusion au poète Émile Autran » ; il s'agit en fait de Joseph Autran (1813-1877), poète rustique sans originalité.

7. Allusion à « La Cigale et la Fourmi » (*Fables*, I, 1) : « Que faisiez-vous au temps chaud ?/ [...]/ Je chantais, ne vous déplaise ». Voir le premier dizain, v. 10. Lar. Gdu donne *toqué* comme familier et signifiant « maniaque, qui a le cerveau dérangé ».

Voir variantes, p. 310.

II [1]

Les passages Choiseul aux odeurs de jadis [2],
Où sont-ils ? En ce mil-huit-cent-soixante-dix,
— Vous souvient-il ? C'était du temps du bon Badingue [3], —
On avait ce tour un peu cuistre qui distingue
5 Le Maître [4], et l'on faisait chacun son acte en vers [5].
Jours enfuis ! Quels autrans [6] passèrent à travers
La montagne ? Le maître est décoré comme une
Châsse, et n'a pas encor digéré la Commune ;
Tous sont toqués, et moi, qui chantais aux temps chauds [7],
10 Je gémis sur la paille humide des cachots.

1. Mathilde, dans ses *Mémoires* (p. 157), conteste cette affirmation « mensongère », à propos d'une promenade dont elle garda « un doux souvenir ».

2. Première occurrence enregistrée en français dans le sens d'« étaler » (date erronée dans Rob. Dhlf) ; le terme est peut-être appelé par *rôtie* (« tranche de pain grillé ») au v. suivant.

3. *Cf.* « Ouvriers », dans les *Illuminations* : « Nous faisions un tour dans la banlieue. Le temps était couvert, et ce vent du Sud excitait toutes les vilaines odeurs des jardins ravagés et des prés desséchés. »

4. Le Siège de Paris par les Prussiens, du 19 septembre 1870 au 28 janvier 1871. Dans la lettre à Lepelletier du 22 août 1874, Verlaine avait écrit : « C'était vingt mois après "*le siège*" », avec cette précision en note : « *21*, en juillet 72, juste 8 jours avant mon fameux départ », c'est-à-dire avant sa fuite avec Rimbaud, le 7 juillet 1872.

Voir variantes, p. 310.

III

Vers Saint-Denis c'est bête et sale la campagne.
C'est pourtant là qu'un jour j'emmenai ma compagne.
Nous étions de mauvaise humeur et querellions[1].
Un plat soleil d'été tartinait[2] ses rayons
5   Sur la plaine séchée ainsi qu'une rôtie[3].
C'était longtemps après le Siège[4] : une partie
Des « maisons de campagne » était à terre encor
D'autres se relevaient comme on hisse un décor,
Et des obus tout neufs encastrés aux pilastres
10 Portaient écrit autour : SOUVENIR DES DÉSASTRES.

1. Publié dans *Invectives* (1896) sous le titre « Opportunistes (1874) ».

2. Partisans de Léon Gambetta (1838-1882). Opposant à l'Empire, il fut ministre de l'Intérieur dans le Gouvernement de la Défense nationale après la défaite de Sedan. D'abord à l'extrême-gauche, il s'allia avec le centre en mai 1873, soutenant la politique de l'« opportunisme ».

3. S'inspirant du journal homonyme publié par Hébert entre 1790 et 1794, on doit à Maxime Vuillaume, Eugène Vermersch et Alphonse Humbert la (re)naissance du *Père Duchêne* : publié du 6 mars au 22 mai 1871 (interdit par la censure du 11 au 22 mars), ce fut un des organes de presse communards les plus violents et les plus intransigeants ; à l'instar de son prédécesseur post-révolutionnaire, il utilisait un langage cru et injurieux : voir ici « bougres », « jean-foutres », etc.

4. Terme non enregistré par les principaux dictionnaires des XIXᵉ et XXᵉ s. : de *vesse* pour « gaz intestinal émis sans bruit » (Littré, trivial) et, en argot pour « peur » (Larchey, qui commente : « on connaît son action sur les intestins », voir les v. 4 et 5) ce dérivé pourrait être un équivalent de « trouillard ».

5. Mêmes registres que *vessard* : scatologique pour « diarrhée » et populaire pour « peur ».

6. Louis Napoléon, prince impérial (1856-1878), fils de Napoléon III, chef du parti bonapartiste à la mort de son père en janvier 1873 (sur *Badingue* voir n. 3, p. 174).

7. Louis-Philippe d'Orléans, rois des Français (1773-1850). C'est le caricaturiste Philippon qui, le premier, eut l'idée de représenter la tête du roi en forme de poire ; le symbole fit fortune.

8. Henri de Bourbon, comte de Chambord (1820-1883) prétendant malheureux au trône de France après la chute de l'Empire. Ses volte-face sur la figure de la royauté lui firent perdre tout espoir de monter sur le trône. Une chute de cheval lui avait laissé une claudication prononcée.

9. Louis-Marie de Larevellière-Lépeaux (1753-1824), homme politique français qui fut tour à tour député du tiers-état à Versailles et sous la Convention, membre du Directoire, partisan puis opposant de Bonaparte.

Voir variantes, p. 310.

IV[1]

« Assez des Gambettards[2] ! Ôtez-moi cet objet,
Dit le Père Duchêne[3], un jour qu'il enrageait.
Tout plutôt qu'eux ! Ce sont les bougres de naissance.
Bourgeois vessards[4] ! Ça dut tenir des lieux d'aisance
5 Dans ces mondes antérieurs dont je me fous !
Jean-foutres, qui, tandis qu'on LA confessait sous
Les balles, cherchaient des alibis dans la foire[5] !
Ah ! tous ! Badingue Quatre[6], Orléans et sa poire
(Pour la soif)[7], la béquille à Chambord[8], Attila !
10 Mais, mais, mais... ! plus de ces Laréveillère-là.[9] »

1. Le 6 mai 1868, le tribunal correctionnel de Lille avait ordonné la « suppression ou la destruction » des *Amies*, le second recueil de Verlaine, « pour outrages à la morale publique et religieuse ainsi qu'aux bonnes mœurs ».

2. Note de Verlaine dans la lettre à Lepelletier du 22 août 1874 (*OC*, p. 1080) : « À propos de la pièce *D. Quichotte* dans le vol. de Valade *À mi-côte* ». Léon Valade (1841-1884) était un familier de Verlaine ; la dédicace « À Paul V*** » figure en effet dans *À mi-côte* (1874).

3. « Qui participe de la nature du savon » ; cet adjectif n'est enregistré que par Bescherelle. Verlaine a reçu « un savon » (Bruneau 1950, p. 33), c'est-à-dire une « réprimande sévère » (Larchey).

4. « Excommunication » compte sept syllabes selon Littré, qui donne « extraordinaire » en quatre syllabes : la faute de quantité serait, pour Verlaine, d'en avoir compté cinq.

5. Archaïsme (XVIe s.) pour « abandonner, renoncer ».

6. Allusion à Alphonse Lemerre, éditeur du volume de Valade. Verlaine parle ailleurs de la « proscription » qui sévit contre lui chez Lemerre après la Commune (lettre à Lepelletier des 24-28 novembre 1874, *OC*, p. 1072). Voir aussi n. 2, p. 174.

Voir variantes, p. 311.

V

Las ! je suis à l'Index [1] et dans les dédicaces
Me voici Paul V... pur et simple [2]. Les audaces
De mes amis, tant les éditeurs sont des saints,
Doivent éliminer mon nom de leurs desseins,
5 Extraordinaire et saponaire [3] tonnerre
D'une excommunication que je vénère
Au point d'en faire des fautes de quantité [4] !
Vrai ! si je n'étais pas à ce point désisté [5]
Des choses, j'aimerais, surtout m'étant contraire,
10 Cette pudeur du moins si rare de libraire [6].

1. Publié dans *Jadis et naguère* (1884) sous le titre « Dizain mil huit cent trente ».

2. J. Robichez (son éd., p. 633) évoque la préface des *Jeunes-France* de Th. Gautier (1833) : « je serai si fatal et si vague », « je suis naturellement olivâtre et fort pâle » (ici v. 8).

3. « Parlant espagnol », calqué sur « hablando español ». Verlaine est hispanophile (*cf.* son pseudonyme Pablo de Herlagnez mais aussi ses renvois à Góngora, Cervantes ou Calderón).

4. Bescherelle et Littré ne le donnent que comme terme de marine ; Lar. Gdu, par analogie, pour « emplir autant que possible ».

5. Palais édifié par Philippe II au nord-ouest de Madrid, achevé en 1584. *Cf.* « La Mort de Philippe II », dans *Poèmes saturniens* (1866) : « Despotique, et dressant au-devant du zénith/ L'entassement brutal de ses tours octogones,/ L'Escurial étend son orgueil de granit ».

Voir variantes, p. 311.

VI[1]

Je suis né romantique et j'eusse été fatal[2]
En un frac très étroit aux boutons de métal,
Avec ma barbe en pointe et mes cheveux en brosse.
Hablant español[3], très loyal et très féroce,
5   L'œil idoine à l'œillade et chargé de défis.
Beautés mises à mal et bourgeois déconfits
Eussent bondé[4] ma vie et soûlé mon cœur d'homme.
Pâle et jaune, d'ailleurs, et taciturne comme
Un infant scrofuleux dans un Escurial[5]...
10 Et puis j'eusse été si féroce et si loyal !

1. Publié dans *Parallèlement* (1889) sous le titre « Tantalized ».

2. L'aile de la prison. *Cf.* « Écrit en 1875 », dans *Amour* (1888, v. 1-4) : « J'ai naguère habité le meilleur des châteaux/ Dans le plus fin pays d'eau vive et de coteaux :/ Quatre tours s'élevaient sur le front d'autant d'ailes,/ Et j'ai longtemps, longtemps habité l'une d'elles ».

3. Verlaine a été attiré par la poésie des machines bien avant la naissance du courant moderniste (*cf.* la pièce VII de *La Bonne Chanson*).

Voir variantes, p. 311.

VII [1]

L'aile où je suis donnant juste sur une gare [2],
J'entends de nuit (mes nuits sont blanches) la bagarre
Des machines qu'on chauffe et des trains ajustés,
Et vraiment c'est des bruits de nids répercutés
5 À des cieux de fonte et de verre et gras de houille.
Vous n'imaginez pas comme cela gazouille
Et comme l'on dirait des efforts d'oiselets
Vers des vols tout prochains à des cieux violets
Encore et que le point du jour éveille à peine.
10 Ô ces wagons qui vont dévaler dans la plaine [3] !

1. Publié dans *Parallèlement* (1889) sous le titre « Le Dernier dizain ».

2. En français de Belgique, « on vous pardonne pour cette fois, mais ne recommencez pas » expression reprise dans *Sagesse*, I, I, v. 20 : « Au moins, prudence ! Car c'est bon pour une fois ». Verlaine a toujours été attentif aux variantes régionales du français : « d'où, philologues, expliquez-vous un peu d'où viennent, par exemple, ces [...] explétifs, *pour une fois, sais-tu ?...* » (*Quinze jours en Hollande, OprC*, p. 366-367).

Voir variantes, p. 312.

VIII[1]

Ô Belgique qui m'as valu ce dur loisir,
Merci ! J'ai pu du moins réfléchir et saisir
Dans le silence doux et blanc de tes cellules
Les raisons qui fuyaient comme des libellules
5 À travers les roseaux bavards d'un monde vain,
Les raisons de mon être éternel et divin,
Et les étiqueter comme en un beau musée
Dans les cases en fin cristal de ma pensée.
Mais, ô Belgique, assez de ce huis clos têtu !
10 Ouvre enfin, car c'est bon pour une fois, sais-tu[2] !

1. Publié dans *Invectives* (1896) sous le titre « Souvenirs de prison (Mars 1874) ».

2. En typographie, « nom donné à une fin de page laissée en blanc et dont la suite est reportée en page ou en belle page » (Lar. Gdu).

3. Livrets populaires de toute espèce imprimés en France depuis la fin du XVIe s., souvent vendus par des colporteurs, et qui doivent leur nom à la couleur gris-bleu de leur couverture.

4. Réplique traditionnelle du niais de théâtre à sa nouvelle épouse (Littré), d'où, peut-être, le nom de Lustucru (*Cf.* « L'impénitence finale », p. 239, v. 15 : « L'eussions-nous cru ? »).

5. « Qui s'habitue » : néologisme de Verlaine (*Cf.* « L'impénitence finale », p. 243, v. 69 : « On sort du mariage habitueux »).

6. Anticipation du Verlaine réactionnaire dans le *Voyage en France par un Français* (1880).

Voir variantes, p. 312.

IX[1]

Depuis un an et plus je n'ai pas vu la queue[2]
D'un journal. Est-ce assez *Bibliothèque bleue*[3] ?
Parfois je me dis à part moi : « L'eusses-tu cru ?[4] »
Eh bien, l'on n'en meurt pas. D'abord c'est un peu cru,
5 Un peu bien blanc, et l'œil habitueux[5] s'en fâche.
Mais l'esprit ! comme il rit et triomphe, le lâche !
Et puis, c'est un plaisir patriotique et sain
De ne plus rien savoir de ce siècle assassin
Et de ne suivre plus dans sa dernière transe
10 Cette agonie épouvantable de la France[6].

1. Virgile, *Bucoliques*, III, v. 111 : « Claudite jam rivos, pueris, sat prata biberunt » [maintenant, les enfants, fermez les rigoles ; les prés ont assez bu]. Expression plusieurs fois utilisée en latin par Verlaine, notamment dans *Invectives* (« Thomas Diafoirus », v. 12) et dans *Mes hôpitaux* (chapitre inédit, *OprC*, p. 1538).

2. Charles-Frédéric Worth (1825-1895) célèbre couturier établi rue de la Paix, qui habilla entre autres l'Impératrice Eugénie.

3. Néologisme de Verlaine formé par télescopage entre « équidistant » et « équilatéral » selon E. Dupuy (1913, p. 502). Sur le redoublement expressif du [r], *cf.* « Images d'un sou », p. 171, v. 62 : « Entrrez, bagasse ! »

4. L'accent circonflexe contrefait la prononciation ardennaise (française ou belge), caractérisée par l'allongement de la syllabe initiale.

Voir variantes, p. 312.

X

Endiguons les ruisseaux, les prés burent assez[1].
Bonsoir, lecteur, et vous, lectrice qui pensez
D'ailleurs bien plus à Worth[2] qu'aux sons de ma guimbarde :
Agréez le salut respectueux du barde
5 Indigne de vos yeux abaissés un instant
Sur ces cent vers que scande un « rrhythme » équilistant[3].
Et vous, protes, n'allez pas rendre encore pire
Qu'il ne l'est ce pastiche infâme d'une lyre
Dûment appréciée entre tous gens de goût,
10 Par des coquilles trop nâvrantes[4]. — Et c'est tout.

                    Mons — 1874, Janvier, Février, Mars et *passim*.

1. L'allusion à Boileau n'avait pas échappé à Charles Morice, le premier recenseur de ce poème (voir *Boileau-Verlaine* dans le dossier, p. 323).

2. *La Nuit des rois*, II, IV, à propos d'une ancienne chanson mélancolique que le duc Orsino désire entendre : « écoute bien, Césario, c'est un air simple et vieillot. Les fileuses et les tricoteuses travaillant au soleil et les riantes dentellières qui tissent leur fil avec un fuseau en os ont coutume de le chanter. Il est naïf, cet air, et comme le bon vieux temps, il ne respire qu'innocent amour » (trad. P. Messiaen). Dans la lettre à Lepelletier du 8 septembre 1874, Verlaine disait « pioch[er] ferme l'anglais » et avoir « lu tout Shakespeare, sans traduction » (*OC*, p. 1090).

3. Le potentiel rythmique et musical des mesures impaires est particulièrement exploité par Verlaine dans les *Romances sans paroles* et dans *Cellulairement* (ici, 9 syllabes).

4. Premier emploi de ce terme scientifique (chimie) dans le sens figuré « qui se fond dans ce qui l'entoure » (Rob. Dhlf).

5. Verlaine resta longtemps fidèle à cette association, alors même que « [s]es idées en philosophie et en art s'[étaient] certainement modifiées, s'accentuant de préférence dans le sens du concret, jusque dans la rêverie éventuelle » (« Critique des *Poèmes saturniens* » [1890], *OprC*, p. 720) ; ainsi : « j'admets et j'adore en certains cas certain, *cer-tain* vague, de "l'indécis" (mais dans *indécis* il y a *décis* qui vient de *décision*) mais qui au "précis se joint" » (lettre à Cazals du 26 août 1889, *OC*, II, p. 1604).

6. *Flûte et cor* est le titre par lequel Verlaine nomme les *Romances sans paroles* dans les *Poètes maudits* (« Pauvre Lelian » [1886], *OprC*, p. 688) ; c'est l'« accord discord ensemble et frais » qui caractérise encore, selon lui, les poèmes de ce recueil (« À la manière de Paul Verlaine » [1885], dans *Parallèlement*).

7. Déjà condamnée par Boileau (*L'Art poétique*, II), la *pointe*, mot d'esprit ou trait piquant, était à la mode au XVIIᵉ s. (l'adjectif *assassine* est lui-même classique, comme dans « épigramme assassine »). Dans sa lettre à Karl Mohr (*Lutèce*, 15-22 décembre 1882), Verlaine répliquait : « Pourquoi le Rire en poésie puisqu'on peut rire en prose et dans la vie ? [...] Pourquoi la Pointe, puisqu'elle est dans tous les journaux du matin ? » (voir dossier, p. 326).

L'ART POÉTIQUE[1]

« Mark it, Cesario ; it is old and plain :
The spinsters and the knitters in the sun,
And the free maids that weave their thread with bones
Do use to chaunt it ; it is silly sooth,
And dallies with the innocence of love
Like the old age. »

(Shakespeare, *Twelfth Night*)[2].

De la musique avant toute chose,
Et pour cela préfère l'Impair[3]
Plus vague et plus soluble[4] dans l'air,
4 Sans rien en lui qui pèse et qui pose.

Il faut aussi que tu n'ailles point
Choisir tes mots sans quelque méprise :
Rien de plus cher que la chanson grise
8 Où l'indécis au précis se joint[5].

C'est des beaux yeux derrière des voiles,
C'est le grand jour tremblant de midi,
C'est, par un ciel d'automne attiédi,
12 Le bleu fouillis des claires étoiles !

Car nous voulons la Nuance encor,
Plus la Couleur, rien que la Nuance !
Oh ! la Nuance seule fiance
16 Le rêve au rêve et la flûte au cor[6] !

Fuis du plus loin la Pointe assassine,
L'Esprit cruel et le Rire impur[7],
Qui font pleurer les yeux de l'Azur,
20 Et tout cet ail de basse cuisine !

1. Contre l'éloquence, dont « la place serait à la Chambre », Verlaine utilise des tours de la langue familière : le tutoiement, au v. 9 le singulier de « c'est » avec un complément au pluriel, ici l'emploi du possessif avec répétition du référent, au v. 24 l'adverbe interrogatif en fin de phrase, le mot « chose » au v. 30, etc.

2. « La rime n'est pas condamnable, mais seulement l'abus qu'on en fait » (« Un mot sur la rime » [1888], *OprC*, p. 696-701) ; « je ne veux me prévaloir que de Baudelaire qui préféra toujours la Rime rare à la Rime riche » (« À Karl Mohr », *Lutèce*, 15-22 décembre 1882 ; voir dossier, p. 326).

Voir variantes, p. 312.

Prends l'éloquence et tords-lui son cou[1] !
Tu feras bien, en train d'énergie,
De rendre un peu la Rime assagie.
24 Si l'on n'y veille, elle ira jusqu'où ?

Ô qui dira les torts de la Rime[2] ?
Quel enfant sourd ou quel nègre fou
Nous a forgé ce bijou d'un sou
28 Qui sonne faux et creux sous la lime ?

De la musique encore et toujours !
Que ton vers soit la Chose envolée
Qu'on sent qui fuit d'une âme en allée
32 Vers d'autres cieux à d'autres amours.

Que ton vers soit la bonne aventure
Éparse au vent crispé du matin
Qui va fleurant la menthe et le thym...
36 Et tout le reste est littérature.

Mons, avril 1874.

1. Publié dans *Jadis et naguère* (1884) sous le titre « Conseil falot ». *À qui de droit* est à l'origine une formule juridique : « à une personne ayant droit spécial ou confiance » (Littré).

2. Poème composé à l'occasion d'un mariage pour célébrer les nouveaux mariés. Verlaine pense peut-être à *La Bonne Chanson*, cadeau de noce à Mathilde.

3. Archaïsme (XVIᵉ s.) : « quelque chose » (Bruneau 1950, p. 19). Sur Verlaine et l'alcool, voir ici « Via dolorosa », p. 201, v. 16-17 et « Amoureuse du diable », p. 253-255, v. 89-95.

4. Ces deux vers sont tirés de *Au clair de la lune*.

5. *Cf. Almanach pour l'année passée*, III, v. 3, p. 157.

6. Parodie de *Candide* : « Tout est pour le mieux dans le meilleur des mondes ».

À QUI DE DROIT [1]

Brûle aux yeux des femmes
Et garde ton cœur,
Mais crains la langueur
4 Des épithalames [2].

Bois pour oublier !
L'eau-de-vie est une [3]
Qui porte la lune
8 Dans son tablier [4].

L'injure des hommes
Qu'est-ce que ça fait ?
Va, notre cœur sait
12 Seul ce que nous sommes.

Ce que nous valons
Notre sang le chante [5] !
L'épine méchante
16 Te mord aux talons ?

Le vent taquin ose
Te gifler souvent ?
Chante dans le vent
20 Et cueille la rose !

Va, tout est au mieux
Dans ce monde pire [6] !
Surtout laisse dire,
24 Surtout sois joyeux

D'être une victime
À ces pauvres gens :

1. Dans la mythologie antique, le séjour aux enfers des âmes des héros et des hommes vertueux.

2. La palme, symbole du martyre dans l'iconographie chrétienne.

3. « Un tour familier, que le français littéraire connaît peu, consiste à employer *c'est* suivi de *de* et d'un infinitif pour exprimer ce qu'il faut faire » (Damourette et Pichon, *Des mots à la pensée*, IV, p. 548).

Voir variantes, p. 313.

Les dieux indulgents
28 Ont aimé ton crime !

Tu refleuriras
Dans un élysée[1].
Âme méprisée,
32 Tu rayonneras !

Tu n'es pas de celles
Qu'un coup de destin
Dissipe soudain
36 En mille étincelles.

Métal dur et clair,
Chaque coup t'affine
En arme divine
40 Pour un dessein fier.

Arrière la forge !
Et tu vas frémir
Vibrer et jouir
44 Au poing de saint George

Et de saint Michel,
Dans des gloires calmes
Au vent pur des palmes[2]
48 Sous l'aile du ciel !...

C'est d'être[3] un sourire
Au milieu des pleurs,
C'est d'être des fleurs
52 Au champ du martyre,

C'est d'être le feu
Qui dort dans la pierre,
C'est d'être en prière,
56 C'est d'attendre un peu !

1. « Voie douloureuse » : c'est, rétrospectivement, le chemin de croix de Verlaine vers la confession.

2. « Sa vérité vous environnera comme un bouclier ; vous ne craindrez rien de tout ce qui effraie durant la nuit. Ni la flèche qui vole durant le jour, ni les maux que l'on prépare dans les ténèbres, ni les attaques du démon de midi » (Psaumes, 90, 5-6).

3. En marge de cette strophe, Verlaine a écrit dans l'exemplaire de *Sagesse* du comte de Kessler : « impression de Paris en X^bre 1871 ». Rimbaud était arrivé à Paris en septembre (il y restera jusqu'au 15 mars 1872) ; le « grabat » dont il est question ici fait peut-être référence à une des chambres qu'il occupa dans la capitale à cette époque.

4. Dans l'exemplaire Kessler, Verlaine a ajouté à ce mot : « bavaroise ». Il se réfère à l'occupation allemande : après le traité de Francfort (10 mai 1871), les Allemands continuèrent d'occuper une partie du territoire en garantie du paiement des dommages de guerre. Dans une lettre à Edmond Maître datée du 19 X^bre 1871, Verlaine ajoutait en post-scriptum : « les Bavarois gueulent de bien étranges goguenettes dans leurs clairons » (*OC*, p. 969).

5. Petit verre d'eau-de-vie. Littré le donne comme populaire. Verlaine a intitulé *La Goutte* un de ses récits en prose (1885).

6. « Souvenir de Charleville » (note de Verlaine dans l'exemplaire Kessler).

VIA DOLOROSA[1]

Scuto circumdabit te veritas ejus :
non timebis a timore nocturno,
a sagittá volante in die, a negotio
perambulante in tenebris,
ab incursu et dæmone meridiano...
(Ps. 90)[2]

Du fond du grabat
As-tu vu l'étoile
Que l'hiver dévoile ?
Comme ton cœur bat,
5 Comme cette idée,
Regret ou désir,
Ravage à plaisir
Ta tête obsédée,
Pauvre tête en feu,
10 Pauvre cœur sans dieu[3] !
....

L'ortie et l'herbette
Au bas du rempart
D'où l'appel frais part
D'une aigre trompette[4],
Le vent du coteau,
15 La Meuse, la goutte[5]
Qu'on boit sur la route
À chaque écriteau,
Les sèves qu'on hume,
20 Les pipes qu'on fume[6] !
....

Un rêve de froid :
« Que c'est beau la neige

1. J. Robichez (son éd., p. 617) pense à une fenêtre de wagon à travers laquelle défile le paysage hivernal.

2. Arkhangelsk, ville et port du nord de la Russie, à l'embouchure de la Dvina, sur la mer Blanche, point de départ traditionnel des expéditions vers le pôle.

3. « En janvier 1871 » (note de Verlaine dans l'exemplaire Kessler).

4. *Cf.* « Chanson d'automne » (*Poèmes saturniens*, 1866) : « Et je m'en vais/ Au vent mauvais... »

5. « Charleroi 1872 » (note de Verlaine dans l'exemplaire Kessler). Verlaine et Rimbaud passent à Charleroi en juillet 1872 ; ce « voyageur » est celui de la 9ᵉ ariette (p. 89, v. 5) et des *Paysages belges* des *Romances sans paroles* (*cf.* « Charleroi », p. 95).

6. « Bruxelles 1872 » (note de Verlaine dans l'exemplaire Kessler). Verlaine se trouve à Bruxelles en juillet et en août 1872, avec Rimbaud ; le 22 juillet, sa mère et sa femme le rejoignent en Belgique pour tenter de le ramener à Paris.

7. *Cf.* Rimbaud, « Délires II » (*Une saison en enfer*) : « Je dus voyager, distraire les enchantements assemblés sur mon cerveau. Sur la mer, que j'aimais comme si elle eût dû me laver d'une souillure, je voyais se lever la croix consolatrice ».

Et tout son cortège
Dans leur cadre étroit[1] !
25 Ô tes blancs arcanes,
Nouvelle Archangel[2],
Mirage éternel
De mes caravanes !
Oh ! ton chaste ciel,
30 Nouvelle Archangel[3] ! »

....

Cette ville sombre !
Tout est crainte ici...
Le ciel est transi
D'éclairer tant d'ombre.
35 Les pas que tu fais
Parmi ces bruyères
Lèvent des poussières
Au souffle mauvais[4]...
Voyageur si triste,
40 Tu suis quelle piste[5] ?

....

C'est l'ivresse à mort,
C'est la noire orgie,
C'est l'amer effort
De ton énergie
45 Vers l'oubli dolent
De la voix intime,
C'est le seuil du crime,
C'est l'essor sanglant.
Ô fuis la Chimère :
50 Ta mère, ta mère[6] !

....

La mer ! Puisse-t-elle
Laver ta rancœur[7],
La mer au bon cœur,
Nourrice fidèle
55 Qui chante en berçant

1. « Traversée d'Ostende à Douvres 1872 » (note de Verlaine dans l'exemplaire Kessler, à propos de cette strophe légèrement différente dans *Sagesse* ; voir variantes, p. 314). Verlaine et Rimbaud s'embarquent à Ostende le 7 septembre 1872 à destination de Londres. On trouve une transposition de ces vers dans la pièce xv de la III⁰ partie de *Sagesse* (poème daté 1877) : « La mer est plus belle/ Que les cathédrales,/ Nourrice fidèle,/ Berceuse de râles,/ La mer sur qui prie/ La Vierge Marie ! » *Cf.* Rimbaud, « Chanson de la plus haute tour » (1872), même mètre : « Est-ce que l'on prie/ La Vierge Marie ? »

2. Le « lait suprême, divin phosphore/ Sentant bon la fleur d'amandier » (*Hombres,* vii, 1891) désigne probablement le sperme (*cf.* « Le Sonnet du trou du cul » (1871) : « Des filaments pareils à des larmes de lait... », la lettre à Rimbaud de mai 1873 (*OC,* p. 1038) et « Autre explication » (1885, dédié à Mathilde et à Rimbaud) dans *Parallèlement* : « Amour qui ruisselais de flammes et de lait,/ Qu'est devenu ce temps [...] ? »).

3. « Consécration » ; dans le langage religieux, la « dédicace » est la consécration d'une église ou d'une chapelle à quelque saint (Littré).

4. « Londres 1872 » (note de Verlaine dans l'exemplaire Kessler). Verlaine et Rimbaud arrivent à Londres le 9 septembre ; Verlaine y restera jusqu'en avril 1873.

Ton angoisse atroce,
La mer, doux colosse
Au sein innocent,
La mer sur qui prie
60 La Vierge Marie[1].

....

Tu vis sans savoir !
Tu verses ton âme,
Ton lait et ta flamme[2]
Dans quel désespoir ?
65 Ton sang qui s'amasse
En une fleur d'or
N'est pas prêt encor
À la dédicace[3].
Attends quelque peu,
70 Ceci n'est que jeu[4].

....

Cette frénésie
T'initie au but.
D'ailleurs, le salut
Viendra d'un Messie
75 Dont tu ne sens plus
Depuis bien des lieues
Les effluves bleues
Sous tes bras perclus,
Naufragé d'un rêve
80 Qui n'a pas de grève !

....

Vas ! en attendant
L'heure toute proche.
Ne sois pas prudent.
Trêve à tout reproche.
Fais ce que tu veux.
85 Une main te guide
À travers le vide
Affreux de tes vœux.

1. Cet adjectif archaïque signifie d'abord (XVIᵉ s.) « habile, adroit », puis « gracieux, attirant » ; est-ce par mortification que Verlaine l'emploie ici pour qualifier l'atmosphère de la prison ?

2. *Cf.* « Réversibilités », p. 163, v. 19 et p. 162, n. 7 : « Tu meurs doucereusement ».

3. Désigne la magistrature municipale (Littré). Terme didactique ou administratif, peu usité dans son sens moderne (Rob. Dhlf).

4. La grâce, pour J. Robichez (son éd., p. 618).

5. « Mons, août 1874 » (note de Verlaine dans l'exemplaire Kessler, à propos de cette strophe et de la précédente). Cette date tardive, en contradiction avec celle du poème donnée par le ms. *A*, est celle de la confession et de la communion du poète.

Un peu de courage,
90 C'est le bon orage.

....

Du verre et du fer,
Des murs et des portes ;
Les rigueurs accortes [1]
D'un adroit enfer :
95 Comme on agonise
Doucereusement [2] !
Un parfait tourment
Qu'on souffre à sa guise !
La captivité
100 Dans l'édilité [3] !

....

« Pourtant je regrette,
Pourtant je me meurs,
Pourtant ces deux cœurs... »
Lève un peu la tête :
105 « Eh bien, c'est la Croix. »
Lève un peu ton âme
De ce monde infâme.
« Est-ce que je crois ? »
Qu'en sais-tu ? La Bête
110 Ignore sa tête,

....

La Chair et le Sang
Méconnaissent l'Acte [4].
« Mais j'ai fait un pacte
Qui va m'enlaçant
115 À la faute noire,
Je me dois à mon
Tenace démon :
Je ne veux point croire.
Je n'ai pas besoin
120 De rêver si loin [5] !

....

1. Une strophe supplémentaire dans *Sagesse* (voir variantes, p. 315) mentionne cette « vipère des bois » que Verlaine, dans l'exemplaire Kessler, commente ainsi : « allusion à ma femme ». La *vipère* est « une personne méchante et dangereuse » (Littré), « qui cherche à nuire en secret » (Lar. Gdu).

2. *Que* pronom interrogatif sujet est tout à fait incongru (rare mais attesté comme attribut, au vers suivant).

3. « Mons, août 7bre, 1874 » (note de Verlaine dans l'exemplaire Kessler, à propos de cette strophe et de celle qui la suit dans la version de *Sagesse* ; voir variantes p. 315).

4. Comme saint Georges « terrassant » le dragon. Le terme *orgueil* reviendra 12 fois dans *Sagesse*.

5. Le second fils d'Adam et Ève tué par son frère Caïn, jaloux de la préférence que lui avait accordée Dieu. Dans le Nouveau Testament, Abel est l'innocent (Matthieu, 23, 35) et le juste (Jean, 1 Ép., 3, 12).

6. Voir v. 104 : « Lève un peu la tête ».

7. Le 24 avril 1874, le tribunal de la Seine avait prononcé la séparation de corps entre Verlaine et sa femme ; la nouvelle lui fut communiquée par le directeur de la prison au début du mois de mai : il cherche refuge dans la religion catholique, à laquelle il se (re)convertit en juin 1874.

Voir variantes, p. 313.

Aussi bien j'écoute
Des sons d'autrefois.
Vipère des bois[1],
Encor sur ma route ?
125 Cette fois, tu mords. »
Laisse cette bête.
Que fait au poète[2] ?
Que sont des cœurs morts ?
Ah ! plutôt oublie
130 Ta propre folie[3].

....

Ah ! plutôt, terrasse
Ton orgueil cruel[4],
Implore la grâce
D'être un pur Abel[5].
135 Finis l'odyssée
Dans le repentir
D'un humble martyr,
D'une humble pensée,
Regarde au-dessus[6]...
140 « Est-ce vous, Jésus ? »

Mons, Juin, Juillet 1874[7].

1. Ce titre proviendrait de Properce (*Élégies*, II, 30, v. 24) : « Hoc si crimen erit, crimen Amoris erit » [si faute il y a, c'est la faute de l'amour] (Cuénot 1963, p. 56).

2. « Tu ne tenteras pas le Seigneur, ton Dieu » (Deutéronome, 6, 16 et Matthieu, 4, 7).

3. Ancienne capitale de la Médie, puis de l'empire perse. Décrite par Hérodote, elle était formée de sept enceintes concentriques s'élevant jusqu'au palais royal qui en formait le centre (voir v. 33-34).

4. « Faire litière *d'*une chose » signifie « la prodiguer, la répandre avec profusion » (Acad. 1835, Littré) mais aussi « sacrifier misérablement » (Littré, et aujourd'hui Rob. qui ne retient plus que l'acception de « mépriser, négliger »). Verlaine semble être seul à employer cette locution avec la préposition *à* (*cf. Les Uns et les autres* (1870) : « et cet orgueil qui rend votre parole amère,/ J'en veux faire litière à mon amour têtu, / Et je vous aimerai quand même... »), lui donnant ici le sens de « donner libre cours à ».

5. Les sept péchés mortels : envie, avarice, luxure, colère, gourmandise, paresse et orgueil.

6. Voir p. 196, n. 2.

7. *Cf.* Baudelaire, « Les Litanies de Satan », v. 1 (*Les Fleurs du Mal*) : « Ô toi, le plus savant et le plus beau des Anges,/ Dieu trahi par le sort et privé de louanges ». La tradition critique reconnaît Rimbaud sous les traits de ce personnage (qui avait seize ans lorsque Verlaine le rencontra pour la première fois), notamment à travers les propos tenus par l'Époux infernal dans *Une saison en enfer* (« Délires I ») ; sur l'« angélisme » de Rimbaud selon Verlaine, *cf.* « Arthur Rimbaud » dans *Les Poètes maudits* (1884) : « l'homme [...] au visage parfaitement ovale d'ange en exil » (*OprC*, p. 644) et « À Arthur Rimbaud » (1889) dans *Dédicaces* : « Mortel, ange ET démon, autant dire Rimbaud ».

CRIMEN AMORIS [1],
vision

Non tentabis Dominum Deum tuum [2].

Dans un palais, soie et or, dans Ecbatane [3],
De beaux démons, des Satans adolescents,
Au son d'une musique mahométane
4 Font litière [4] aux Sept Péchés de leurs cinq sens.

C'est la fête aux Sept Péchés [5] : ô qu'elle est belle !
Tous les Désirs rayonnaient en feux brutaux ;
Les Appétits, pages prompts que l'on harcelle,
8 Promenaient des vins roses dans des cristaux ;

Des danses sur des rhythmes d'épithalames [6]
Bien doucement se pâmaient en longs sanglots
Et de beaux chœurs de voix d'hommes et de femmes
12 Se déroulaient, palpitaient comme des flots,

Et la bonté qui s'en allait de ces choses
Était puissante et charmante tellement
Que la campagne autour se fleurit de roses
16 Et que la nuit paraissait en diamant.

Or le plus beau d'entre tous ces mauvais anges [7]
Avait seize ans sous sa couronne de fleurs.
Les bras croisés sur les colliers et les franges,
20 Il rêve, l'œil plein de flammes et de pleurs.

En vain la fête autour se faisait plus folle,
En vain les satans, ses frères et ses sœurs,

1. Gant de cuir garni de métal qui servait aux anciens athlètes dans les combats de pugilat.

2. Sens archaïque de « qui est ravi en extase » (Rob. Dhlf).

3. *Cf.* Rimbaud, « Matinée d'ivresse », dans les *Illuminations* : « On nous a promis d'enterrer dans l'ombre l'arbre du bien et du mal, de déporter les honnêtetés tyranniques, afin que nous amenions notre très pur amour ».

4. Les trois vertus théologales : charité, espérance et foi (voir aussi p. 210, n. 5).

Pour l'arracher au souci qui le désole,
24 L'encourageaient d'appels de bras caresseurs :

Il résistait à toutes câlineries,
Et le souci mettait un papillon noir
À son cher front tout brûlant d'orfèvreries.
28 Ô l'immortel et terrible désespoir !

Il leur disait : « Ô vous, laissez-moi tranquille ! »
Puis les ayant baisés tous bien tendrement
Il s'évada d'avec eux d'un geste agile,
32 Leur laissant aux mains des pans de vêtement.

Le voyez-vous sur la tour la plus céleste
Du haut palais avec une torche au poing ?
Il la brandit comme un héros fait d'un ceste[1] :
36 D'en bas on croit que c'est une aube qui point.

Qu'est-ce qu'il dit de sa voix profonde et tendre
Qui se marie aux claquements clairs du feu
Et que la lune est extatique[2] d'entendre ?
40 « Ô je serai celui-là qui créera Dieu !

« Nous avons tous trop souffert, anges et hommes,
« De ce conflit entre le Pire et le Mieux[3].
« Humilions, misérables que nous sommes,
44 « Tous nos élans dans le plus simple des vœux.

« Ô vous tous, ô vous tous, ô les pécheurs tristes,
« Ô les doux saints, pourquoi ce schisme têtu ?
« Que n'avez-vous fait, en habiles artistes,
48 « De vos travaux la seule et même vertu ?

« Assez et trop de ces luttes inégales !
« Il va falloir qu'enfin se rejoignent les
« Sept Péchés aux Trois Vertus Théologales[4] !
52 « Assez et trop de ces combats durs et laids !

1. Terme d'héraldique, pour qualifier un aigle aux ailes étendues.

2. Verlaine accorde *tout* avec le substantif principal (« brasier » et, au vers 64, « flocons ») selon un usage classique, mais rare.

3. Voir le v. 11.

4. Qui est du feu, de la nature du feu (terme didactique : Bescherelle, Acad. 1835, Littré).

5. Français classique : « manière ».

6. On pense au *Dom Juan* de Molière (V, VI) : « Le tonnerre tombe avec un grand bruit et de grands éclairs sur Dom Juan ; la terre s'ouvre et l'abîme ; et il sort de grands feux de l'endroit où il est tombé ».

« Et pour réponse à Jésus qui crut bien faire
« En maintenant l'équilibre de ce duel,
« Par moi l'enfer dont c'est ici le repaire
56 « Se sacrifie à l'Amour universel ! »

La torche tombe de sa main éployée[1],
Et l'incendie alors hurla s'élevant,
Querelle énorme d'aigles rouges noyée
60 Au remous noir de la fumée et du vent.

L'or fond et coule à flots et le marbre éclate ;
C'est un brasier tout[2] splendeur et tout ardeur ;
La soie en courts frissons comme de la ouate,
64 Vole à flocons tous ardeur et tous splendeur !

Et les satans mourants chantaient dans les flammes
Ayant compris, comme ils s'étaient résignés !
Et de beaux chœurs de voix d'hommes et de femmes[3]
68 Montaient parmi l'ouragan des bruits ignés[4].

Et lui, les bras croisés d'une sorte[5] fière,
Les yeux au ciel où le feu monte en léchant
Il dit tout bas une espèce de prière
72 Qui va mourir dans l'allégresse du chant.

Il dit tout bas une sorte de prière,
Les yeux au ciel où le feu monte en léchant...
Quand retentit un affreux coup de tonnerre[6]
76 Et c'est la fin de l'allégresse et du chant.

On n'avait pas agréé le sacrifice :
Quelqu'un de fort et de juste assurément
Sans peine avait su démêler la malice
80 Et l'artifice en un orgueil qui se ment.

Et du palais aux cent tours aucun vestige,
Rien ne resta dans ce désastre inouï,
Afin que par le plus effrayant prodige
84 Ceci ne fût qu'un vain songe évanoui...

  1. *S'essorer* est un ancien terme de fauconnerie (« se dit de l'oiseau qui s'écarte, et qui revient difficilement sur le poing », Littré) qui était encore utilisé au XVIe s. dans les sens de « s'élancer dans l'air » ; récupéré au XIXe s. notamment par Verlaine et Rimbaud (« Bottom », dans les *Illuminations*). Sur ce vers, *cf.* Rimbaud, « Villes I » (*Illuminations*) : « Des cortèges de Mabs en robes rousses, opalines, montent des ravines ».

  2. *Cf.* « Un crucifix » (1880), dans *Amour* (1888) : « Par les lèvres le souffle expirant dit : "Clémence !"/ [...] Et les bras grands ouverts prouvent le Dieu clément ».

  3. Dans un exemplaire de *Jadis et naguère* dédicacé au comte de Kessler, Verlaine a écrit au bas du poème : « écrit à la prison des petits Carmes, Août 1873, (point à la pistole) Bruxelles, sur une feuille de papier à envelopper du fromage (venu de la cantine) avec une allumette trempée dans du *café*..., DE LA MAISON. P.V. » (voir aussi *Mes prisons*, *OprC*, p. 335).

Voir variantes, p. 315 et une version différente en appendice, p. 285.

Et c'est la nuit, la nuit bleue aux mille étoiles ;
Une campagne évangélique s'étend
Sévère et douce, et, vagues comme des voiles,
88 Les branches d'arbre ont l'air d'ailes s'agitant.

De froids ruisseaux coulent sur un lit de pierre ;
Les doux hiboux nagent vaguement dans l'air
Tout embaumé de mystère et de prière ;
92 Parfois un flot qui saute lance un éclair.

La forme molle au loin monte des collines
Comme un amour encore mal défini,
Et le brouillard qui s'essore des ravines [1]
96 Semble un effort vers quelque but réuni.

Et tout cela comme un cœur et comme une âme,
Et comme un Verbe, et d'un amour virginal
Adore, s'ouvre en une extase et réclame
100 Le Dieu clément [2] qui nous gardera du mal.

Brux., juillet 1873 [3].

1. Dans le ton des légendes anciennes, ce poème est émaillé de traits médiévaux et de nombreux archaïsmes tant lexicaux que syntaxiques.

2. « Que loin de nous s'enfuient les songes,/ Et les angoisses de la nuit ;/ Préserve-nous de l'ennemi,/ Afin que nos corps ne soient souillés ». (Hymne des complies du dimanche « Te lucis ante terminum », trad. *Liturgie monastique des heures*).

LA GRÂCE,
légende [1]

Procul recedant somnia
Et noctium phantasmata
Hostemque nostrum comprime,
Ne polluantur corpora.
                    (Complies du dimanche.) [2]

Un cachot. Une femme à genoux, en prière.
Une tête de mort est gisante par terre,
Et parle, d'un ton aigre et douloureux aussi.
D'une lampe au plafond tremble un regard transi.

5   « Dame Reine,... — Encor toi, Satan ! — Madame
                                              [Reine,...
    — « Ô Seigneur, faites mon oreille assez sereine
    « Pour ouïr sans l'écouter ce que dit le Malin ! »
    — « Ah ! ce fut un vaillant et galant châtelain
    « Que votre époux ! Toujours en guerre ou bien en fête
10 « (Hélas ! j'en puis parler puisque je suis sa Tête),
    « Il vous aima, mais moins encore qu'il n'eût dû.
    « Que de vertu gâtée et que de temps perdu
    « En vains tournois, en cours d'amour loin de sa dame
    « Qui belle et jeune prit un amant, la pauvre âme ! » —
15 — « Ô Seigneur, écartez ce calice de moi ! » —
    — « Comme ils s'aimèrent ! Ils s'étaient juré leur foi
    « De s'épouser sitôt que serait mort le maître
    « Et le tuèrent dans son sommeil d'un coup traître. »
    — « Seigneur, vous le savez, dès le crime accompli,
20 « J'eus horreur, et prenant ce jeune homme en oubli,
    « Vins au roi, dévoilant l'attentat effroyable,
    « Et, pour mieux déjouer la malice du diable,
    « J'obtins qu'on m'apportât en ma juste prison

LA GRACE

PAR

PAUL VERLAINE

~~~~

Un cachot. Une femme à genoux, en prière.
Une tête de mort est gisante par terre,
Et parle, d'un ton aigre et douloureux aussi.
D'une lampe au plafond tombe un rayon transi.

« Dame Reine. » — « Encor'toi, Satan ! » — « Madame Reine. »
— « O Seigneur, faites mon oreille assez sereine
Pour ouïr sans l'écouter ce que dit le Malin ! »
— « Ah ! ce fut un vaillant et galant châtelain

La Grâce, publié dans *La Libre Revue littéraire et artistique*
(1er janvier 1884).
Dessin de Henri Ravier.

« La Tête de l'époux occis par trahison :
25 « Par ainsi le remords, devant ce triste reste,
« Me met toujours aux yeux mon action funeste,
« Et la ferveur de mon repentir s'en accroît,
« Ô Jésus ! Mais voici : le Malin qui se voit
« Dupe et qui voudrait bien ressaisir sa conquête
30 « S'en vient-il pas loger dans cette pauvre Tête
« Et me tenir de faux propos insidieux ?
« Ô Seigneur, tendez-moi vos secours précieux ! »
— « Ce n'est pas le démon, ma Reine, c'est moi-
[même,
« Votre époux, qui vous parle en cet instant suprême,
35 « Votre époux qui, damné (car j'étais en mourant
« En état de péché mortel), vers vous se rend,
« Ô Reine, et qui, pauvre âme errante, prend la Tête
« Qui fut la sienne aux jours vivants pour interprète
« Effroyable de son amour épouvanté. »
40 — « Ô blasphème hideux, mensonge détesté !
« Monsieur Jésus, mon maître adorable, exorcise
« Ce chef horrible et le vide de la hantise
« Diabolique qui n'en fait qu'un instrument
« Où souffle Belzébuth fallacieusement
45 « Comme dans une flûte on joue un air perfide ! »
— « Ô douleur, une erreur lamentable te guide,
« Reine, je ne suis pas Satan, je suis Henry ! » —
— « Oyez, Seigneur, il prend la voix de mon mari !
« À mon secours, les Saints, à l'aide, Notre Dame ! » —
50 — « Je suis Henry ; du moins, Reine, je suis son âme
« Qui, par la volonté, plus forte que l'Enfer,
« Ayant su transgresser toute porte de fer
« Et de flamme, et braver leur impure cohorte,
« Viens vers toi pour te dire, avec cette voix morte
55 « Qu'il est d'autres amours encor que ceux d'ici,
« Tout immatériels et sans autre souci
« Qu'eux-mêmes, des amours d'âmes et de pensées.
« Ah, que leur fait le Ciel ou l'Enfer ? Enlacées,
« Les âmes, elles n'ont qu'elles-mêmes pour but !
60 « L'Enfer pour elles c'est que leur amour mourût,
« Et leur amour de son essence est immortelle !

1. Latinisme prisé par Verlaine et signifiant « nourricier » (*cf. alma mater*), mais qui a ici le sens de « doux » ou de « calme » comme dans « À Clymène » (*Fêtes galantes*, v. 16).

« Hélas, moi je ne puis te suivre aux cieux, cruelle,
« Et *seule* peine en ma damnation. Mais toi,
« Damne-toi ! Nous serons heureux à deux, la loi
65 « Des âmes, je te dis, c'est l'alme[1] indifférence
« Pour la félicité comme pour la souffrance
« Si l'amour partagé leur fait d'intimes cieux.
« Viens afin que l'Enfer vaincu voie, envieux,
« Deux damnés ajouter, comme on double un délice,
70 « Tous les feux de l'amour à tous ceux du supplice,
« Et se sourire en un baiser perpétuel ! »
— « Âme de mon époux, tu sais qu'il est réel
« Le repentir qui fait qu'en ce moment j'espère
« En la miséricorde ineffable du Père
75 « Et du Fils et du Saint-Esprit ! Depuis un mois
« Que j'expie, attendant la mort que je te dois,
« En ce cachot trop doux encor, nue et par terre,
« Le crime monstrueux et l'infâme adultère
« N'ai-je pas, repassant ma vie en sanglotant,
80 « Ô mon Henry, pleuré des siècles cet instant
« Où j'ai pu méconnaître en toi celui qu'on aime ?
« Va, j'ai revu, superbe et doux, toujours le même,
« Ton regard qui parlait délicieusement
« Et j'entends, et c'est là mon plus dur châtiment,
85 « Ta noble voix, et je me souviens des caresses !
« Or si tu m'as absoute et si tu t'intéresses
« À mon salut, du haut des cieux, ô cher souci,
« Manifeste-toi, parle, et démens celui-ci
« Qui m'abuse, et vomit d'affreuses hérésies ! »
90 — « Je te dis que je suis damné ! Tu t'extasies
« En terreurs vaines, ô ma Reine. Je te dis
« Qu'il te faut rebrousser chemin du Paradis,
« Vain séjour du bonheur banal et solitaire
« Pour l'Enfer avec moi ! Les amours de la terre
95 « Ont, tu le sais, de ces instants chastes et lents :
« L'âme veille, les sens se taisent somnolents,
« Le cœur qui se repose et le sang qui s'affaisse
« Font dans tout l'être comme une douce faiblesse,
« Plus de désirs fiévreux, plus d'élans énervants,
100 « On est des frères et des sœurs et des enfants,

1. Bescherelle ne le donne que comme masculin ; Acad. 1835 note : « quelques-uns le font masculin » et Littré : « plusieurs, même dans le langage technique, le font masculin ».

« On pleure d'une intime et profonde allégresse,
« On est les cieux, on est la terre, enfin on cesse
« De vivre et de sentir pour s'aimer *au-delà*,
« Et c'est l'éternité que je t'offre, prends-la !
105 « Au milieu des tourments nous serons dans la joie,
« Et le Diable aura beau meurtrir sa double proie,
« Nous rirons, et plaindrons ce Satan sans amour.
« Non, les Anges n'auront dans leur morne séjour
« Rien de pareil à ces délices inouïes ! » —

110 La Comtesse est debout, paumes épanouies.
Elle fait le grand cri des amours surhumains,
Puis se penche et saisit avec ses pâles mains
La Tête qui, merveille ! a l'aspect de sourire.
Un fantôme de vie et de chair semble luire
115 Sur le hideux objet qui rayonne à présent
Dans un nimbe languissamment phosphorescent.
Un halo clair, pareil à des cheveux d'aurore
Tremble au sommet et semble au vent flotter encore
Parmi le chant des cors à travers la forêt.
120 Les noirs orbites [1] ont des éclairs, on dirait
De grands regards de flamme et noirs. Le trou farouche
Au rire affreux, qui fut, Comte Henry, ta bouche
Se transfigure rouge aux deux arcs palpitants
De lèvres qu'auréole un duvet de vingt ans,
125 Et qui pour un baiser s'apprêtent savoureuses...
Et la Comtesse à la façon des amoureuses
Tient la Tête terrible amplement, une main
Derrière et l'autre sur le front, pâle, en chemin
D'aller vers le péché spectral, l'âme tendue,
130 Hoquetant, dilatant sa prunelle perdue
Au fond de ce regard vague qu'elle a devant...
Soudain elle recule, et d'un geste rêvant
(Ô femmes, vous avez ces allures de faire !)
Elle laisse tomber la Tête qui profère
135 Une plainte, et, roulant, sonne creux et longtemps :
— « Mon Dieu, mon Dieu, pitié ! Mes péchés pénitents
« Lèvent leurs pauvres bras vers ta bénévolence,
« Ô ne les souffre pas criant en vain ! Ô lance

1. Latinisme (*fluere*) prisé par Verlaine : « flotte ».
2. Archaïsme (XIIIe s.) : « palpiter » (en parlant du cœur) ;
Bescherelle le donne encore au figuré dans le sens de « tressaillir ».

Voir variantes p. 316.

« L'éclair de ton pardon qui tuera ce corps vil !
140 « Vois que mon âme est faible en son dolent exil
« Et ne la laisse pas au Mauvais qui la guette !
« Ô que je meure ! »
                    Avec le bruit d'un corps qu'on jette,
La Comtesse à l'instant tombe morte, et voici :
Son âme en blanc linceul, par l'espace éclairci
145 D'une douce lueur d'or blond qui flue[1] et vibre,
Monte au plafond ouvert désormais à l'air libre
Et d'une ascension lente va vers les cieux.
....
La Tête est là, dardant en l'air ses sombres yeux
Et sautèle[2] dans des attitudes étranges :
150 Telles dans les Assomptions des têtes d'anges,
Et la bouche vomit un gémissement long,
Et des orbites vont coulant des pleurs de plomb.

Brux. Août 1873

1. D'Espagne dont elle est issue (*El Burlador de Sevilla y convidado de piedra* de Tirso de Molina, en 1630), la légende de Don Juan est passée en Italie et en France au XVIIe s. (e.a. *Le Festin de pierre* de Dorimond en 1658 et *Dom Juan ou le Festin de pierre* de Molière, en 1665) et a donné lieu à d'innombrables œuvres de tous genres, de l'opéra au poème en passant par le roman et la chanson. Le Don Juan de Verlaine est *pipé*, c'est-à-dire « trompé, leurré » mais aussi « séduit, enjôlé » (du langage des joueurs de cartes et de dés).

2. Le « mystère » est, au Moyen Âge, un genre théâtral qui mettait en scène des sujets religieux (le vers de 10 syllabes, employé ici, est un mètre couramment utilisé dans les poèmes médiévaux) ; mais le sens théologique du terme n'est pas à négliger, vu le sujet abordé : « le dessein conçu par Dieu de sauver l'homme, d'abord caché, puis révélé en la personne du Christ » (Rob.).

3. *Le Roi Jean* (III, I), Constance à l'archiduc d'Autriche : « tu portes une peau de lion ! Jette-la, et pends une peau de veau à tes lâches épaules » (trad. P. Messiaen).

4. Voir entre autres le « Don Juan aux enfers » de Baudelaire (*Les Fleurs du Mal*).

5. Inversion classique du pronom personnel complément de l'infinitif, tour emprunté à l'italien au XVIe s.

6. Allusion à la chanson de Mignon (personnage des *Années d'apprentissage de Wilhelm Meister* de Goethe) dans la version d'Ambroise Thomas (*Mignon*, opéra-comique en trois actes, paroles de Carré et Barbier, 1866) : « Connais-tu le pays où fleurit l'oranger,/ Le pays des fruits d'or et des roses vermeilles ».

7. Payé, qui reçoit un salaire (« payé par des gages », et on se rappelle les derniers mots de Sganarelle dans le *Dom Juan* de Molière : « mes gages, mes gages, mes gages ! »).

DON JUAN PIPÉ[1],
mystère[2]

> *Thou wear a lion's hide : doft it for shame*
> *And hang a calf's skin on those recreant limbs.*
> (Shakespeare, *King John*.)[3]

Don Juan qui fut grand Seigneur en ce monde
Est aux enfers[4] ainsi qu'un pauvre immonde
Nu-pieds, sans la barbe faite et pouilleux !
Et si n'étaient la lueur de ses yeux
5 Et la beauté de sa maigre figure,
En le voyant ainsi quiconque jure
Qu'il est un gueux et non ce héros fier
Aux dames comme aux poètes si cher
Et dont l'auteur de ces humbles chroniques
10 Vous va parler[5] en termes canoniques.

Il a son front dans ses mains et paraît
Penser beaucoup à quelque grand secret.
Il marche à pas douloureux sur la neige,
Car c'est son châtiment que rien n'allège
15 D'habiter seul et vêtu de léger
Loin de tous lieux où fleurit l'oranger[6]
Et de mener ses tristes promenades
Sous un ciel veuf de toutes sérénades
Et qu'une lune morte éclaire assez
20 Pour expier tous ses soleils passés.

Il pense : Dieu peut gagner, car le Diable
S'est vu réduire à l'état pitoyable
De tourmenteur et de geôlier gagé[7]
Pour être las trop tôt, et trop âgé.
25 Du Révolté de jadis il ne reste

1. L'ancienne alliance, où le pacte de Dieu avec Adam, Noé, Abraham et Moïse.

Plus qu'un bourreau qu'on paie et qu'on moleste
Si bien qu'enfin la cause de l'Enfer
S'en va tombant, comme un fleuve à la mer,
Au sein de l'alliance primitive [1].
30 Il ne faut pas que cette honte arrive.

Or lui, don Juan, n'est pas vieux et se sent
Le cœur vif comme un cœur d'adolescent
Et dans sa tête une jeune pensée
Couve et nourrit une force amassée ;
35 S'il est damné c'est qu'il le voulut bien,
Il avait tout pour être un bon chrétien,
La foi, l'ardeur au ciel, et le baptême,
Mais il brûlait d'un désir plus suprême,
Et s'étant découvert meilleur que Dieu,
40 Il résolut de se mettre en son lieu.

À ce dessein pour asservir les âmes
Il rendit siens d'abord les cœurs des femmes.
Toutes pour lui laissèrent là Jésus,
Et son orgueil jaloux marcha dessus
45 Comme un vainqueur foule un champ de bataille.
Seule la mort pouvait être à sa taille.
Il l'insulta, la défit. C'est alors
Qu'il vint à Dieu sans peur et sans remords.
Il vint à Dieu, lui parla face à face,
50 Sans qu'un moment hésitât son audace.

Le défiant, Lui, son Fils et ses saints !
L'affreux combat ! Très calme et les reins ceints
D'impiété cynique et de blasphème,
Ayant volé son verbe à Jésus même,
55 Il voyagea, funeste pèlerin,
Prêchant en chaire et chantant au lutrin,
Et le torrent amer de sa doctrine,
Parallèle à la parole divine,
Troublait la paix des simples et noyait
60 Toute croyance et, grossi, s'enfuyait.

1. Molière, *Dom Juan*, III, ii : (Dom Juan à un pauvre) : « je m'en vais te donner un louis d'or tout à l'heure, pourvu que tu veuilles jurer ».

2. Au sens religieux de « transgresser » (la loi divine).

3. J.-L. Steinmetz (son éd., p. 109) rapproche ce vers de l'incipit de « Luxures » (« Invocation », écrit en 1873) dans *Jadis et naguère* : « Chair ! ô seul fruit mordu des vergers d'ici-bas ».

4. La femme de Samarie qui, convaincue par les prophéties de Jésus, reconnaît en lui le Messie (Jean, 4).

5. La prostituée qui, dans la maison d'un pharisien, mouille de ses larmes les pieds de Jésus, les essuie avec ses cheveux, les baise et les oint de parfum (Luc, 7, 36-50).

Il enseignait : « Juste, prends patience.
« Ton heure est proche. Et mets ta confiance
« En ton bon cœur. Sois vigilant pourtant,
« Et ton salut en sera sûr d'autant.
65 « Femmes, aimez vos maris et les vôtres
« Sans toutefois abandonner les autres...
« L'amour est un dans tous et tous dans un,
« Afin qu'alors que tombe le soir brun
« L'ange des nuits ne couve sous son aile
70 « Que cœurs mi-clos dans la paix fraternelle. »

Au mendiant errant dans la forêt
Il ne donnait un sol que s'il jurait[1].
Il ajoutait : « De ce que l'on invoque
« Le nom de Dieu, celui-ci ne s'en choque,
75 « Bien au contraire, et tout est pour le mieux.
« Tiens, prends, et bois à ma santé, bon vieux. »
Puis il disait : « Celui-là prévarique[2]
« Qui de sa chair faisant une bourrique
« La subordonne au soin de son salut
80 « Et lui désigne un trop servile but.

« La chair est sainte ! Il faut qu'on la vénère.
« C'est notre fille, enfants, et notre mère,
« Et c'est la fleur du jardin d'ici-bas[3] !
« Malheur à ceux qui ne l'adorent pas !
85 « Car, non contents de renier leur être,
« Ils s'en vont blasphémant le divin Maître,
« Jésus fait chair qui mourut sur la croix,
« Jésus fait chair qui de sa douce voix
« Ouvrait le cœur de la Samaritaine[4],
90 « Jésus fait chair qu'aima la Madeleine[5] ! »

À ce blasphème effroyable, voilà
Que le ciel de ténèbres se voila,
Et que la mer entrechoqua les îles.
On vit errer des formes dans les villes,
95 Les mains des morts sortirent des cercueils,
Ce ne fut plus que terreurs et que deuils,

1. « Au masculin (1642) le mot désigne par comparaison le faisceau enflammé attribut de Jupiter » (Rob. Dhlf).

2. Archaïsme (xe s.) : mauvaise, méchante.

3. Rare en construction absolue : réprimé, maîtrisé.

4. Paroles, attitudes de fanfaron (de Rodomont, personnage de l'*Orlando furioso* de l'Arioste).

Et Dieu voulant venger l'injure affreuse
Prit son foudre[1] en sa droite furieuse
Et maudissant don Juan, lui jeta bas
100 Son corps mortel, mais son âme, non pas !

Non pas son âme, on l'allait voir ! Et pâle
De male joie[2] et d'audace infernale,
Le grand damné, royal sous ses haillons,
Promène autour ses yeux pleins de rayons,
105 Et crie : « À moi l'Enfer ! ô vous qui fûtes
« Par moi guidés en vos sublimes chutes,
« Disciples de don Juan, reconnaissez
« Ici la voix qui vous a redressés.
« Satan est mort, Dieu mourra dans la fête,
110 « Aux armes pour la suprême conquête !

« Apprêtez-vous, vieillards et nouveau-nés,
« C'est le grand jour pour le tour des damnés. »
Il dit. L'écho frémit et va répandre
L'altier appel, et don Juan croit entendre
115 Un grand frémissement de tous côtés.
Ses ordres sont à coup sûr écoutés :
Le bruit s'accroît des clameurs de victoire,
Disant son nom et racontant sa gloire.
« À nous deux, Dieu stupide, maintenant ! »
120 Et don Juan a foulé d'un pied tonnant

Le sol qui tremble et la neige glacée
Qui semble fondre au feu de sa pensée...
Mais le voilà qui devient glace aussi
Et dans son sein horriblement transi
125 Le sang s'arrête, et son geste se fige.
Il est statue, il est glace. Ô prodige
Vengeur du Commandeur assassiné !
Tout bruit se tait et l'Enfer réfréné[3]
Rentre à jamais dans ses mornes cellules.
130 « Ô les rodomontades[4] ridicules »,

1. Le Dantec (son éd., p. 992) signale l'emploi de ce pronom par Baudelaire, pour désigner le Diable, dans « L'imprévu » (1863, dans *Les Fleurs du Mal*) : « Et puis, Quelqu'un paraît, que tous avaient nié... »

2. Voir l'épigraphe de « Crimen amoris », p. 211.

Voir variantes, p. 317.

Dit du dehors *Quelqu'un*[1] qui ricanait,
« Contes prévus ! farces que l'on connaît !
« Morgue espagnole et fougue italienne !
« Don Juan, faut-il, afin qu'il t'en souvienne,
135 « Que ce vieux Diable, encor que radoteur,
« Ainsi te prenne en délit de candeur ?
« Il est écrit de ne tenter... personne[2].
« L'Enfer ni ne se prend ni ne se donne.
« Mais avant tout, ami, retiens ce point :
140 « On est le Diable, on ne le devient point. »

Brux. Août 1873.

1. En théologie, « mourir dans l'impénitence finale » signifie sans confession ni repentir de ses fautes. On doit à Bossuet un célèbre sermon sur l'impénitence finale ; G. Zayed (1970, p. 301) signale que « L'impénitence finale » est aussi le titre d'un chapitre de *L'Amour impossible* de Barbey d'Aurevilly (1841).

2. Comme « Amoureuse du diable » qui suit (p. 249).

3. « Épitaphe d'une jeune fille », de Paul de Rességuier (et non Jules, son père) : « Fort/ Belle/ Elle/ Dort// Sort/ Frêle !/ Quelle/ Mort ! »

4. L'engouement du grand public pour la peinture du XVIIIe s., et spécialement pour Watteau, date de l'ouverture de la galerie La Caze au Louvre, en 1870.

5. « Elle aime quelqu'un d'autre », expression précieuse que l'on rencontre entre autres dans *L'Astrée* (« ce berger aime ailleurs »).

6. Exclusif et très mondain, le Jockey-Club, situé à l'angle du boulevard des Capucines et de la rue Scribe, est décrit à l'époque par P. Larousse comme le cercle du « viveur aristocratique, gros joueur et coureur d'aventures et de frivolités »... (Lar. Gdu).

7. Voir *Vieux Coppées* IX, n. 4, p. 188.

8. Populaire : « fille entretenue » (Delvau), mais aussi « sotte » (Larchey).

9. « O tempora ! o mores ! » (Cicéron, *Catilinaires*, I).

10. Le couvent des Oiseaux, à l'angle de la rue de Sèvres et du boulevard des Invalides, abritait un pensionnat destiné à l'éducation des jeunes filles de l'aristocratie.

L'IMPÉNITENCE FINALE [1]
chronique parisienne [2]

> *Elle*
> *Dort :*
> *Quelle*
> *Mort !*
> (J. de Rességuier) [3].

La petite marquise Osine est toute belle,
Elle pourrait aller grossir la ribambelle
Des folles de Watteau [4] sous leur chapeau de fleurs
Et de soleil, mais comme on dit, elle aime ailleurs [5].
5 Parisienne en tout, spirituelle et bonne
Et mauvaise à ne rien regretter de personne,
Avec cet air mi-faux qui fait que l'on vous croit,
C'est un ange fait pour le monde qu'elle voit,
Un ange blond, et même on dit qu'il a des ailes.

10 Vingt soupirants, brûlés des feux des meilleurs zèles,
Avaient en vain quêté leur main à ses seize ans,
Quand le pauvre marquis, quittant ses paysans
Comme il avait quitté son escadron, vint faire
Escale au Jockey [6] ; vous connaissez son affaire
15 Avec la grosse Emma de qui — l'eussions-nous cru [7] ? —
Le pauvre diable était absolument féru,
Son désespoir après le départ de la grue [8],
Son duel avec Gontran, c'est vieux comme la rue.
Bref, il vit la petite, un soir, dans un salon,
20 S'en éprit tout d'un coup comme un fou ; même l'on
Sait qu'il en oublia vite son infidèle
Qu'on le voyait le jour d'ensuite avec Adèle.
Temps et mœurs [9] ! La petite (on sait tout aux Oiseaux [10])
Connaissait le roman du pauvre jusques aux

1. Octave Feuillet avait publié le *Roman d'un jeune homme pauvre* en 1868 (Steinmetz, son éd., p. 111).

2. Argot : sa « fortune » et non son « épouse légitime » (Larchey, qui donne l'expression « manger sa légitime »).

3. Chambre qui se loue garnie de meubles.

4. La Jérusalem céleste.

5. Voir n. 1, p. 226. L'encens, le cinnamome et l'ambre étaient des parfums utilisés par les anciens dans les cérémonies religieuses.

25 Moindres chapitres[1] : elle en conçut de l'estime.
Aussi quand le marquis offrit sa légitime[2]
Et son nom contre sa menotte, elle dit : oui !
Avec un franc parler d'allégresse inouï.
Les parents, voyant sans horreur ce mariage
30 (Le marquis était riche et pouvait passer sage),
Signèrent au contrat avec laisser-aller.
Elle qui voyait là quelqu'un à consoler
Ouït la messe dans une ferveur profonde.

Elle le consola deux ans. Deux ans du monde !

35 Mais tout passe !
                    Si bien qu'un jour qu'elle attendait
Un autre et que cet autre atrocement tardait,
De dépit la voilà soudain qui s'agenouille
Devant l'image d'une Vierge à la quenouille
Qui se trouvait là, dans cette chambre en garni[3],
40 Demandant à Marie, en un trouble infini,
Pardon de son péché si grand, — si cher encore
Bien qu'elle croie au fond du cœur qu'elle l'abhorre.

Comme elle relevait son front d'entre ses mains
Elle vit Jésus-Christ avec les traits humains
45 Et les habits qu'il a dans les tableaux d'église.
Sévère, il regardait tristement la marquise.
La vision flottait blanche dans un jour bleu
Dont les ondes voilant l'apparence du lieu,
Semblaient envelopper d'une atmosphère élue
50 Osine qui tremblait d'extase irrésolue
Et qui balbutiait des exclamations.
Des accords assoupis de harpes de Sions[4]
Célestes descendaient et montaient par la chambre
Et des parfums d'encens, de cinnamome et d'ambre
55 Fluaient[5], et le parquet retentissait de pas
Respectueux de pieds que l'on ne voyait pas,
Tandis qu'autour bruyait, en cadences soyeuses,
Un grand frémissement d'ailes mystérieuses.
La marquise restait à genoux, attendant,
60 Toute admiration peureuse, cependant.

1. Familier : mignon, gentil (ici sans connotation péjorative).

2. « Dérivé savant du latin *matutinus*, "du matin", rare avant la fin du XVIIIe s. » (Rob. Dhlf).

3. Voir n. 5, p. 188.

Et le Sauveur parla :

« Ma fille, le temps passe,
Et ce n'est pas toujours le moment de la grâce.
Profitez de cette heure, ou c'en est fait de vous. »

La vision cessa.

Oui certes, il est doux,
65 Le roman d'un premier amant. L'âme s'essaie,
Tel un jeune coureur à la première haie.
C'est si mignard[1] qu'on croit à peine que c'est mal.
Quelque chose d'étonnamment matutinal[2].
On sort du mariage habitueux[3]. C'est comme
70 Qui dirait la lueur aurorale de l'homme
Et les baisers parmi cette fraîche clarté
Sonnent comme des cris d'alouette en été.
Ô le premier amant ! Souvenez-vous, mesdames !
Vagissant et timide élancement des âmes
75 Vers le fruit défendu qu'un soupir révéla...
Mais le second amant d'une femme, voilà !
On a tout su. La faute est bien délibérée
Et c'est bien un nouvel état que l'on se crée,
Un autre mariage à soi-même avoué.
80 Plus de retour possible au foyer bafoué.
Le mari, débonnaire ou non, fait bonne garde
Et dissimule mal. Déjà rit et bavarde
Le monde hostile et qui sévirait au besoin.
Ah, que l'aise de l'autre intrigue se fait loin !
85 Mais aussi cette fois comme on vit, comme on aime,
Tout le cœur est éclos en une fleur suprême.
Ah, c'est bon ! et l'on jette à ce feu tout remords,
On ne vit que pour *lui*, tous autres soins sont morts,
On est à lui, on n'est qu'à lui, c'est pour la vie,
90 Ce sera pour après la vie, et l'on défie
Les lois humaines et divines, car on est
Folle de corps et d'âme, et l'on ne reconnaît
Plus rien, et l'on ne sait plus rien, sinon qu'on l'aime !

1. « Substance visqueuse et transparente qui découle de certains arbres » (Littré).

Or cet amant était justement le deuxième
95 De la marquise, ce qui fait qu'un jour après,
— Ô sans malice et presque avec quelques regrets —
Elle le revoyait pour le revoir encore.
Quant au miracle, comme une odeur s'évapore,
Elle n'y pensa plus bientôt que vaguement.

100 Un matin, elle était dans son jardin charmant,
Un matin de printemps, un jardin de plaisance.
Les fleurs vraiment semblaient saluer sa présence
Et frémissaient au vent léger, et s'inclinaient,
Et les feuillages, verts tendrement, lui donnaient
105 L'aubade d'un timide et délicat ramage
Et les petits oiseaux volant à son passage,
Pépiaient à loisir dans l'air tout embaumé
Des feuilles, des bourgeons et des gommes[1] de mai.
Elle pensait à *lui*, sa vue errait, distraite,
110 À travers l'ombre jeune et la pompe discrète
D'un grand rosier bercé d'un mouvement câlin,
Quand elle vit Jésus en vêtements de lin
Qui marchait, écartant les branches de l'arbuste
Et la couvrait d'un long regard fixe, et le Juste
115 Pleurait. Et tout en un instant s'évanouit.
Elle se recueillait.

                 Soudain, un petit bruit
Se fit. On lui portait en secret une lettre,
Une lettre de *lui*, qui lui marquait peut-être
Un rendez-vous.
               Elle ne put la déchirer.

....

120 Marquis, pauvre marquis, qu'avez-vous à pleurer
Au chevet de ce lit de blanche mousseline ?
Elle est malade, bien malade.
                      « Sœur Aline,
A-t-elle un peu dormi ? »
                     — Mal, monsieur le marquis »,

Voir variantes p. 317 et une version différente en appendice, p. 288.

Et le marquis pleurait.
                              « Elle est ainsi depuis
125 « Deux heures, somnolente et calme. Mais que dire
« De la nuit ? Ah, monsieur le marquis, quel délire !
« Elle vous appelait, vous demandait pardon
« Sans cesse, encor, toujours, et tirait le cordon
« De sa sonnette. »
                              Et le marquis frappait sa tête
130 De ses deux poings et, fou dans sa douleur muette
Marchait à grands pas sourds sur les tapis épais.
(Dès qu'elle fut malade, elle n'eut pas de paix
Qu'elle n'eût avoué ses fautes au cher homme
Qui pardonna.) La sœur reprit, pâle : « Elle eut comme
135 « Un rêve, un rêve affreux. Elle voyait Jésus,
« Terrible sur la nue et qui marchait dessus,
« Un glaive dans la main droite, et de la main gauche
« Qui ramait lentement comme une faux qui fauche,
« Écartait sa prière, et passait furieux. »
....

140 Un prêtre, saluant les assistants des yeux,
Entre.
          Elle dort.
                    Ô ses Paupières violettes !
Ô ses petites mains qui tremblent maigrelettes !
Ô tout son corps perdu dans les draps étouffants !
Regardez, elle meurt de la mort des enfants.

145 Et le prêtre anxieux, se penche à son oreille.
Elle s'agite un peu, la voilà qui s'éveille,
Elle voudrait parler, la voilà qui s'endort
Plus pâle.
                Et le marquis : « Est-ce déjà la mort ? »
Et le docteur lui prend les deux mains, et sort vite.

150 On l'enterrait hier matin. Pauvre petite !

                                        Brux. Août 1873.

1. *Éloa ou la Sœur des anges* (1824), chant deuxième (« Séduction »), v. 137. Dans ce *mystère*, le tentateur emporte en enfer l'ange Éloa qui, abusée par sa beauté, est tombée « amoureuse du diable ».

2. *Cf.* « Une grande dame » (*Poèmes saturniens*, 1866) : « Belle à "damner les saints" [...]/ Elle parle [...]/ Italien, avec un léger accent russe ».

3. Converti en monnaie (voir v. 32-33).

AMOUREUSE DU DIABLE
chronique parisienne

« Je suis celui qu'on aime et qu'on ne connaît pas ».
(A. de Vigny, *Éloa*.) [1]

Il parle italien avec un accent russe [2].
Il dit : « Chère, il serait précieux que je fusse
« Riche, et seul, tout demain et tout après-demain,
« Mais riche à paver d'or monnayé [3] le chemin
5 « De l'Enfer, et si seul qu'il vous va falloir prendre
« Sur vous de m'oublier jusqu'à ne plus entendre
« Parler de moi sans vous dire de bonne foi :
« Qu'est-ce que ce monsieur Félice ? Il vend de quoi ? »

Cela s'adresse à la plus blanche des comtesses.

10 Hélas ! toute grandeurs, toute délicatesses,
Cœur d'or, comme l'on dit, âme de diamant,
Riche, belle, un mari magnifique et charmant
Qui lui réalisait toute chose rêvée,
Adorée, adorable, une Heureuse, la Fée,
15 La Reine, aussi la Sainte, elle était tout cela,
Elle avait tout cela.
                    Cet homme vint, vola
Son cœur, son âme, en fit sa maîtresse et sa chose
Et ce que la voilà dans ce doux peignoir rose
Avec ses cheveux blonds épars comme du feu,
20 Assise, et ses grands yeux d'azur tristes un peu.

Ce fut une banale et terrible aventure.
Elle quitta de nuit l'hôtel. Une voiture
Attendait. Lui dedans. Ils restèrent six mois
Sans que personne sût où ni comment. Parfois

1. Aux vers 2-8.

25 On les disait partis à toujours. Le scandale
   Fut affreux. Cette allure était par trop brutale
   Aussi pour que le monde ainsi mis au défi
   N'eût pas bronché d'une ire atroce et poursuivi
   De ses langues les plus agiles l'insensée.
30 Elle, que lui faisait ? Toute à cette pensée,
   Lui, rien que *lui*, longtemps avant qu'elle s'enfuit,
   Ayant réalisé son avoir (sept ou huit
   Millions en billets de mille qu'on liasse
   Ne pèsent pas beaucoup et tiennent peu de place),
35 Elle avait tassé tout dans un coffret mignon
   Et le jour du départ, lorsque son compagnon
   Dont du rhum bu de trop rendait la voix plus tendre
   L'interrogea sur ce colis qu'il voyait pendre
   À son bras qui se lasse, elle répondit : « Ça
40 C'est notre bourse. »
                        Ô tout ce qui se dépensa !
   Il n'avait rien que sa beauté problématique
   (D'autant pire) et que cet esprit dont il se pique
   Et dont nous parlerons, comme de sa beauté,
   Quand il faudra... Mais quel bourreau d'argent ! Prêté,
45 Gagné, volé ! Car il volait à sa manière,
   Excessive, partant respectable en dernière
   Analyse, et d'ailleurs respectée, et c'était
   Prodigieux la vie énorme qu'il menait
   Quand au bout de six mois ils revinrent.

                                          Le coffre
50 Aux millions (dont plus que quatre) est là qui s'offre
   À sa main. Et pourtant cette fois — une fois
   N'est pas coutume — il a gargarisé sa voix
   Et remplacé son geste ordinaire de prendre
   Sans demander, par ce que nous venons d'entendre[1].
55 Elle s'étonne avec douceur et dit : « Prends tout
   Si tu veux. »
                Il prend tout et sort.

                                      Un mauvais goût
   Qui n'avait de pareil que sa désinvolture

1. Note de Verlaine dans la lettre à Lepelletier du 8 septembre 1874 (*OC*, p. 1094) : « variantes à l'usage des gens que de telles coupes scandalisent : "Je suis le plus poli des hommes, mais tenez,/ Ça m'exaspère assez pour vous le dire au nez" » (v. 87-88).

Semblait pétrir le fond même de sa nature,
Et dans ses moindres mots, dans ses moindres clins
[d'yeux,
60 Faisait luire et vibrer comme un charme odieux.
Ses cheveux noirs étaient trop bouclés pour un homme.
Ses yeux très grands, tout verts, luisaient comme à
[Sodome.
Dans sa voix claire et lente, un serpent s'avançait,
Et sa tenue était de celles que l'on sait :
65 Du velours, des parfums, trop de linge et des bagues.
D'antécédents, il en avait de vraiment vagues
Ou pour mieux dire, pas. Il parut quelque soir,
En hiver, à Paris, sans qu'aucun pût savoir
D'où venait ce petit monsieur, fort bien du reste
70 Dans son genre et dans son outrecuidance leste.
Il fit rage, eut des duels célèbres et causa
Des morts de femmes par amour dont on causa.
Comment il vint à bout de la chère comtesse,
Par quel philtre ce gnome insuffisant qui laisse
75 Une odeur de cheval et de femme après lui
A-t-il fait d'elle cette fille d'aujourd'hui ?
Ah, ça, c'est le secret perpétuel que berce
Le sang des dames dans son plus joli commerce,
À moins que ce ne soit celui du DIABLE aussi.
80 Toujours est-il que quand le tour eut réussi
Ce fut du propre !
                    Absent souvent trois jours sur quatre,
Il rentrait ivre, assez lâche et vil pour la battre,
Et quand il voulait bien rester près d'elle un peu,
Il la martyrisait, en manière de jeu,
85 Par l'étalage de doctrines impossibles.
....

« *Mia*, je ne suis pas d'entre les irascibles,
« Je suis le doux par excellence, mais tenez,
« Ça m'exaspère, et je le dis à votre nez[1],
« Quand je vous vois l'œil blanc et la lèvre pincée,
90 « Avec je ne sais quoi d'étroit dans la pensée
« Parce que je reviens un peu soûl quelquefois.
« Vraiment en seriez-vous à croire que je bois

1. « Tout ce qu'il y a de plus vulgaire » selon Bruneau (1950, p. 42). Voir *Vieux Coppées* I, n. 4, p. 172.

2. Populaire, pour « verres à pied ».

3. Note de Verlaine sur la coupe (*cf.* n. 1, p. 252) : « Et qu'un ivrogne est une espèce de gourmand » (*OC.*, p. 1095).

4. Note de Verlaine sur la coupe (*cf.* n. 1, p. 252) : « J'y renonce !! on ne peut contenter tout le monde et son père ! » (*OC*, p. 1095).

5. Argot : qui revient (Larchey).

6. « Promesse illusoire, mauvaise défaite, espérance très incertaine de choses qui n'arriveront peut-être pas » (Bescherelle).

« Pour boire, pour licher[1], comme vous autres chattes,
« Avec vos vins sucrés dans vos verres à pattes[2]
95 « Et que l'Ivrogne est une forme du Gourmand[3] ?
« Alors l'instinct qui vous dit ça ment plaisamment
« Et d'y prêter l'oreille un instant, quel dommage !
« Dites, dans un bon Dieu de bois est-ce l'image
« Que vous voyez et vers qui vos vœux vont monter ?
100 « L'Eucharistie est-elle un pain à cacheter
« Pur et simple, et l'amant d'une femme, si j'ose
« Parler ainsi, consiste-t-il en cette chose[4]
« Unique d'un monsieur qui n'est pas son mari
« Et se voit de ce chef tout spécial chéri ?
105 « Ah, si je bois c'est pour me soûler, non pour boire.
« Être soûl, vous ne savez pas quelle victoire
« C'est qu'on remporte sur la vie, et quel don c'est !
« On oublie, on revoit, on ignore et l'on sait ;
« C'est des mystères pleins d'aperçus, c'est du rêve
110 « Qui n'a jamais eu de naissance et ne s'achève
« Pas, et ne se meut pas dans l'essence d'ici ;
« C'est une espèce d'autre vie en raccourci,
« Un espoir actuel, un regret qui « rapplique[5] »,
« Que sais-je encore ? Et quant à la rumeur publique,
115 « Au préjugé qui hue un homme dans ce cas,
« C'est hideux, parce que bête, et je ne plains pas
« Ceux ou celles qu'il bat à travers son extase,
« Ô que nenni !

....

                     « Voyons, l'amour, c'est une phrase
« Sous un mot, — avouez, un écoute-s'il-pleut[6],
120 « Un calembour dont un chacun prend ce qu'il peut,
« Un peu de plaisir fin, beaucoup de grosse joie,
« Selon le plus ou moins de moyens qu'il emploie,
« Ou pour mieux dire, au gré de son tempérament,
« Mais, entre nous, le temps qu'on y perd ! Et comment !
125 « Vrai, c'est honteux que des personnes sérieuses
« Comme nous deux, avec ces vertus précieuses
« Que nous avons, du cœur, de l'esprit, — de l'argent,
« Dans un siècle qu'on peut nommer intelligent,
« Aillent !... »

1. Dans une lettre à Charles de Sivry du 6 février [1881], Verlaine demande à son ex beau-frère de s'assurer si « *diletta* (bien aimée) est italien. Sinon remplacer par *mio cuor* (ou *cuor mio*, j'iguenore), si c'est italien toutefois ; sinon encore colle un italianisme dans ce goût de 3 pieds » (Catalogue Sickles, vente des 15-17 avril 1996).

2. Verlaine se cite lui-même : « Pierrot qui d'un saut/ De puce /Franchit le buisson » (« Colombine », dans les *Fêtes galantes*, v. 2-4).

3. *Cf.* Vigny, *Éloa*, I, v. 19-20 (voir l'épigraphe) : « Fils de l'homme et sujet aux maux de la naissance,/ Il les commençait tous par le plus grand, l'absence ».

Voir variantes, p. 318.

....

           Ainsi de suite, et sa fade ironie
130 N'épargnait rien de rien dans sa blague infinie.
Elle écoutait le tout avec les yeux baissés
Des cœurs aimants à qui tous torts sont effacés,
Hélas !
           L'après-demain et le demain se passent.
Il rentre et dit : « *Altro !* que voulez-vous que fassent
135 « Quatre pauvres petits millions contre un sort ?
« Ruinés, ruinés, je vous dis ! C'est la mort
« Dans l'âme que je vous le dis. »
                                Elle frissonne
Un peu, mais *sait* que c'est arrivé.
                                — « Çà, personne,
« Même vous, *diletta*[1], ne me croit assez sot
140 « Pour demeurer ici dedans le temps d'un saut
« De puce.[2] »
           Elle sait que c'est vrai, mais frémit presque,
Et dit : « Va, je sais tout. » — « Alors c'est trop grotesque
Et vous jouez là sans atouts avec le feu. »
— « Qui dit non ? » — « Mais JE SUIS SPÉCIAL à ce jeu. »
145 — « Mais si je veux, exclame-t-elle, être damnée ? »
— « C'est différent, arrange ainsi ta destinée,
Moi, je pars. » — « Avec moi ? » — « Je ne puis
Il a disparu sans autre trace de lui   [aujourd'hui. »
Qu'une odeur de soufre et qu'un aigre éclat de rire.
150 Elle tire un petit couteau.
                     Le temps de luire
Et la lame est entrée à deux lignes du cœur.
Le temps de dire, en renfonçant l'acier vainqueur :
« À toi, je t'aime ! » et la JUSTICE la recense.

Elle ne savait pas que l'Enfer c'est l'absence[3].

                              Mons, Août 1874.

1. Publié dans *Amour* (1888) sous le titre « Un conte ». Le *bouquet* était, au XVIIᵉ et au XVIIIᵉ s. où il eut son heure de gloire, une pièce de vers que le poète adressait à la dame de ses pensées le jour de sa fête. Daté décembre (1874), ce poème est probablement dédié par Verlaine à Marie Immaculée (voir v. 14), fêtée le 8 de ce mois. C'est, avec la quatrième pièce d'*Almanach pour l'année passée* (p. 159), le second poème de Verlaine écrit en vers de 13 syllabes.

2. Dans une lettre à Lepelletier du 24-28 novembre 1873, Verlaine annonçait à son ami qu'il faisait « des *Cantiques à Marie* [...] et des pièces de la primitive Église ». Ce poème, quoique postérieur, est peut-être la seule trace de ce projet que nous ayons conservée, s'il ne s'agit d'un embryon du *Rosaire* (voir v. 82), autre projet verlainien d'un poème sacré « immense » qui aurait « roulé » sur la Vierge et qui est resté apparemment à l'état d'ébauche (lettre à Delahaye du 29 avril 1875, *OC*, p. 1100).

3. Et pas encore entré dans la vigne du Seigneur (Jean, 15, 5).

4. L'enfant, le lin et l'agneau sont des symboles bibliques de l'innocence.

5. Le dogme de l'Immaculée Conception avait été proclamé par Pie IX en 1854 (*Ineffabilis Deus*).

6. D'abord au sens figuré de « sein de l'Église où les fidèles trouvent sûreté et paix » d'après la métaphore biblique du pasteur (Rob. Dhlf, 1690) mais Verlaine n'ignore pas l'expression familière « revenir au bercail »...

7. Hapax selon Tlf, qui ne cite que cette occurrence.

8. Cette image pour le moins hardie tire son origine des Psaumes (41, 2) : « Comme le cerf désire des fontaines d'eau fraîche, mon âme te désire, ô mon Dieu ».

BOUQUET À MARIE[1]

Simplement, comme on verse un parfum sur une
                                      [flamme
Et comme un soldat répand son sang pour la patrie,
Je voudrais pouvoir mettre mon cœur avec mon âme
4 Dans un beau cantique à la Sainte Vierge Marie[2].

Mais je suis, hélas ! un pauvre pécheur trop indigne,
Ma voix hurlerait parmi le chœur des voix des justes :
Ivre encor du vin amer de la terrestre vigne[3]
8 Elle pourrait offenser des oreilles augustes.

Il faut un cœur pur comme l'eau qui jaillit des roches
Il faut qu'un enfant vêtu de lin soit notre emblème,
Qu'un agneau bêlant n'éveille en nous aucuns
                                      [reproches,
12 Que l'innocence[4] nous ceigne un brûlant diadème,

Il faut tout cela pour oser dire vos louanges
Ô vous Vierge Mère, ô Vous Marie Immaculée[5]
Vous blanche à travers les battements d'ailes des anges
16 Qui posez vos pieds sur notre terre consolée.

Du moins je ferai savoir à qui voudra l'entendre
Comment il advint qu'une âme des plus égarées,
Grâce à ces regards cléments de votre gloire tendre
20 Revint au bercail[6] des Innocences ignorées.

— Innocence, ô belle après l'Ignorance inouïe,
Eau claire du cœur après le feu vierge de l'âme,
Paupière de grâce sur la prunelle éblouie,
24 Désaltèrement[7] du cerf rompu d'amour qui brame[8]. —

1. Le sens obscène de ce vers n'est pas douteux : le *cierge* est bien ici « le membre viril — qui brûle et se fond sur l'autel de la femme » (Delvau, qui au mot *cœur*, glose : « la nature de la femme »).

2. Archaïsme : « état de celui qui n'a pas la foi » (Tlf, attesté au XIIe s.) ; ignoré par les principaux dictionnaires du XIXe s. qui retiennent « mécréance », ce terme a été considéré à tort comme une création de Verlaine.

3. Les anciennes barrières d'octroi de Paris, devenues « portes », quartiers populaires par excellence.

4. Le solécisme est censé calquer la manière de parler de ce « parisien fade ».

5. « Au théâtre ce mot dépeint les fantaisies bouffonnes, les inégalités grotesques, les iazzi hors de propos » (Larchey). Familièrement : grosse plaisanterie (acception que Rob. Dhlf date des années 1860).

— Ce fut un amant dans toute la force du terme,
Il avait connu toute la chair, infâme ou vierge,
Et la profondeur monstrueuse d'un épiderme
28 Et le sang d'un cœur, cire vermeille pour son cierge[1] !

Ce fut un athée, et qui poussait loin sa logique
Tout en méprisant les fadaises qu'elle autorise,
Et comme un forçat qui remâche une vieille chique
32 Il aimait le jus flasque de la mécréantise[2].

Ce fut un brutal, ce fut un ivrogne des rues,
Ce fut un mari comme on en rencontre aux barrières[3] ;
Bon que les amours premières fussent disparues,
36 Mais cela n'excuse en rien l'excès de ses manières.

Ce fut, et quel préjudice ! un Parisien fade,
Vous savez, de ces provinciaux cent fois plus pires[4]
Qui prennent au sérieux la plus sotte cascade[5]
40 Sans s'apercevoir, ô leur âme, que tu respires ;

Race de théâtre et de boutique dont les vices
Eux-mêmes, avec leur odeur rance et renfermée,
Lèveraient le cœur à des sauvages leurs complices,
44 Race de trottoir, race d'égout et de fumée !

Enfin un sot, un infatué de ce temps bête
(Dont l'esprit au fond consiste à boire de la bière)
Et par-dessus tout une folle tête inquiète,
48 Un cœur à tous vents, vraiment mais vilement sincère.

Mais sans doute, et moi j'inclinerais fort à le croire
Dans quelque coin bien discret et sûr de ce cœur même,
Il avait gardé comme qui dirait la mémoire
52 D'avoir été ces petits enfants que Jésus aime.

Avait-il, — et c'est vraiment plus vrai que vraisem-
Conservé dans le sanctuaire de sa cervelle   [blable —
Votre nom, Marie, et votre titre vénérable
56 Comme un mauvais prêtre ornerait encor sa chapelle ?

1. « Corps de garde, prison » (Lar. Gdu).
2. Dans les litanies de la vierge : sainte Marie, mère de Dieu, reine du Ciel.

Ou tout bonnement peut-être qu'il était encore
Malgré tout son vice et tout son crime et tout le reste
Cet homme très simple qu'au moins sa candeur décore
60 En comparaison d'un monde autour que Dieu déteste.

Toujours est-il que ce grand pécheur eut des conduites
Folles à ce point de s'en devenir maladroites,
Si bien que les « tribunaux » s'en mirent — et les suites,
64 Et le voyez-vous dans la plus étroite des boîtes[1] ?

Cellules ! Prisons humanitaires ! Il faut taire
Votre horreur fadasse et ce progrès d'hypocrisie...
Puis il s'attendrit, il réfléchit. Par quel mystère,
68 Ô Marie, ô vous, de toute éternité choisie !

Puis il se tourna vers votre Fils et vers Sa Mère,
Ô qu'il fut heureux, mais, là, promptement, tout de
[suite !
Que de larmes, quelle joie, ô Mère ! Et, pour vous
[plaire,
72 Tout de suite aussi le voilà qui bien vite quitte

Tout cet appareil d'orgueil et de pauvres malices,
Ce qu'on nomme esprit et ce qu'on nomme *la* science,
Et le rire et le sourire où tu te plisses,
76 Lèvre des petits exégètes de l'incroyance !

Et le voilà qui s'agenouille et, bien humble, égrène
Entre ses doigts fiers les grains enflammés du Rosaire,
Implorant de Vous, la Mère, et la Sainte et la Reine[2],
80 L'affranchissement d'être ce charnel, ô misère !

Ô qu'il voudrait bien ne plus savoir plus rien du monde
Qu'adorer obscurément la mystique Sagesse,
Qu'aimer le cœur de Jésus dans l'extase profonde
84 De penser à vous en même temps pendant la Messe.

— Ô faites cela, faites cette grâce à cette âme
Ô Vous Vierge Mère, ô Vous Marie Immaculée,

1. Verlaine pense-t-il aux « gravures allégoriques composées par des dessinateurs hollandais pour accompagner des vers sur la célébration d'un mariage » (Bescherelle) ? Voir n. 2, p. 196.

Voir variantes, p. 319.

Toute en argent parmi l'argent de l'épithalame[1],
88 Qui posez vos pieds sur notre terre consolée.

Mons. X^bre 1874.

1. Envoyé à Lepelletier le 8 septembre 1874 (*OC*, p. 1085 *sq.*), ce « final » est constitué de dix sonnets, « coupés selon le dialogue » (entre le poète et le Christ) selon un procédé qui est entre autres celui de l'*Imitation de Jésus Christ* attribuée à Thomas a Kempis (xvᵉ s.).

2. « Je suis allée vers le sang du Christ ». Allusion à une vision de la mystique sainte Catherine de Sienne (1347-1380) : le Christ, qui lui est apparu, lui présente son flanc blessé et l'invite à y épancher sa soif. Sainte Catherine est l'auteur d'un célèbre *Dialogue* avec Dieu (*Il Dialogo della divina Providenza ovvero libro della divina dottrina*, 1378).

3. *Cf. Mes prisons* : « Il y avait depuis quelques jours, pendu au mur de ma cellule, [...], une image lithographique assez affreuse, aussi bien, du Sacré-Cœur : une longue tête chevaline du Christ, un grand buste émacié sous de larges plis de vêtements, les mains effilées montrant le cœur *qui rayonne et qui saigne*, comme je devais l'écrire un peu plus tard... » (*OprC*, p. 347).

4. Archaïsme : au sens physique de « blessés » (xvıᵉ – xvııᵉ s.).

5. Marie de Magdala, présente lors de la crucifixion (Marc, 15, 40 ; Jean, 19, 26) que Verlaine, selon certaine tradition, assimile à la pécheresse qui baigna de ses larmes les pieds de Jésus dans la maison du pharisien (Luc, 7, 38 et 44).

6. « Celui qui mange ma chair et qui boit mon sang a la vie éternelle ; et je le ressusciterai au dernier jour. Car ma chair est vraiment une nourriture, et mon sang est vraiment un breuvage. Celui qui mange ma chair et qui boit mon sang demeure en moi, et je demeure en lui » (Jean, 6, 54-57).

7. « Sicut scriptum est », formule fréquente dans les Évangiles (L. Morice, son éd., p. 301).

8. Transitif au xvıᵉ s. dans « sangloter des larmes, des cris, etc. » (Rob. Dhlf ; *cf.* Ronsard : « il sanglotte son ame »).

9. « Vous me chercherez et vous ne me trouverez pas » (Jean, 7, 32).

FINAL[1]

Ivi ad sanguinem Christi
(Sainte Catherine de Sienne.)[2]

I

Jésus m'a dit : « Mon fils, il faut m'aimer. Tu vois
Mon flanc percé, Mon cœur qui rayonne et qui saigne[3]
Et Mes pieds offensés[4] que Madeleine baigne
4 De larmes[5], et Mes bras douloureux sous le poids

De tes péchés, et Mes mains ! Et tu vois la croix,
Tu vois les clous, le fiel, l'éponge, et tout t'enseigne
À n'aimer, en ce monde amer où la Chair règne,
8 Que Ma chair et Mon sang[6], Ma parole et Ma voix.

Ne t'ai-je pas aimé jusqu'à la mort Moi-même,
Ô Mon frère en Mon Père, ô Mon fils en l'Esprit,
11 Et n'ai-je pas souffert, comme c'était écrit[7] ?

N'ai-je pas sangloté[8] ton angoisse suprême,
Et n'ai-je pas sué la sueur de tes nuits,
14 Lamentable ami qui Me cherches où je suis ? »

II

J'ai répondu : « Seigneur, Vous avez dit mon âme,
C'est vrai que je Vous cherche et ne Vous trouve pas[9].
Mais Vous aimer ! Voyez comme je suis en bas,
4 Vous dont l'amour toujours monte comme la flamme.

1. « Si quelqu'un a soif, qu'il vienne à moi, et qu'il boive. Celui qui croit en moi, des fleuves d'eau vive couleront dans son sein, comme dit l'Écriture » (Jean, 7, 37-38). *Cf.* « Bouquet à Marie », p. 258, n. 8 et ici au v. 12 : « fontaine calme ».

2. Image virgilienne selon G. Zayed (*Lettres inédites à Ch. Morice*, p. 139), inspirée de l'*Énéide* (IX, v. 563-564) : « Comme l'aigle de Jupiter volant dans les airs enlève dans ses serres un lièvre ou un cygne blanc ».

Vous, la source de paix que toute soif réclame[1],
Hélas ! voyez un peu tous mes tristes combats !
Oserai-je adorer la trace de Vos pas,
8 De ces genoux sanglants d'un rampement infâme ?

Et pourtant je Vous cherche en longs tâtonnements,
Je voudrais que Votre ombre au moins vêtît ma honte,
11 Mais Vous n'avez pas d'ombre, ô Vous dont l'amour
[monte,

Ô Vous, fontaine calme, amère aux seuls amants
De leur damnation, ô Vous toute lumière
14 Sauf aux yeux dont un lourd baiser tient la paupière ! »

III

— Il faut M'aimer ! je suis l'universel Baiser,
Je suis cette paupière et je suis cette lèvre
Dont tu parles, ô cher malade, et cette fièvre
4 Qui t'agite, c'est Moi toujours ! Il faut oser

M'aimer ! Oui, Mon amour monte sans biaiser
Jusqu'où ne grimpe pas ton pauvre amour de chèvre,
Et t'emportera, comme un aigle vole un lièvre[2],
8 Vers des serpolets qu'un ciel cher vient arroser !

Ô Ma nuit claire ! ô tes yeux dans Mon clair de lune !
Ô ce lit de lumière et d'eau parmi la brune !
11 Toute cette innocence et tout ce reposoir !

Aime-Moi ! Ces deux mots sont Mes Verbes suprêmes,
Car étant ton Dieu tout-puissant, je peux vouloir,
14 Mais je ne veux d'abord que pouvoir que tu M'aimes !

1. « Domine, non sum dignus », dans la liturgie.

2. Allusion à la Trinité.

3. Le Dieu jaloux de l'Ancien Testament (Exode, 20, 5) qui règne sur les enfants d'Israël ou de Juda, l'une des douze tribus.

4. Verlaine a écrit en note : « "Dieu nous a aimés jusqu'à la folie" (Saint Augustin) ». Nous n'avons pu retrouver cette citation.

5. Archaïque, au sens latin d'« orgueilleux ».

6. *Cf.* « Crimen amoris », p. 211, v. 2-4 : « De beaux démons [...]/ Font litière aux Sept Péchés de leurs cinq sens ».

7. Le pécheur, celui de la Genèse (par opposition au « nouvel Adam » du sonnet suivant). *Cf. Élégies*, IX, v. 29-34 (1893) : « C'est vrai qu'à la suite de douleurs grandes,/ [...]/ Ayant enfin courbé le front du vieil Adam/ Devant la vérité patente de l'Église,/ J'adorai Jésus qui l'incarne... »

8. Le Christ, le Rédempteur : « de même qu'Adam a été le représentant de l'humanité pour sa perte, ainsi le Christ est le représentant de l'humanité pour son salut » (L. Morice, son éd., p. 315).

IV

— Seigneur, c'est trop ! Vraiment je n'ose. Aimer
                    [qui ? Vous ?
Oh ! non ! je tremble et n'ose. Oh ! Vous aimer, je
                    [n'ose,
Je ne veux pas ! Je suis indigne[1]. Vous, la Rose
4 Immense des trois vents de l'Amour[2], ô Vous, tous

Les cœurs des saints, ô Vous qui fûtes le Jaloux
De Juda[3], Vous, la chaste Abeille qui se pose
Sur la seule fleur d'une innocence mi-close,
8 Quoi, *moi, moi*, pouvoir *Vous* aimer. Êtes-Vous fous*[4],

Père, Fils, Esprit ? Moi, ce pécheur-ci, ce lâche,
Ce superbe[5], qui fait le mal comme sa tâche
11 Et n'a dans tous ses sens, odorat, toucher, goût,

Vue, ouïe[6], et dans tout son être — hélas ! dans tout
Son espoir et dans tout son remords que l'extase
14 D'une caresse où le seul vieil Adam s'embrase[7] ?

*Saint-Augustin.

V

— Il faut M'aimer. Je suis Ces Fous que tu nommais,
Je suis l'Adam nouveau qui mange le vieil homme[8],
Ta Rome, ton Paris, ta Sparte, ta Sodome,
4 Comme un pauvre rué parmi d'horribles mets.

Mon amour est le feu qui dévore à jamais
Toute chair insensée, et l'évapore comme
Un parfum, — et c'est le déluge qui consomme
8 En son flot tout mauvais germe que Je semais,

1. « Je t'aime d'un amour éternel » (Jérémie, 31, 3).

2. Ce pronom neutre qui désigne très rarement des personnes exprime l'humilité de l'homme devant Dieu ; *cf.* « Final », v. 16, dans *Liturgies intimes* (1892) : « Moi, ceci, pourri d'indignité ».

3. Voir p. 226, n. 1.

4. L'apôtre Jean, « que Jésus aimait, celui qui, pendant le souper, s'était penché sur la poitrine de Jésus » (Jean, 13, 25 et 21, 20). *Cf.* « In initio », v. 25-28, dans *Liturgies intimes* (1892) : « Ô Jean, le plus grand [...]/ Priez pour moi le Sein des seins/ Où vous dormiez, étant apôtre ! »

Afin qu'un jour la Croix où Je meurs fût dressée
Et que par un miracle effrayant de bonté
11 Je t'eusse un jour à Moi, frémissant et dompté.

Aime. Sors de ta nuit. Aime. C'est Ma pensée
De toute éternité[1], pauvre âme délaissée,
14 Que tu dusses M'aimer, Moi seul qui suis resté !

VI

— Seigneur, j'ai peur. Mon âme en moi tressaille toute.
Je vois, je sens qu'il faut Vous aimer. Mais comment
Moi, *ceci*[2], me ferai-je, ô mon Dieu, Votre amant,
4 Ô Justice que la bonté des saints redoute ?

Oui, comment ? Car voici que s'ébranle la voûte
Où mon cœur creusait son ensevelissement
Et que je sens fluer[3] vers moi le firmament,
8 Et je Vous dis : de Vous à moi quelle est la route ?

Tendez-moi Votre main, que je puisse lever
Cette chair accroupie et cet esprit malade.
11 Mais recevoir jamais la céleste accolade,

Est-ce possible ? Un jour, pouvoir la retrouver
Dans Votre sein, sur Votre cœur qui fut le nôtre,
14 La place où reposa la tête de l'apôtre[4] ?

VII

— Certes, si tu le veux mériter, Mon fils, oui,
Et voici. Laisse aller l'ignorance indécise
De ton cœur vers les bras ouverts de Mon Église
4 Comme la guêpe vole au lis épanoui.

Approche-toi de Mon oreille. Épanches-y
L'humiliation d'une brave franchise.

1. Archaïque : jusqu'au XVIIIe s. le pronom personnel objet d'un second impératif se plaçait généralement avant lui (Grevisse, qui cite ce vers de Musset dans *La Nuit de mai*, 1835 : « Poète, prends ton luth et me donne un baiser »).

2. L'Eucharistie : « Jésus prit du pain ; et, après avoir rendu grâces, il le rompit, et le donna aux disciples, en disant : prenez, mangez, ceci est mon corps. Il prit ensuite une coupe. Et, après avoir rendu grâces, il la leur donna, en disant : Buvez-en tous ; car ceci est mon sang » (Matthieu, 26, 26-28).

3. Jésus a dit : « je suis le vrai cep, et mon père est le vigneron » (Jean, 15, 1).

4. « Le pain de Dieu, c'est celui qui descend du ciel et qui donne la vie au monde. Ils lui dirent : Seigneur, donne-nous toujours de ce pain. Jésus leur dit : je suis le pain de la vie » (Jean, 6, 33-35).

5. *Cf.* « Bouquet à Marie », v. 10-11, p. 259 et note 4 : « Il faut qu'un enfant vêtu de lin soit notre emblème,/ Qu'un agneau bêlant n'éveille en nous aucuns reproches ». Ce vers évoque « Booz endormi » (*La Légende des siècles*) : « Vêtu de probité candide et de lin blanc ».

6. Hérode Antipas, tétrarque de Galilée qui renvoya Jésus à Pilate (Luc, 23, 7-12) ; Ponce Pilate, le gouverneur romain qui livra Jésus aux Juifs pour qu'on le crucifiât (Jean, 18, 28-40 et 19, 2-16) ; Judas Iscariot, l'apôtre qui trahit Jésus (Matthieu, 26, 14-16) ; l'apôtre Pierre, qui renia trois fois Jésus au moment de son arrestation (Jean, 18, 15-27).

7. La mort sur la croix réservée aux scélérats (L. Morice, son éd., p. 328).

8. Ton « ardeur » [à servir la cause de Dieu] : acception religieuse (*cf.* « le zèle de la maison du Seigneur »).

Dis-Moi tout sans un mot d'orgueil ou de reprise
8 Et M'offre[1] le bouquet d'un repentir choisi.

Puis franchement et simplement viens à Ma table[2]
Et je t'y bénirai d'un repas délectable
11 Auquel l'ange n'aura lui-même qu'assisté,

Et tu boiras le Vin de la vigne immuable[3]
Dont la force, dont la douceur, dont la bonté
14 Feront germer ton sang à l'immortalité.

*

Puis, va ! Garde une foi modeste en ce mystère
D'amour par quoi Je suis ta chair et ta raison,
Et surtout reviens très souvent dans Ma maison,
4 Pour y participer au Vin qui désaltère,

Au Pain[4] sans qui la vie est une trahison,
Pour y prier Mon Père et supplier Ma Mère
Qu'il te soit accordé, dans l'exil de la terre,
8 D'être l'agneau sans cris qui donne sa toison,

D'être l'enfant vêtu de lin et d'innocence[5],
D'oublier ton pauvre amour-propre et ton essence,
11 Enfin, de devenir un peu semblable à Moi

Qui fus, durant les jours d'Hérode et de Pilate
Et de Judas et de Pierre[6], pareil à toi
14 Pour souffrir et mourir d'une mort scélérate[7] !

*

Et pour récompenser ton zèle[8] en ces devoirs
Si doux qu'il sont encor d'ineffables délices,
Je te ferai goûter sur terre Mes prémices,
4 La paix du cœur, l'amour d'être pauvre, et Mes soirs

Mystiques, quand l'esprit s'ouvre aux calmes espoirs
Et croit boire, selon Ma promesse, au Calice

1. Voir p. 226, n. 6.

2. L'ascension, comme l'assomption de la Vierge enlevée au ciel.

3. *Cf.* Apocalypse, 5, 13.

4. Mot formé par Verlaine sur « irradier » dans le sens de « propagation en rayonnant d'une sensation douloureuse » (acception du verbe enregistrée en 1867 par Rob. Dhlf, qui donne le substantif « irradiation », attesté en 1873).

5. Au sens étymologique de « signal pour appeler aux armes » (voir le v. 5), mais aussi d'« émotion ».

6. Voir p. 270, n. 1.

7. Date de la sortie de prison de Verlaine ; ces sonnets avaient été envoyés en réalité à Lepelletier le 8 septembre 1874.

Voir variantes, p. 320-322.

Éternel[1], et qu'au ciel pieux la lune glisse,
8 Et que sonnent les angélus roses et noirs,

En attendant l'assomption dans Ma lumière[2],
L'éveil sans fin dans Ma charité coutumière,
11 La musique de Mes louanges à jamais[3],

Et l'extase perpétuelle et la science,
Et d'être en Moi parmi l'immense irradiance[4]
14 De tes souffrances, enfin Miennes, que J'aimais !

VIII

— Ah ! Seigneur, qu'ai-je ? Hélas ! me voici tout en
D'une joie extraordinaire : Votre voix   [larmes
Me fait comme du bien et du mal à la fois,
4 Et le mal et le bien, tout a les mêmes charmes.

Je ris, je pleure, et c'est comme un appel aux armes
D'un clairon pour des champs de bataille où je vois
Des anges bleus et blancs portés sur des pavois,
8 Et ce clairon m'enlève en de fières alarmes[5].

J'ai l'extase et j'ai la terreur d'être choisi.
Je suis indigne[6], mais je sais Votre clémence.
11 Ah ! quel effort, mais quelle ardeur ! Et me voici

Plein d'une humble prière, encor qu'un trouble immense
Brouille l'espoir que Votre voix me révéla,
14 Et j'aspire en tremblant.

IX

— Pauvre âme, c'est cela !

Mons, 16 janvier 1875
S^{te} de prⁿ[7].

NOUS, LÉOPOLD DEUX, ROI DES BELGES,

A TOUS, PRÉSENTS ET A VENIR, FAISONS SAVOIR :

Le Juge d'instruction près le Tribunal de première instance de l'arrondissement
de Bruxelles, province de Brabant, a décerné le mandat de dépôt suivant :

Mandons et ordonnons à tous huissiers ou agents de la force publique de conduire en la
maison de sûreté civile et militaire de cette ville, en se conformant à la loi,

*Verlaine Paul né d'Metz Égaire homme de
Lettres le ocians fraurister rue Nicolas 14e Paris.
Resodans rue du brasseur 1e Brucco.*

preveur de tentativ d'assassinat.

Enjoignons au Directeur de ladite maison de le recevoir et retenir en dépôt jusqu'à nouvel
ordre.

Fait en notre cabinet à Bruxelles, le *11 Juillet* 1873.

Th. Verhaeren

Mandons et ordonnons à tous huissiers à ce requis de mettre le présent mandat
de dépôt à exécution; à nos procureurs généraux et nos procureurs près les tribunaux de première instance, d'y tenir la main; à tous commandants et officiers de
la force publique, d'y prêter main-forte lorsqu'ils en seront légalement requis.

En foi de quoi le présent mandat de dépôt a été signé par le juge et revêtu de
son sceau, les jour, mois et an que dessus.

L'an mil huit cent soixante *treize*, le *onze Juillet*
heures de *en vertu du mandat qui précède et à la requête de M. le Procureur
du Roi, faisant élection de domicile en son parquet au Palais de Justice, à Bruxelles, sommé, Grosjean
sommé y demeurant, à *Bruxelles*
numéro , ai signifié et laissé copie du mandat qui précède le personne inculpée
ci-dessus désignée, parlant à elle même et l' ai écroué en la maison de sûreté civile et militaire
en cette ville. Dont acte.*

Grosjean

Imp. Annès et Courousier, G. Schlien, 41.

Mandat de dépôt à la maison de sûreté de Bruxelles
à l'encontre de Verlaine (11 juillet 1873).

APPENDICE

CHEVAUX DE BOIS [1]

Tournez, tournez, bons chevaux de bois,
Tournez cent tours, tournez mille tours,
Tournez souvent et tournez toujours,
Tournez, tournez au son des hautbois.

L'enfant tout rouge et la mère blanche,
Le gars en noir et la fille en rose,
L'une à la chose et l'autre à la pose,
Chacun se paie un sou de dimanche.

Tournez, tournez, chevaux de leur cœur,
Tandis qu'autour de tous vos tournois
Clignote l'œil du filou sournois,
Tournez au son du piston vainqueur !

C'est étonnant comme ça vous soûle
D'aller ainsi dans ce cirque bête :
Bien dans le ventre et mal dans la tête,
Du mal en masse et du bien en foule.

Tournez au son de l'accordéon,
Du violon, du trombone fous,
Chevaux plus doux que des moutons, doux
Comme un peuple en révolution.

Le vent, fouettant la tente, les verres,
Les zincs et le drapeau tricolore,
Et les jupons, et que sais-je encore ?
Fait un fracas de cinq cents tonnerres.

---

1. Version de la première édition de *Sagesse* (1880), où ce poème
apparaît sans titre (III, XVII).

Tournez, dadas, sans qu'il soit besoin
D'user jamais de nuls éperons
Pour commander à vos galops ronds :
Tournez, tournez, sans espoir de foin.

Et dépêchez, chevaux de leur âme :
Déjà voici que sonne à la soupe
La nuit qui tombe et chasse la troupe
De gais buveurs que leur soif affame.

Tournez, tournez ! Le ciel en velours
D'astres en or se vêt lentement.
L'église tinte un glas tristement.
Tournez au son joyeux des tambours !

POÈMES CONTEMPORAINS
DE *CELLULAIREMENT*

Le ciel est, par-dessus le toit[1],
    Si bleu, si calme !
Un arbre, par-dessus le toit
    Berce sa palme.

La cloche dans le ciel qu'on voit
    Doucement tinte.
Un oiseau sur l'arbre qu'on voit
    Chante sa plainte.

Mon Dieu, mon Dieu, la vie est là,
    Simple et tranquille.
Cette paisible rumeur-là
    Vient de la ville.

— Qu'as-tu fait, ô toi que voilà
    Pleurant sans cesse,
Dis, qu'as-tu fait, toi que voilà,
    De ta jeunesse ?

*

Les écrevisses ont mangé mon cœur qui saigne[2],
Et me voici logé maintenant à l'enseigne
De ceux dont Carjat dit « C'ÉTAIT UN BEAU TALENT,
MAIS PAS DE CARACTÈRE », et je vais, bras ballants,
Sans limite et sans but, ainsi qu'un fiacre à l'heure,

---

1. Recueilli dans *Sagesse*, III, VI. Daté sur l'exemplaire Kessler :
« Bruxelles, petits Carmes. À la pistole, 7bre 1873. »   **2.** Dans une
lettre à Lepelletier du 31 août ou du 7 septembre 1873.

Pâle, à JEUN, et trouvé trop c.. par Gill qui pleure.
« Mourir, — dormir ! » a dit Shakspeare ; si ce n'est
Que ça, je cours vers la forêt que l'on connaît,
Et puisque c'est fictif, j'y vais pendre à mon aise
Ton beau poëte blond, faune barbizonnaise !

*

ΙΗΣΟΥΣ ΧΡΙΣΤΟΣ ΘΕΟΥ ΥΙΟΣ ΣΩΤΗΡ [1]

Tu ne parles pas, ton sang n'est pas chaud,
Ton amour fécond reste solitaire.
L'abîme où tu vis libre, est le cachot
Où se meurt depuis six mille ans la Terre.

Ton œil sans paupière et ton corps sans bras
Prêche vigilance et dit abstinence.
Tu planas jadis sur les Ararats,
Confident serein du Déluge immense !

Tout puissant, tout fort, tout juste et tout saint
Tu sauvas Jonas, tu sauvas Tobie.
Sauve notre cœur que le mal enceint,
Sauve-nous Seigneur, et confonds l'Impie !

*

---

1. Dans une lettre à Lepelletier datée Mons, du 24 au 28 novembre 1873. *Iesous Kristos Theou Uios Soter* : Jésus-Christ, Fils de Dieu, Sauveur.

À PROPOS D'UNE CHAMBRE,
RUE CAMPAGNE-PREMIÈRE
À PARIS, EN JANVIER 1872[1].

Ô chambre, as-tu gardé les spectres ridicules,
Ô pleine de jour sale et de bruits d'araignées ?
Ô chambre as-tu gardé leurs formes désignées
Par des crasses au mur et par quelles virgules ?

Ah fi ! Pourtant, chambre en garni qui te recules
En ce sec jeu d'optique aux mines renfrognées,
Du souvenir de tant de choses dédaignées
Pourtant ils ont regret aux nuits, aux nuits d'hercules !

Qu'on l'entende comme on voudra, ce n'est pas ça !
Vous ne comprenez rien aux choses, bonnes gens.
Je vous dis que ce n'est pas ce que l'on pensa.

Seule, ô chambre qui fuis en cônes affligeants
Seule, *tu sais !* mais sans doute, combien de nuits
De noce auront déviriginé nos nuits, depuis !

*

Parfums, couleurs, systèmes, lois[2] !
Les mots ont peur comme des poules.
La Chair sanglote sur la croix.

Pied, c'est du rêve que tu foules,
Et partout ricane la voix,
La voix tentatrice des foules.

Cieux bruns où nagent nos desseins,
Fleurs qui n'êtes pas le Calice,

---

1. Cité par Ch. Donos d'après un manuscrit daté de la prison de
Mons en 1874, ce sonnet a été imprimé dans *Jadis et naguère* sous le
titre « Le poète et la muse », avec quelques variantes (Donos 1898,
p. 94).   **2.** Recueilli dans *Sagesse*, III, VIII. Daté dans l'exemplaire
Kessler : « Mons, fin 1874 (prison) ».

Vin et ton geste qui se glisse,
Femme et l'œillade de tes seins,

Nuit câline aux frais traversins,
Qu'est-ce que c'est que ce délice,
Qu'est-ce que c'est que ce supplice,
Nous, les damnés et vous, les Saints ?

*

LE SONNET DE L'HOMME AU SABLE[1]

Aussi, la créature était par trop toujours la même,
Qui donnait ses baisers comme un enfant donne des
Indifférente à tout, hormis au prestige suprême [noix,
De la cire à moustache et de l'empois des faux-cols
                                                   [droits.

Et j'ai ri, car je tiens la solution du problème :
Ce pouf étant dans l'air dès le principe, je le vois ;
Quand la chair et le sang, exaspérés d'un long carême,
Réclamèrent leur dû, — la créature était en bois.

C'est le conte d'Hoffmann avec de la bêtise en marge.
Amis qui m'écoutez, faites votre entendement large,
Car c'est la vérité que ma morale, et la voici :

Si, par malheur, — puisse d'ailleurs l'augure aller au
                                                   [diable ! —
Quelqu'un de vous devait s'emberlificoter aussi,
Qu'il réclame un conseil de revision préalable.

*

---

1. Recueilli dans *Parallèlement*. Daté « Octobre 1874 » dans l'édition originale.

CRIMEN AMORIS [1]
mystère

Dans un palais, soie et or, dans Ecbatane,
De beaux démons, des Satans adolescents,
Au son d'une musique mahométane
Font litière aux sept péchés de leurs cinq sens.

C'est la fête aux sept Péchés, ô qu'elle est belle !
Ô les Désirs rayonnaient en feux brutaux :
Les Appétits, pages prompts que l'on harcèle,
Promenaient des vins roses dans des cristaux.

Visages d'or, corps de marbre et pieds d'argile
Jetaient leur ombre immense sur les tapis.
Ô qui dira dignement la danse agile,
Et les plaisirs aux yeux des femmes tapis ?

Et la bonté qui s'essorait de ces choses
Était vraiment singulière, tellement
Que la campagne autour se fleurit de roses
Et que le ciel paraissait en diamant.

— Or le plus beau d'entre tous ces mauvais anges
Avait seize ans sous sa couronne de fleurs.
Croisant ses bras sur ses colliers et ses franges
Il songeait, l'œil plein de flammes et de pleurs.

En vain la joie alentour était immense,
En vain les Satans ses frères et ses sœurs,
Pour dissiper cette morose démence
Le consolaient avec des mots caresseurs.

---

1. Texte de la copie exécutée par Rimbaud. Fac-similés : Catalogue Pierre Berès, *Éditions originales, manuscrits et lettres autographes*, Paris, 1956, nº 631 (vers 1-32) ; Vente de la Bibliothèque du Château de Prye, Paris, Drouot-Montaigne, 27 juin 1990, nº 269 (vers 1-32 et 68-100).

Il résistait à toutes câlineries,
Et le souci mettait un papillon noir
À son beau front chargé de bijouteries.
Ô l'immortel et terrible désespoir !

Il s'écriait : « Ô vous laissez-moi tranquille ! »
Puis les ayant baisés tous bien tendrement
Il s'évada d'avec eux d'un geste agile
Leur laissant aux mains des pans de vêtement.

— Le voyez-vous sur la tour la plus céleste
Du haut palais, avec une torche au poing ?
Il la brandit comme un héros fait d'un ceste.
D'en bas on croit que c'est une aube qui point.

Qu'est-ce qu'il dit de sa voix profonde et tendre
Qui se marie aux claquements clairs du feu
Et que la Lune est extatique d'entendre ?
— Ô je serai celui-là qui créera Dieu.

« Nous avons trop souffert, tous, anges et hommes,
« De cet exil aux si mornes désaveux.
« Humilions, misérables que nous sommes,
« Tous nos élans dans le plus simple des vœux.

« Ô les Pécheurs, ô les Saints ouvriers tristes,
« De vos travaux pour quelque maître têtu
« Que n'avez-vous fait en habiles artistes,
« De vos efforts, la seule et même vertu ?

« Vous le saviez, qu'il n'est point de différence
« Entre ce que vous dénommez Bien et Mal.
« Qu'au fond des deux vous n'avez que la souffrance.
« Je veux briser ce Pacte trop anormal.

« Il ne faut plus de ce schisme abominable !
« Il ne faut plus d'enfer et de paradis !
« Il faut l'Amour ! meure Dieu ! meure le Diable !
« Il faut que le bonheur soit seul, je vous dis !

« Et pour répondre à Jésus qui crut bien faire
« En maintenant l'équilibre de ce duel,
« Par Moi, l'Enfer, dont c'est ici le repaire,
« Se sacrifie à l'Amour universel.

« Sûr de renaître en des fraîcheurs aurorales,
« L'Enfer se brûle afin de voir réunis
« Les sept Péchés aux trois Vertus théologales
« Dans le ciel libre où monte le cri des nids ! »

— La torche tombe de sa main éployée.
Et l'incendie alors hurla s'élevant
Querelle énorme d'aigles rouges noyée
Au remous noir de la fumée et du vent.

Et les Satans mourant chantaient dans les flammes.
Ayant compris, ils étaient fiers et joyeux
Et ce beau chœur de voix d'hommes et de femmes
Flambait avec les pavillons somptueux.

Et lui, dont nul ne sait le nom ni l'histoire,
Droit sur la tour où le feu monte en léchant,
En attendant la mort, ivre de sa gloire,
Mêlait l'accent de son orgueil à ce chant.

Les bras tendus au ciel comme vers un frère,
Un grand sourire aux lèvres, il s'exaltait ;
Quant retentit un affreux coup de tonnerre.
Tout s'éteignit... Seul un rossignol chantait.

On n'avait pas agréé le sacrifice.
Quelqu'un de fort et de juste assurément,
Au nom du ciel provoqué, faisant l'office
De justicier, envoyait ce châtiment.

Du haut palais aux cent tours, pas un vestige,
Rien ne resta dans ce désastre inouï.
Afin que par un formidable prestige
Ceci ne fût qu'un vain rêve évanoui.

Et dans la nuit, — doucement, dans une plaine,
Un petit bois agitait ses rameaux noirs.
De clair de lune au lointain l'herbe était pleine ;
De petits lacs luisaient comme des miroirs.

Le rossignol épanchait sa triste plainte
Répercutée au gazouillis des ruisseaux.
Ce paysage était d'une paix si sainte
Qu'on se fût mis à genoux dans les roseaux,

Sur les cailloux, parmi le sable des routes,
Attendri sous ce ciel immémorial,
Pour adorer dans toutes ses œuvres, toutes,
Le Dieu clément qui nous sauvera du mal.

*

L'IMPÉNITENCE FINALE [1]
(chronique parisienne)

La petite marquise Osine est toute belle.
Elle pourrait aller grossir la ribambelle
Des folles de Watteau sous leur chapeau de fleurs
Et de soleil, mais, comme on dit, elle aime ailleurs.
Parisienne en tout, spirituelle et bonne
Et mauvaise à ne rien regretter de personne,
Avec ces airs mi-faux qui font que l'on vous croit,
C'est un ange fait pour le monde qu'elle voit,
Un ange blond, et même on dit qu'elle a des ailes.
Vingt soupirants brûlés du feu des meilleurs zèles
En vain avaient quêté leur main à ses quinze ans,
Quand le pauvre marquis, quittant ses paysans
Comme il avait quitté son escadron, vint faire
Escale au Jockey. Vous connaissez son affaire

---

1. Texte de la copie exécutée par Rimbaud. Manuscrit : Verlaine, dossier *Jadis et naguère,* Bibliothèque littéraire Jacques Doucet. Fac-similé : Steve Murphy, « Rimbaud copiste de Verlaine : "L'Impéni-tence finale" », *Parade sauvage*, n° 9, février 1994, p. 65-68.

Avec Jane, de qui, — mon dieu, qui l'aurait cru ? —
Le cher garçon était absolument féru,
Son désespoir après le départ de la grue,
Son duel avec Gontran... c'est vieux comme la rue.
Bref il vit la mignonne un soir dans un salon.
Il l'aima comme un fou tout d'un coup. Même l'on
Sait qu'il en oublia si bien son infidèle
Qu'on le voyait le jour d'ensuite avec Adèle.
— Temps et mœurs ! — La petite (ô l'on jase aux Oiseaux)
Savait tout le roman du pauvre, jusques aux
Moindres chapitres : elle en conçut de l'estime.
Aussi, quand le marquis offrit sa légitime
Et son nom contre sa menotte, elle dit : oui
Avec un franc parler d'allégresse inouï.
Les parents voyant sans horreur ce mariage
(Le marquis était riche et pouvait passer sage)
Signèrent au contrat avec laisser-aller.
Elle, qui voyait là quelqu'un à consoler
Ouït la messe dans une ferveur profonde.

Elle le consola deux ans. Deux ans du monde !

Mais tout passe.
          Si bien qu'un jour qu'elle attendait
L'Autre, et que le dit autre atrocement tardait,
De dépit la voilà soudain qui s'agenouille
Devant l'image de la Vierge à la quenouille
Qui se trouvait là dans cette chambre en garni,
Demandant à Marie, en son trouble infini,
Pardon de son péché si grand, si cher encore,
Bien qu'elle croie au fond du cœur qu'elle l'abhorre.

Comme elle relevait son front d'entre ses mains,
Elle vit **Jésus-Christ** avec les traits humains
Et les habits qu'il a dans les tableaux d'église.
Sévère, il regardait tristement la marquise.

La Vision flottait blanche dans un jour bleu
Dont les ondes voilant l'apparence du lieu,

Semblaient envelopper d'une atmosphère élue
Osine qui tremblait d'extase irrésolue,
Et qui balbutiait des exclamations.
Des accords assoupis de harpes de Sions
Célestes descendaient et montaient par la chambre
Et des parfums d'encens, de cinnamome et d'ambre
Fluaient, et le parquet retentissait de pas
Respectueux de pieds que l'on ne voyait pas
Tandis qu'autour bruyait en cadences soyeuses
Un grand frémissement d'ailes mystérieuses.

La marquise restait à genoux, attendant
Toute adoration, peureuse cependant.
Et le Sauveur parla.

                    « Ma fille, le temps passe,
« Et ce n'est pas toujours le moment de la grâce.
« Profitez de cette heure, ou c'en finit de vous. »

La vision cessa. —

                    Oui certes qu'il est doux
Le roman d'un premier amant : l'âme s'essaie.
Tel un jeune coureur à la première haie.
C'est si mignard qu'on croit à peine que c'est mal.
Quelque chose d'étonnamment matutinal !
On sort du mariage et de la nuit. C'est comme
Qui dirait la lueur aurorale de l'Homme,
Et les baisers parmi cette fraîche clarté
Sonnent comme des cris d'alouette en été.
Ô le premier amant, souvenez-vous, mesdames !
Vagissant et timide élancement des âmes
Vers le fruit défendu qu'un soupir révéla...
— Mais le second amant d'une femme, voilà !
On a tout su. La faute est bien délibérée
Et c'est bien un nouvel état que l'on se crée,
Un autre mariage à soi-même avoué.
Plus de retour possible au foyer bafoué.
Le mari, débonnaire ou non, fait bonne garde

Et dissimule mal. Déjà rit et bavarde
Le monde hostile et qui sévirait au besoin.
Ah ! que l'aise de l'autre intrigue se fait loin !
Mais aussi, cette fois, comme on vit, comme on aime !
Tout le cœur est éclos en une fleur suprême.
Ah ! c'est bon ! Et l'on jette à ce feu tout remords.
On ne vit que pour Lui, tous autres soins sont morts.
On est à Lui, on n'est qu'à Lui. C'est pour la vie,
Ce sera pour après la vie ! Et l'on défie
Les lois humaines et divines. Car on est
Folle d'âme et de corps, car on ne reconnaît
Plus rien et l'on ne sait plus rien sinon qu'on aime !

Or cet amant était justement le deuxième
De la marquise, — ce qui fait qu'un jour après
S'être juré d'en oublier tout, jusqu'aux traits,
Elle le revoyait pour le revoir encore.
Quant au miracle, comme une odeur s'évapore,
Elle n'y pensa plus bientôt que vaguement.

Un matin, elle était dans son jardin charmant ;
Un matin de printemps, un jardin de plaisance.
Les fleurs vraiment semblaient saluer sa présence
Et frémissaient au vent léger et s'inclinaient ;
Et les feuillages, verts tendrement, lui donnaient
L'aubade d'un timide et délicat ramage.
Et les petits oiseaux, volant sur son passage,
Pépiaient à loisir dans l'air tout embaumé
Des fleurs et des bourgeons et des gommes de mai.
Elle pensait à Lui : sa vue errait distraite
À travers l'ombre jeune et la pompe discrète
D'un grand rosier bercé d'un mouvement câlin.
Quand elle vit **Jésus** en longs habits de lin,
Qui marchait écartant les branches de l'arbuste
Et la couvrait d'un long regard fixe, et le Juste
Pleurait, et tout en un instant s'évanouit.

Elle, se recueillait. Soudain, un petit bruit
Se fit, on lui portait en secret une lettre

Une lettre de Lui, qui lui marquait peut-être
Un rendez-vous... Elle ne put la déchirer...
....
Marquis, pauvre marquis, qu'avez-vous à pleurer
Au chevet de ce lit de blanche mousseline ?
— Elle est malade, bien malade. « Sœur Aline,
A-t-elle un peu dormi ? — Mal, monsieur le marquis. »
Et le marquis pleurait. « Elle est ainsi depuis
Deux heures, somnolente et calme, mais que dire
De la nuit ? ô monsieur le marquis. Quel délire !
Elle vous appelait, vous demandait pardon
Sans cesse, encor, toujours, et cherchait le cordon
De sa sonnette... » — Et le marquis frappait sa tête
De ses deux poings, et fou, dans sa douleur muette
Marchait à grands pas sourds sur les tapis épais.
— Dès qu'elle fut malade elle n'eut pas de paix
Qu'elle n'eût avoué ses fautes au pauvre homme
Qui pardonna. — La Sœur, pâle, dit : « Elle eut comme
Un rêve, un rêve affreux. Elle voyait Jésus
Terrible, dans la nue et qui marchait dessus,
Un glaive dans la main droite et de la main gauche
Qui ramait lentement comme une faulx qui fauche,
Écartait sa prière, et passait furieux... »
— Elle dormait. Ô tour bleuâtre de ses yeux
Fermés à peine ! ô ses Paupières violettes !
Ô ses petites mains qui tremblent maigrelettes !
Ô tout son corps perdu dans les draps étouffants !
Regardez : elle meurt de la mort des enfants !

Un prêtre en blanc surplis se penche à son oreille ;
Elle s'agite un peu. la voilà qui s'éveille,
Elle voudrait parler... Mais elle se rendort
Plus pâle...
              Et le marquis : « Est-ce déjà la mort ? »
Et le docteur lui prend les deux mains et sort vite.

On l'enterrait hier matin... Pauvre petite !

Brux. Août 1873.

VARIANTES

1. ROMANCES SANS PAROLES

Abréviations (voir références complètes, p. 49-51)

Poèmes envoyés à Émile Blémont : *B*
Poème envoyé à Lepelletier : *L* [IIᵉ section de *Birds in the night*]
Manuscrit des quatre premières ariettes (Doucet) : *D*
Manuscrit ancienne collection Saffrey (poèmes reproduits en fac-similé et choix de variantes relevées par J. Robichez) : *S*
La Renaissance littéraire et artistique, 18 mai 1872 : *Rm*
La Renaissance littéraire et artistique, 29 juin 1872 : *Rj*
L'Artiste, 19 août 1877 : *A* [« Chevaux de bois »]
Romances sans paroles, Vanier, 2ᵉ édition, 1887 : *1887*
Anthologie des poètes français, Lemerre, [1888] : *AL* [« Green »]
Album de vers et de prose, Librairie nouvelle, [1888] : *VP* [*Ariettes oubliées,* III ; « Green »]
Romances sans paroles, Vanier, 3ᵉ édition, 1891 : *1891*
Choix de poésies, Charpentier, 1891 : *1891a*

Les coquilles et les fautes d'orthographe manifestes apparaissant dans les différentes éditions ne sont pas reprises dans l'apparat critique (mais nous avons conservé *cîmes* dans « Bruxelles, Simples fresques I », vers 7).

Les variantes de la version de « Chevaux de bois » publiée dans *Sagesse* ne sont pas prises en compte dans l'apparat critique. Voir ce texte dans l'Appendice, p. 279.

ROMANCES SANS PAROLES

Dédicace : à/ Arthur Rimbaud/ P.V./ Londres, mai 1873/
~~P.V.~~ *barrée* D.

ARIETTES OUBLIÉES

I. « C'est l'extase langoureuse » (p. 71)

Titre : Romance sans paroles *Rm ; pas de numérotation 1891*
// *Vers 3 :* bois ; *Rm* // // *Vers 7 :* murmure *D* // *Vers 10 :*
expire, *Rm* // *Vers 11 :* Cela fait sous l'eau qui vire *Rm* // *Vers
12 :* cailloux *D* // *Vers 16 :* tienne *Rm* // *Vers 18 :* Dans ce
tiède *Rm*.

II. « Je devine, à travers un murmure » (p. 73)

Titre : Escarpolette *B* // *Épigraphe :* πειθωμεθα νυκτι
μελαινη (Homère.) *B ;* πειθωμετα νυκτι μελαινη (Homère.)
biffée au crayon D // *Vers 1 :* murmure *1891* // *Vers 2 :*
anciennes *1887, 1891, 1891a* // *Vers 3 : Verlaine avait d'abord
écrit* Et dans la buée musicienne *corrigé par* Et, dans des lueurs
musiciennes, *B* // *Vers 4 : Verlaine avait d'abord écrit* J'entre-
vois *corrigé dans la marge par* Amour pâle, *B ;* future ; *B* //
Vers 5 : Et mon cœur et mon âme *B (et et* âme *surchargent un
autre mot)* // *Vers 7 :* Où tremblotte, au milieu du jour trouble
B (du surcharge d'un *biffé) ;* tremblote à *1887, 1891, 1891a ;*
trouble *1887, 1891, 1891a* // *Vers 8 :* – hélas ! de toutes
lyres !... *B* // *Vers 9 :* Oh ! *B* // *Vers 10 :* – cher amour qui
t'épeures – *B* // *Vers 11 :* vieilles et jeunes heures !... *B* // *Vers
12 :* Oh ! *B.*

III. « Il pleure dans mon cœur » (p. 75)

Épigraphe : It rains, and the wind is never weary (Longfellow.) *ajoutée à droite du n° III, biffée à l'encre et remplacée
par* « Il pleut doucement sur la ville » (Arthur Rimbaud) *D* //
Vers 2 : ville *D* // *Vers 4 :* cœur. *VP* // *Vers 8 : les deux
premières lettres de* chant *surchargent* br *D* // *Vers 9 : le premier* s *de* sans *surcharge un* d *D* // *Vers 10 :* qui s'effrite *biffé
et corrigé au-dessus par* s'y noie *puis en dessous par* s'ennuie,
formes biffées à leur tour et remplacées dans la marge par
s'écœure *D* // *Vers 11 :* trahison ?... *D* // *Vers 12 :* deuil *répété
sous le vers et dans la marge corrige un autre mot, biffé D* //

*Vers 12-13 : Verlaine avait répété ici la 2ᵉ strophe, sans ponc-
tuation, entièrement barrée par la suite D // Vers 14 :* pourquoi
D // Vers 15 : haine *D // Vers 16 :* peine *1887, 1891a.*

IV. « Il faut, voyez-vous, nous pardonner les choses »
(p. 77)

Épigraphe : pas d'épigraphe 1887, 1891, 1891a // Vers 1 :
choses *D ;* choses. *1887, 1891, 1891a // Vers 2 :* heureuses,
1887, 1891, 1891a // Vers 4 : pleureuses *D // Vers 5 :* sommes
D // Vers 7 : hommes *D // Vers 8 :* exile. *1887, 1891, 1891a //
Vers 10 :* étonnées *D // Vers 11 :* charmilles *D, 1887, 1891,
1891a.*

V. « Le piano que baise une main frêle » (p. 79)

Titre : Ariette *Rj // Épigraphe : pas d'épigraphe Rj // Vers
2 :* gris, *Rj ;* vaguement *S // Vers 3 :* aile, *Rj // Vers 4 :* Un Air
Rj ; charmant, *Rj // Vers 5 :* Rôde, *Rj // Vers 6 :* boudoir longtemps *Rj, 1887, 1891, 1891a // Vers 9 :* doux Chant *S ;* vieux
Chant *Rj // Vers 10 :* vieux Refrain *Rj.*

VI. « C'est le chien de Jean de Nivelle » (p. 81)

Épigraphe : « Au clair de la lune mon ami Pierrot » *biffée S
// Vers 4 :* François-les-bas-bleus *1887, 1891, 1891a // Vers 5 :*
lune *1887, 1891, 1891a // Vers 10 :* Roi. *1887, 1891, 1891a //
Vers 11 :* famé *1891 // Vers 12 :* joie ! *1891 // Vers 13 :* Oui
dam ! *1887, 1891a ;* Oui dame ! *1891 // Vers 16 :* vobiscum *en
italiques 1891 // Vers 17 :* en *1887, 1891, 1891a // Vers 22 :*
Car tant *1887, 1891, 1891a // Vers 24 :* Loss ! *1887, 1891,
1891a // Vers 25 :* Arrière, *1887, 1891, 1891a // Vers 29 :
anticipation :* Cependant jamais fatigué *biffé et corrigé par*
Voici que la nuit vraie arrive... *S // Vers 32 :* François-les-bas-
bleus *1887, 1891, 1891a.*

VII. « Ô triste, triste était mon âme » (p. 85)

Vers 1-8 : pas de ponctuation sauf point final S // Vers 4 :
allé, *1887, 1891, 1891a // Vers 8-9 : séparés par trois points
en triangle S ; pas de séparation entre les distiques 1887, 1891,
1891a // Vers 9 :* cœur mon *S // Vers 11 : —* le fût *ajouté dans
un espace blanc ménagé par Verlaine, qui avait d'abord écrit*
est-il *en fin de vers,* est *étant biffé S // Vers 13 : Verlaine avait
d'abord écrit* Ô mon cœur, ô mon âme *puis* Et mon cœur à

mon âme *remplacés par* Mon âme dit à mon cœur *S // Vers 16 :*
loin *surcharge* bien *S ; le* ? *surcharge un* ! *S.*

VIII. « Dans l'interminable » (p. 87)

Vers 2 : plaine, *1891a // Vers 4 :* sable *S // Vers 5 :* cuivre,
1891a // Vers 6 : aucune. *1887, 1891a ;* aucune, *1891 // Vers
13 :* cuivre, *1891a // Vers 14 :* aucune. *1887, 1891, 1891a //
Vers 18 :* vous les *1891 // Vers 19 :* bises aigres *1887, 1891,
1891a // Vers 22 :* plaine, *1891a.*

IX. « L'ombre des arbres dans la rivière embrumée » (p. 89)

Vers 3 : réelles, *1891a.*

Date de l'ensemble : Mai, Juin, 1872 *1891 ;* Mai-Juin 1872
1891a.

PAYSAGES BELGES

Walcourt (p. 93)

Vers 15 : aubaines, *1887, 1891, 1891a // Date :* Juillet 72 *S ;*
Juillet 1873 *1887, 1891, 1891a.*

Charleroi (p. 95)

Vers 2 : vont *1887, 1891.*

Bruxelles. Simples fresques

Titre : pas de titre collectif B ; Bruxelles *1891a.*

I. « La fuite est verdâtre et rose » (p. 97)

Titre : Simple fresque, I *(Verlaine avait d'abord écrit*
Simples fresques*) B // Épigraphe :* « Près de la ville de
Bruxelles en Brabant » (Compl.^te d'Isaac Laquedem) *B // Vers
2 :* rampes *B // Vers 4 :* toutes choses *B // Vers 5 :* abimes *B //
Vers 6 :* s'ensanglante *B ;* s'ensanglante. *S // Vers 7 :* cimes *B,
1891, 1891a // Vers 9 :* à peine, *B // Vers 10 :* automne. *1887,
1891, 1891a // Vers 11 :* rêvassent, *B, 1887, 1891.*

II. « L'allée est sans fin » (p. 99)

Titre : Paysage belge *B (pas de numérotation) // Vers 1 :* fin, *B // Vers 3 :* ainsi : *B // Vers 7 :* mis *B // Vers 9 :* Royers-Collards *B, 1891, 1891a ;* Royers Collards *1887 // Vers 10 :* château : *B // Vers 12 :* vieillards ? *B // Vers 13 :* château tout blanc, *B // Vers 15 :* couché ; *(un tiret transformé en* ;*) B // Vers 16 :* entour : *B ;* alentour... *1891a // Date :* Bruxelles. auberge du jeune Renard, Août 72. *B ;* auberge *surcharge un autre mot S.*

Bruxelles. Chevaux de bois (p. 101)

Titre : Chevaux de bois *ajouté en dessous du titre primitif :* Bruxelles. *S ;* Chevaux de bois *B, A ;* III. Chevaux de bois *1891a // Épigraphe :* Par St Gille/ Viens nous en *B ; le* s *de* Gilles *est biffé S ; pas d'épigraphe A // Vers 2 :* tours *B // Vers 3 :* toujours *B // Vers 4 :* tournez, *A // Vers 6 :* Sont *biffé puis réécrit S ;* chambre, *A // Vers 7 : pas de ponctuation S, B ;* Cambre, *A, 1887, 1891, 1891a // Vers 9 :* cœur, *A, 1887, 1891, 1891a // Vers 10 :* de votre tournois *S, B ;* de votre tournoi, *A // Vers 11 :* des filous sournois *B ;* sournois, *A, 1887, 1891, 1891a // Vers 12 :* vainqueur *B // Vers 14 :* bête : *B // Vers 15 :* tête *B // Vers 16 :* foule ! *B // Vers 18 :* éperons, *A, 1887, 1891, 1891a // Vers 20 : Verlaine avait d'abord écrit* espoirs *B ;* foin ! *A // Vers 21 :* âme *B // Vers 22 :* Déjà voici *B, A // Vers 23 :* colombe *B, A // Vers 25 :* tournez, *A // Vers 26 :* lentement : *B ;* lentement, *A // Vers 27 :* l'amant, *A // Vers 28 :* tambours ! *A // Date :* Champ de foire de St-Gilles-lez-Bruxelles, août 72. *B (séparée du poème par un trait) ;* Champ de foire de St-Gilles *A.*

Malines (p. 105)

Vers 1 : prés le *S, 1887, 1891, 1891a // Vers 5 :* fin... *1887, 1891, 1891a // Vers 6 :* féeries *1887, 1891, 1891a // Vers 6-10 : Verlaine avait d'abord écrit* Comme des arbres de féeries / Des frênes, vague frondaison / Font un oscillant horizon / À ce Sahara de praieries, / Trèfle, luzerne et blanc gazon. *progressivement corrigé pour aboutir aux leçons originales S // Vers 11 : le début biffé et corrigé par* Le railway défile *biffé à son tour et remplacé à nouveau par* Les wagons filent *S // Vers 13 :* vaches, *S // Vers 14 :* immense *S // Vers 15 :* vos yeux *1891a // Vers 16-20 : pas de ponctuation à part le point final S // Vers 18 :* bas et *1887, 1891, 1891a // Date :* Août 72 *S.*

BIRDS IN THE NIGHT (p. 107)

Épigraphes : pas de ponctuation dans la première S ; pas d'épigraphes B, 1887, 1891 // Dans B, les poèmes présents sont numérotés I, II, III.

« Vous n'avez pas eu toute patience » (p. 109)

Vers 1 : patience *B // Vers 2 :* Cela *surcharge un autre mot B ;* du reste, *B ;* de reste. *1887, 1891 // Vers 3 :* insouciance *B // Vers 4 :* céleste *B // Vers 6 :* se comprend *B // Vers 7 :* sœur *B // Vers 8 :* indifférent. *B // Vers 9 :* Aussi me voilà *B ;* Aussi me *1887, 1891 // Vers 10 :* Non certes joyeux, mais bien calme en somme (bien *surcharge un autre mot*) *B // Vers 11 :* néfastes *B // Vers 12 :* D'être grâce à *vous*, un lamentable homme *B.*

« Et vous voyez bien que j'avais raison » (p. 109)

Titre : La mauvaise chanson II *L ;* II *B // Vers 13 :* Là ! vous voyez bien que j'avais raison *B ;* Là ! n'est-il pas vrai que j'avais raison *L ;* raison. *1887, 1891 // Vers 14 : pas de ponctuation B ;* disais dans *1891 ;* noirs *L // Vers 15 :* espoirs, *1891 // Vers 16 : la leçon* couvaient *est présente dans B // Vers 17 :* le j *de* juriez *surcharge une autre lettre B // Vers 18 :* lui-même, *B ;* (qui mentait lui-même) *L // Vers 19 :* prolonge *B, L // Vers 20 :* votre *souligné B ;* votre voix *souligné L ;* Je *1891 // Vers 21 :* Rien de tel, hélas ! que le seul désir *L // Vers 22 : Verlaine avait d'abord écrit* D'être heureux, heureux ! *corrigé par la leçon originale L ;* — malgré la saison ! *L // Vers 23 :* plaisir *B ;* – Mais *L.*

« Aussi bien, pourquoi me mettrai-je à geindre ? » (p. 111)

Vers 25 : bien pourquoi *1887, 1891 ;* mettrais-je à geindre *S // Vers 26 :* aimez *S, B, 1891 ;* conclue. *B // Vers 27 :* Et ne *B, 1887 // Vers 28 :* résolue ! *B // Vers 29 :* souffrirai, *1891 // Vers 29-31 :* Oui, je souffrirai comme un bon soldat/ Blessé qui s'en va mourir dans la nuit/ Du champ de bataille où s'endort tout bruit (s'endort *surcharge un autre mot*) *B // Vers 32 :* – Plein *B // Vers 35 :* patrie *B ;* Patrie, *1891.*

« Or, je ne veux pas, — le puis-je d'abord ? » (p. 111)

Vers 37 : Et puis, je ne veux *corrigé par* Puis, je ne veux pas *corrigé par* Or, je ne veux pas *S // Vers 41 :* qui n'est plus

que souvenance *S // Vers 46 : pas de ponctuation S ;* remords
qui n'est pas banal, *1887, 1891 // Vers 48 :* votre mémoire
remplace vos beaux serments *biffé S ;* mal ! *S, 1887, 1891.*

« Je vous vois encor. J'entr'ouvris la porte » (p. 113)

Vers 49 : porte *S ;* porte. *1887, 1891 // Vers 50 :* lit, comme
fatiguée. *S // Vers 51 :* emporte *S // Vers 52 : le* p *de* éplorée *surcharge une autre lettre S //* Vers 53 : fous *S // Vers 54 :* pleurs
remplace larmes *S // Vers 55 :* seront entre tous *S ;* seront entre
1887, 1891 // Vers 59 : vous enfin, *S ;* vous, enfin, *1887, 1891.*

« Je vous vois encor ! En robe d'été » (p. 113)

Vers 61 : encore ! *S // Vers 63 :* n' *surcharge* l' *S // Vers
64 :* tantôts, *1891 // Vers 66 :* Avait reparue *S ;* Était reparue
1887, 1891 // Vers 71 : souvenir, *S.*

« Par instants je suis le pauvre navire » (p. 115)

Vers 73 : instants, *1891 ; le* p *de* pauvre *surcharge une
majuscule S // Vers 77 :* instants, *1891 ;* Pécheur *S // Vers 80 :*
Enfer, *S // Vers 82 :* chrétien sous *S // Vers 84 :* un œil de sa
face ! *S // date :* Bruxelles, Londres 7bre 8bre 72 *S.*

AQUARELLES

Green (p. 119)

Titre : Verlaine avait ajouté un s *à* Green, *biffé par la suite
S // Vers 2 :* cœur qui *S, VP // Vers 3 :* blanches *1887, 1891,
1891a // Vers 5-12 : pas de ponctuation S // Vers 9 :* Entre vos
jeunes seins *S ;* rouler *remplace* dormir *S // Vers 11 :* encor
remplace encore *S // Vers 12 :* un peu, *AL.*

Spleen (p. 121)

Vers 6 : doux *S, 1891 // Vers 7 :* attendre *1891.*

Streets (p. 123)

I. « Dansons la gigue ! » (p. 123)

Vers 2 : yeux *S // Vers 3 :* cieux *S // Vers 7 :* amant *S // Vers
11 :* fleur *S // Vers 12 :* cœur *S.*

II. « Ô la rivière dans la rue ! » (p. 125)

Vers 3 : Entre deux murs hauts *S // Vers 5 :* pure *S // Vers 9 :* Dévale *surcharge* Coule *S.*

Child Wife (p. 127)

Titre : the child wife *B ;* Child Wife *remplacé par* The pretty one *correction reportée sur l'exemplaire de la British Library // Vers 1 :* simplicité *B // Vers 2 :* enfant, *B // Vers 3 :* dépité *B // Vers 7 :* ô déplorable sœur, *B // Vers 10 :* méchant. *B // Vers 15 :* mère, ô douleur, *B // Vers 16 :* agnelet, *B // Vers 17 :* n'aurez pas *S, B // Vers 18 :* fort *B // Vers 19 :* Joyeux *corrige* Grave *B // Vers 20 :* mort. *B // Date :* Londres, 2 Avril 1873 *B.*

A Poor Young Shepherd (p. 129)

Vers 4 : reposer. *1887, 1891, 1891a // Vers 7 :* jolis *B // Vers 8 :* délicate, *1891a // Vers 9 :* pâlis... *B // Vers 11 :* saint Valentin ! *1891 // Vers 15 :* saint Valentin ! *1891 // Vers 16 :* promise *B // Vers 17 :* heureusement *B // Vers 21 : pour signifier la reprise de la première strophe Verlaine a écrit* J'ai peur d'un baiser, etc. *B.*

Beams (p. 131)

Vers 1 : aller *surcharge* marcher *S // Vers 1-4 : pas de ponctuation sauf le point final S // Vers 6 :* or, *S, 1891 // Vers 8 :* vagues — ô *S ;* vagues, ô *1887, 1891, 1891a // Vers 9-12 : pas de ponctuation sauf le point final S // Vers 10 :* Et *surcharge* Des *S // Vers 11 :* warechs *S, éd. originale 1874 // Vers 12 :* pieds *surcharge* pas *S // Vers 13 :* retourna doucement inquiète *S // Vers 14 :* rassurés, *S // Vers 15 :* Mais *remplace* Et *biffé S ;* préférés *S // Vers 16 :* en portant haut la tête *S ;* et portait haut sa tête. *1887, 1891, 1891a // Date :* « Princesse de Flandres » *S ;* Flandres *1891a.*

2. CELLULAIREMENT

On trouvera dans l'ordre, pour chacun des poèmes, avec les abréviations d'usage :

1. L'indication de la ou des versions manuscrites éventuelles, y compris les états tardifs ;

2. L'indication de la ou des versions imprimées du vivant de Verlaine ;

3. Une suite de variantes.

Le texte de base est, pour chacun des poèmes imprimés du vivant de Verlaine, celui de l'édition *princeps* corrigé par les variantes du ms. *A* (voir, pour de plus amples détails, les Notes sur l'établissement du texte, p. 53-62).

Abréviations (voir références complètes, p. 63)

Correspondance à Lepelletier : *L*
Manuscrit principal, décrit par E. Dupuy : *A*
Cahier « Heilbrun » complété par « Crimen amoris » et « Bouquet à Marie » : *B*
Manuscrit contenant *Final* suivi de « Bouquet à Marie » : *C*
Manuscrit isolé de « Bouquet à Marie » : *D*
Manuscrit isolé de « Autre » : *E*

Les fautes d'orthographe (manuscrites ou imprimées) et les coquilles dues aux impressions successives ne sont pas prises en compte dans l'apparat critique. Les limites imposées par cette édition ne nous permettent pas de reporter ici les très nombreuses variantes de ponctuation.

Titre du recueil : *dans une lettre à Delahaye du 7 mai 1875, Verlaine annonce à son ami l'envoi des vers de* Cellulairement/ par/ Paul Verlaine/ Bruxelles – Mons 1873-1875./ (En Épigromphe) : « Dans les fers ! Voyez un peu le poëte ! » (J. de Maistre.) *; au terme de l'envoi, le 26 octobre 1875, il précise à Delahaye :* « sur la première page colle le titre *Cellulairement* 1873-1874. — Sans nom d'auteur » *; les autres mentions se limitent au titre,* Cellulairement, *sans dates ni épigraphe (ms. A, correspondance).*

Au lecteur (p. 135)

1. Lettre à Lepelletier du 22 août 1874 (Doucet) : *L*

2. *Lutèce*, 4-11 octobre 1885, sous le titre collectif *Révérence parler* (ɪ) : *1885*

Parallèlement, Vanier, 1889, sous le titre collectif *Révérence parler* (ɪ) : *1889*

Parallèlement, Vanier, nouvelle édition, 1894, sous le titre collectif *Révérence parler* (ɪ) : *1894*

3. *Titre :* Prologue d'un livre dont il ne paraîtra que les extraits ci-après *1885, 1889, 1894 // Épigraphe : pas d'épigraphe L, 1885, 1889, 1894 // Vers 3 :* ainsi qu'inopportune : *L // Vers 10 :* prison pour *L, 1885 // Vers 12 :* en romains *L, 1885, 1889, 1894 // Vers 15 :* Ægri Somnium *L ;* ægri somnium en italiques *1885, 1889, 1894 // Vers 17 :* la bonne foy *en italiques L // Vers 20 :* en romains *L, 1885, 1889, 1894 // Date :* pas de date *L, 1885, 1889, 1894 (mais date collective pour la série « Révérence parler » :* Bruxelles, août 1873. – Mons, janvier 1875. *1885, 1889, 1894).*

Impression fausse (p. 139)

1. Manuscrit joint aux épreuves de *Parallèlement* (variante données par Y.-G. Le Dantec) : *P*

2. *Lutèce*, 4-11 octobre 1885, sous le titre collectif *Révérence parler* (ɪɪ) : *1885*

Parallèlement, Vanier, 1889, sous le titre collectif *Révérence parler* (ɪɪ) : *1889*

Choix de poésies, Charpentier, 1891 : *1891*

Parallèlement, Vanier, nouvelle édition, 1894, sous le titre collectif *Révérence parler* (ɪɪ) : *1894*

3. *Titre :* Impressions fausses *1885 // Épigraphe : pas d'épigraphe 1885, 1889, 1891, 1894 // Entre la deuxième et la troisième strophe, une strophe supplémentaire dans P, 1885, 1889 (ici), 1891, 1894 :*

> Pas de mauvais rêve,
> Ne pensez qu'à vos amours.
> Pas de mauvais rêve :
> Les belles toujours !

Vers 9 et 11 : beau clair *1885 // Date : pas de date 1885, 1889, 1891, 1894 (mais date collective pour la série « Révérence parler » :* Bruxelles, août 1873. – Mons, janvier 1875. *1885, 1889, 1894).*

Autre (p. 141)

1. Lettre à Lepelletier [avant le 25 octobre 1873] (Doucet) : *L*
Manuscrit joint aux épreuves de *Parallèlement* (Charleville) : *E*
2. *Lutèce*, 4-11 octobre 1885, sous le titre collectif *Révérence parler* (III) : *1885*
Parallèlement, Vanier, 1889, sous le titre collectif *Révérence parler* (III) : *1889*
Choix de poésies, Charpentier, 1891 : *1891*
Parallèlement, Vanier, nouvelle édition, 1894, sous le titre collectif *Révérence parler* (III) : *1894*
3. *Titre :* Promenades au préau (prévenus.) *L ; dans E Verlaine avait d'abord écrit* Mons, promenade au préau (prévenus) *biffé et surchargé par* Autre // *Épigraphe : pas d'épigraphe L, E, 1885, 1889, 1891, 1894 // Vers 9-16 : rajoutés en marge E // Vers 9 :* Allez, Samsons *L // Vers 13 : Verlaine avait d'abord écrit* Vaincus risibles *L (les s sont biffés) // Vers 15 :* Tes Dieux, ta foi *L ;* Tes *surcharge un autre mot L // Vers 17 :* (et *L ; —* et *E // Vers 18 :* sec) *L ;* sec — *E // Vers 21 :* mot ou bien le cachot, *1885, 1889, 1891, 1894 // Vers 25 :* Cirque *(les premières lettres surchargent un autre mot) L // Vers 35 :* fleurs *L // Date :* Bruxelles, juillet 73, Prison des Petits Carmes. *L ;* Brux. Juillet 73 *E ; pas de date 1885, 1889, 1891, 1894 (mais date collective pour la série « Révérence parler » :* Bruxelles, août 1873. – Mons, janvier 1875. *1885, 1889, 1894).*

Sur les eaux (p. 145)

1. Manuscrit de *Sagesse* ayant appartenu à Charles de Sivry (variantes relevées par Y.-G. Le Dantec) : *S*
Manuscrit de *Sagesse* ayant appartenu à Ernest Delahaye (Fac-similé Messein) : *D*
2. *Sagesse*, Paris-Bruxelles, Palmé-Goemaere, 1881 [1880], III, VII : *1881*
Sagesse, Vanier, nouvelle édition revue et corrigée, 1889, III, VII : *1889*
Choix de poésies, Charpentier, 1891 : *1891*
Sagesse, Vanier, troisième édition revue et corrigée, 1893, III, VII : *1893*
3. *Titre : pas de titre S, D, 1881, 1889, 1891, 1893 // Vers 6 :* Mon esprit le couve *S ;* cherche *biffé et corrigé dans l'interligne par* couve *A ;* flots. Pourquoi, pourquoi ? *1881, 1889, 1891, 1893 // Vers 14 :* Un esprit la guide *(instinct est biffé) S,*

D // Vers 28 : Mon amour le couve *1881, 1889, 1891, 1893 //*
Date : Bruxelles, 7bre 1873 *dans l'exemplaire Kessler ; pas de*
date S, D, 1881, 1889, 1891, 1893.

Berceuse (p. 147)

1. Manuscrit de *Sagesse* ayant appartenu à Charles de Sivry
(variantes relevées par Y.-G. Le Dantec) : *S*
Manuscrit de *Sagesse* ayant appartenu à Ernest Delahaye
(Fac-similé Messein) : *D*
2. *Sagesse*, Paris-Bruxelles, Palmé-Goemaere, 1881 [1880],
III, v : *1881*
Sagesse, Vanier, nouvelle édition revue et corrigée, 1889, III,
v : *1889*
Choix de poésies, Charpentier, 1891 : *1891*
Sagesse, Vanier, troisième édition revue et corrigée, 1893,
III, v : *1893*
3. *Titre : pas de titre S, D, 1881, 1889, 1891, 1893 // Épi-*
graphe : pas d'épigraphe S, D, 1881, 1889, 1891, 1893 // Vers
8 : Oh ! la triste *D (Ô est biffé) // Date :* Mêmes lieu et date
[que la pièce IV *:* Bruxelles (Prison des petits Carmes Août
1873. après ma condamnation).*] dans l'exemplaire Kessler ;*
pas de date S, D, 1881, 1889, 1891, 1893.

La chanson de Gaspard Hauser (p. 149)

1. Manuscrit de *Sagesse* ayant appartenu à Charles de Sivry
(variantes relevées par Y.-G. Le Dantec) : *S*
Manuscrit de *Sagesse* ayant appartenu à Ernest Delahaye
(Fac-similé Messein) : *D*
2. *Sagesse*, Paris-Bruxelles, Palmé-Goemaere, 1881 [1880],
III, IV : *1881*
Album de vers et de prose, Bruxelles, Librairie nouvelle,
[1888] : *1888*
Sagesse, Vanier, nouvelle édition revue et corrigée, 1889, III,
IV : *1889*
Choix de poésies, Charpentier, 1891 : *1891*
Sagesse, Vanier, troisième édition revue et corrigée, 1893,
III, IV : *1893*
3. *Titre : biffé et remplacé par* Gaspard Hauser chante *S ;*
Gaspard Hauser chante. *D (intertitre) ;* Gaspard Hauser chante :
1881, 1888, 1889, 1891, 1893 (intertitre, en italiques) // Date :
Bruxelles (Prison des petits Carmes Août 1873. après ma

condamnation). *dans l'exemplaire Kessler ; pas de date S, D, 1881, 1888, 1889, 1891, 1893.*

Un pouacre (p. 151)

1. Lettre à Lepelletier [avant le 25 octobre 1873] (Doucet) : *L*
Manuscrit du dossier *Jadis et naguère* (Doucet) : *J*
Catalogue Andrieux, vente du 9 mai 1938 (variante donnée par Y.-G. Le Dantec) : *CA*
2. *Le Chat noir*, 18 août 1883, avec un surtitre : *Vers à la manière de plusieurs* (VII) : *1883*
Jadis et naguère, Vanier, 1884 : *1884*
Jadis et naguère, Vanier, nouvelle édition, 1891 : *1891*
3. *Titre :* Le Pouacre *L // Dédicace :* À Jean Moréas *J, 1884, 1891 // Vers 7 : Verlaine avait d'abord écrit* Tout mon passé, disons tout mon *J (*passé, *qui surcharge un autre mot, est biffé et corrigé par* remords *dans l'interligne) // Vers 8 :* Fredonne un refrain trop folâtre. *L (*Fredonne *surcharge un autre mot) // Vers 12 :* Avec une agilité rare *L // Vers 14 :* et cesse ces danses.» *1883, 1884, 1891 // Vers 16 :* « C'est moins farce *1883, 1884, 1891 (dans CA, Verlaine avait d'abord écrit* mouche *surchargé par* farce, *biffé à son tour) // Vers 17 :* ô doux morveux, *J, 1883, 1884, 1891 // Date :* — Br. 7bre 73. — *L ; pas de date 1883, 1884, 1891.*

Almanach pour l'année passée (p. 153)

Titre collectif pour ces quatre poèmes séparés par la suite : Mon almanach pour 1874 *dans la lettre à Lepelletier [avant le 23 octobre 1873] ; dans A, Verlaine avait d'abord écrit* Almanach pour 187*, *cette date biffée et remplacée par la leçon originale // Épigraphe : présente seulement dans A // Date collective (*Br. Septembre 1873*) présente seulement dans A.*

I. « La bise se rue... » (p. 153)

1. Lettre à Lepelletier [avant le 25 octobre 1873] (Doucet) : *L*
Manuscrit de *Sagesse* ayant appartenu à Ernest Delahaye (Fac-similé Messein) : *D*
2. *Sagesse*, Paris-Bruxelles, Palmé-Goemaere, 1881 [1880], III, xi : *1881*
Sagesse, Vanier, nouvelle édition revue et corrigée, 1889, III, xi : *1889*

Sagesse, Vanier, troisième édition revue et corrigée, 1893, III, xi : *1893*

3. *Titre :* Printemps *L // Pas de séparations strophiques D, 1881, 1889, 1893 // Vers 5 :* auprès des bois, *D // Vers 11 :* Qu'à chaque instant le vent retrousse. *L // Vers 12 :* le *biffé et corrigé par* mon *L // Vers 13 :* dans les talons *L, D // Vers 14 :* « Voici l'avril ». *L ; le vers, modifié, est suivi de 6 nouveaux vers (1881, 1889, 1893) :*

> Debout, mon âme, vite, allons !
> C'est le printemps sévère encore,
> Mais qui par instant s'édulcore
> D'un souffle tiède juste assez
> Pour mieux sentir les froids passés
> Et penser au Dieu de clémence...
> Va, mon âme, à l'espoir immense !

Date : Jehonville, Mai 73 à travers champs *dans l'exemplaire Kessler.*

II. « L'espoir luit... » (p. 155)

1. Lettre à Lepelletier [avant le 25 octobre 1873] (Doucet) : *L*
Manuscrit de *Sagesse* ayant appartenu à Ernest Delahaye (Fac-similé Messein) : *D*
2. *Sagesse*, Paris-Bruxelles, Palmé-Goemaere, 1881 [1880], III, iii : *1881*
Sagesse, Vanier, nouvelle édition revue et corrigée, 1889, III, iii : *1889*
Choix de poésies, Charpentier, 1891 : *1891*
Sagesse, Vanier, troisième édition revue et corrigée, 1893, III, iii : *1893*
3. *Titre :* Été *L // Vers 4 :* Que ne t'asseyais-tu *L // Vers 9 :* Rassure-toi. De grâce, *L ;* Midi sonne. *(les deux dernières lettres de* sonnent *sont biffées D) D, 1881, 1889, 1891, 1893 ; anticipation biffée dans D (Verlaine avait d'abord écrit* J'ai fait arroser dans la chambre*) // Vers 10 :* Il dort. C'est étonnant comme *D, 1881, 1889, 1891, 1893 ; cette leçon a été biffée dans A // Vers 11 :* Résonnent aux cerveaux *L ;* Résonnent au cerveau *D, 1881, 1889, 1891, 1893 // Vers 12 :* Midi sonne. *D (les deux dernières lettres de* sonnent *sont biffées) 1881, 1889, 1891, 1893 // Vers 13 :* Midi ! L'espoir *L ;* Va, dors ! L'espoir

D, *1881, 1889, 1891, 1893* // Date : Jehonville, Belgique Été
1873. *dans l'exemplaire Kessler.*

III. « Les choses qui chantent... » (p. 157)

1. Lettre à Lepelletier [avant le 25 octobre 1873] (Doucet) : *L*
2. *Lutèce*, 8-15 mars 1884 : *1884a*
Jadis et naguère, Vanier, 1884 : *1884*
Jadis et naguère, Vanier, nouvelle édition, 1891 : *1891*
3. *Titre :* Automne *L ;* Vendanges *1884a, 1884, 1891* // Dédicace : À Georges Rall *1884a, 1884, 1891* // Vers 2 : absente
remplace un autre mot, biffé L // Vers 5 : sang *surcharge un
autre mot L* // Vers 6 : Alors que notre âme s'est enfuie, *1884a,
1884, 1891* // Vers 7 : D'une voix jusqu'alors inouïe *1884a,
1884, 1891* // Vers 9 : Frère du sang de *1884a, 1884, 1891* //
Vers 10 : Frère du vin de *1884a, 1884, 1891.*

IV. « Ah ! Vraiment c'est triste... » (p. 159)

1. Lettre à Lepelletier [avant le 25 octobre 1873] (Doucet) : *L*
Catalogue Andrieux, vente du 9 mai 1938 (variantes données
par Y.-G. Le Dantec) : *CA*
Dossier de *Jadis et naguère* (Doucet, coupure avec corrections manuscrites) : *J*
2. *La Nouvelle Lune,* 11 février 1883 : *1883*
Jadis et naguère, Vanier, 1884 : *1884*
Jadis et naguère, Vanier, nouvelle édition, 1891 : *1891*
3. *Titre :* Hiver *L ;* Sonnet boiteux *1883, 1884, 1891* // Dédicace : À Ernest Delahaye *J, 1884, 1891* // Vers 1 : trop *ajouté
en marge J* // Vers 2 : On n'a pas le droit d'être *L* // Vers 5 :
crie, et quelle *CA* // Vers 6 : Le gaz est tout rouge et *L* // Vers
8 : comme un sénat de *1883, 1884, 1891* // Vers 9 : saute,
piaule, miaule, glapit *L ;* l'affreux pays *CA ;* saute, piaule,
miaule et *1883, 1884, 1891* // Vers 10 : brouillard sale et jaune
et rose des Sohos *L* // Vers 11 : Avec des all rights, et des
indeeds et des hos ! hos ! *L* // Vers 12 : martyre sans espérance,
1883, 1884, 1891 // Vers 12-13 : Ah vraiment cela finit trop
mal, vraiment c'est triste/ Comme un vers sans rime et comme
un fusil sans portée *L* // Date : Londres, 1873 *1883.*

Kaléidoscope (p. 161)

1. Pas d'autre manuscrit connu que l'état donné par E.
Dupuy.

2. *La Nouvelle Rive gauche*, 26 janvier-2 février 1883 : *1883*
Jadis et naguère, Vanier, 1884 : *1884*
Jadis et naguère, Vanier, nouvelle édition, 1891 : *1891*
3. *Dédicace* : À Germain Nouveau *1883, 1884, 1891 // Vers 10* : orgues moudront *1883, 1884, 1891 // Vers 16* : invocations à la mort de *1883, 1884, 1891 // Vers 19* : Et des veuves avec *1883, 1884, 1891 // Vers 22* : sourcils que la Dartre enfarine, *1883* ; que la dartre enfarine, *1884, 1891 // Vers 23* : senteurs d'urine, *1883, 1884, 1891 // Date* : 1873. *1883 ; pas de date 1884, 1891.*

Réversibilités (p. 163)

1. Lettre à Lepelletier des 24-28 novembre 1873 (Doucet) : *L*
Manuscrit joint aux épreuves de *Parallèlement* (variante donnée par Y.-G. Le Dantec) : *P*
2. *Lutèce*, 4-11 octobre 1885, sous le titre collectif *Révérence parler* (IV) : *1885*
Parallèlement, Vanier, 1889, sous le titre collectif *Révérence parler* (IV) : *1889*
Choix de poésies, Charpentier, 1891 : *1891*
Parallèlement, Vanier, nouvelle édition, 1894, sous le titre collectif *Révérence parler* (IV) : *1894*
3. *Titre* : Rengaines prisonnières *L ;* Sur une gare *1885 // Épigraphe : pas d'épigraphe L // Vers 14* : Ô grands *L // Vers 21* : Sans qu'on pleure, *L // Vers 23* : le début de deuils *surcharge un autre mot L // Date* : Mons, 8bre 73 *P (Verlaine avait d'abord écrit* 9bre, *biffé) ; pas de date L, 1885, 1889, 1891, 1894 (mais date collective pour la série « Révérence parler » :* Bruxelles, août 1873. – Mons, janvier 1875. *1885, 1889, 1894).*

À ma femme en lui envoyant une pensée (p. 165)

1. Pas de manuscrit connu.
2. *Lutèce*, 4-11 octobre 1885, sous le titre collectif *Révérence parler* (VII) : *1885*
Amour, Vanier, 1888 : *1888*
Choix de poésies, Charpentier, 1891 : *1891*
Amour, Vanier, nouvelle édition revue et augmentée, 1892 : *1892*
3. *Titre* : À madame X... en lui envoyant une pensée *1888, 1891, 1892 // Vers 6* : Ces serments *1885 // Vers 22* : selam *en*

italiques 1885 // Date : pas de date 1888, 1891, 1892 (mais date collective pour la série « Révérence parler » : Bruxelles, août 1873. – Mons, janvier 1875.*) 1885 ;* 1873, Mons *note de Verlaine sur un exemplaire annoté d'« Amour ».*

Images d'un sou (p. 169)

1. Lettre à Lepelletier des 24-28 novembre 1873 (Doucet, les 14 premier vers) : *L*
Dossier de *Jadis et naguère* (Doucet, coupure imprimée avec corrections manuscrites) : *J*
2. *La Revue critique*, 24 février 1884 : *1884a*
Jadis et naguère, Vanier, 1884 : *1884*
Jadis et naguère, Vanier, nouvelle édition, 1891 : *1891*
3. *Titre :* Le bon alchimiste *L // Dédicace :* À Léon Dierx *1884a, 1884, 1891 // Vers 10 :* Qui trouve *L // Vers 22-23 : pas de tirets encadrant les vers 1884a // Vers 25 :* Voici Damon qui soupire *1884, 1891 // Vers 26 :* La tendresse *1891 // Vers 28 :* chaste empire *1884, 1891 // Vers 46 :* Au teint de lys et d'ivoire *ajouté dans la marge J, 1884, 1891 // Vers 57 :* Subtils talismans *1884a, 1884, 1891 // Date : pas de date 1884a, 1884, 1891.*

Vieux Coppées (p. 173)

Ce titre collectif figure dans la lettre à Lepelletier du 22 août 1874 où les poèmes sont numérotés, tandis que l'épigraphe et la date, collectives elles aussi, n'apparaissent que dans A. Dans la lettre à Lepelletier, chacun des textes se termine par un tiret final qui assure la séparation avec le suivant : nous n'en avons pas tenu compte ici.

I. « Pour charmer tes ennuis... » (p. 173)

1. Lettre à Lepelletier du 22 août 1874 (Doucet) : *L*
Manuscrit exposé à la librairie Maggs en 1937 (variante donnée par Y.-G. Le Dantec) : *M*
2. Ce poème, non recueilli en volume, n'a pas été imprimé du vivant de Verlaine (notre version est celle de *A*, donnée intégralement par E. Dupuy).
3. *Vers 1 :* temps *L // Vers 4 :* aux amateurs *L, M // Vers 7 :* lîcher *L*.

II. « Les passages Choiseul... » (p. 175)

1. Lettre à Lepelletier du 22 août 1874 (Doucet) : *L*

Manuscrit exposé à la librairie Maggs en 1937 (variante donnée par Y.-G. Le Dantec) : *M*

Manuscrit *B* (variantes données par Y.-G. Le Dantec) : *B*

(Notre version est celle de *A* donnée intégralement par E. Dupuy).

2. Le premier vers seul est repris comme incipit dans « À François Coppée », *Dédicaces*, Vanier 1890.

Une version modifiée du poème a été publiée dans *Invectives*, Vanier, 1896 : *1896*

3. *Titre :* Souvenirs de prison (1874) *1896* // *Vers 1 :* Ver- *laine avait d'abord écrit* Les odeurs de Paris *biffé B ;* jadis *1896* // *Vers 2 :* En l'hiver de ce Soixante-dix *1896* // *Vers 3 : entre parenthèses et sans tirets L ; Verlaine avait d'abord écrit* C'était charmant *biffé B* // *Vers 3-5 :* On s'amusait. J'étais répu- blicain, Lecomte/ De Lisle aussi, ce cher Lemerre étant archonte/ De droit, et l'on faisait chacun son acte en vers. *1896* // *Vers 6 :* autrans soufflèrent *L ;* Autrans passèrent *M ;* Autrans soufflèrent *B, 1896* // *Vers 7 :* le Maître *L, M, B, 1896* // *Vers 10 :* Je danse sur *1896*.

III. « Vers Saint-Denis c'est bête... » (p. 177)

1. Lettre à Lepelletier du 22 août 1874 (Doucet) : *L*

Manuscrit *B* (variante donnée par A. Kies) : *B*

2. *Le Chat noir*, 14 juillet 1883, avec un surtitre : *Vers à la manière de plusieurs* (IV) : *1883*

Jadis et naguère, Vanier, 1884 : *1884*

Jadis et naguère, Vanier, nouvelle édition, 1891 : *1891*

3. *Titre :* Paysage *1883, 1884, 1891* // *Vers 1 :* Vers St Denis c'est sale et bête la campagne ! *L* // *Vers 2 :* j'emmenais *B* // *Vers 6 : dans A, Verlaine avait d'abord écrit* vingt mois, *biffé et remplacé par* longtemps ; C'était vingt mois après « le siège ». *L ;* C'était deux ans après le siège *B ;* C'était pas trop après le Siège : *1883 (*siège*), 1884, 1891* // *Vers 7 :* par terre *L*.

IV. « Assez des Gambettards !... » (p. 179)

1. Lettre à Lepelletier du 22 août 1874 (Doucet) : *L*

Manuscrit *B* (variante donnée par Y.-G. Le Dantec) : *B*

2. *Invectives*, Vanier, 1896 : *1896*

3. *Titre :* Opportunistes (1874) *1896 // Vers 1 :* gambettards
L // Vers 2 : entre parenthèses et sans ponctuation L // Vers 6 :
Jean-foutres qui pendant qu'on la *B // Vers 10 :* Mais ! mais !
mais pas de ces Lareveillière-là ! — *L ;* Mais, mais, mais ! pas
de ces La-Réveillères-là. » *1896.*

V. « Las ! je suis à l'Index... » (p. 181)

1. Lettre à Lepelletier du 22 août 1874 (Doucet) : *L*
2. *Lutèce*, 4-11 octobre 1885, sous le titre collectif *Révérence
parler* (VI) : *1885*
Parallèlement, Vanier, 1889, sous le titre collectif *Révérence
parler* (VI) : *1889*
Parallèlement, Vanier, nouvelle édition, 1894, sous le titre
collectif *Révérence parler* (VI) : *1894*
3. *Titre :* Invraisemblable mais vrai *1885, 1889, 1894 // Vers
8 :* Vrai, si je n'étais pas (forcément) désisté *1885, 1889, 1894
// Vers 9 :* (surtout m'étant contraire) *L.*

VI. « Je suis né romantique... » (p. 183)

1. Lettre à Lepelletier du 22 août 1874 (Doucet) : *L*
2. *La Nouvelle Lune,* 11 février 1883 : *1883*
Jadis et naguère, Vanier, 1884 : *1884*
Lutèce, 25 janvier-1er février 1885 : *1885*
Jadis et naguère, Vanier, nouvelle édition, 1891 : *1891*
3. *Titre :* Dizain mil huit cent trente *1883, 1884, 1885, 1891
// Vers 4 :* Hâblant *L // Vers 8 :* Pâle et maigre d'ailleurs et *L
// Vers 9 :* escurial – *L.*

VII. « L'aile où je suis... » (p. 185)

1. Lettre à Lepelletier du 22 août 1874 (Doucet) : *L*
2. *Lutèce*, 4-11 octobre 1885, sous le titre collectif *Révérence
parler* (V) : *1885*
Parallèlement, Vanier, 1889, sous le titre collectif *Révérence
parler* (V) : *1889*
Parallèlement, Vanier, nouvelle édition, 1894, sous le titre
collectif *Révérence parler* (V) : *1894*
3. *Titre :* Tantalized *1885, 1889, 1894 // Vers 2 :* – mes nuits
sont blanches – *L // Vers 5 :* de verre et de fonte *L // Vers 9 :*
éclaire à peine. *1885, 1889, 1894.*

VIII. « Ô Belgique qui m'as valu... » (p. 187)

1. Lettre à Lepelletier du 22 août 1874 (Doucet) : *L*
2. *Lutèce*, 4-11 octobre 1885, sous le titre collectif *Révérence parler* (VIII) : *1885*
Parallèlement, Vanier, 1889, sous le titre collectif *Révérence parler* (VII) : *1889*
Parallèlement, Vanier, nouvelle édition, 1894, sous le titre collectif *Révérence parler* (VII) : *1894*
3. *Titre :* Le dernier dizain *1885, 1889, 1894 // Vers 4 :* raisons *en italiques L // Vers 6 :* immortel et divin, *L // Vers 10 :* pour une fois, sais-tu ! *en italiques L.*

IX. « Depuis un an et plus... » (p. 189)

1. Lettre à Lepelletier du 22 août 1874 (Doucet) : *L*
Manuscrit *B* (variante donnée par Y.-G. Le Dantec et par A. Kies) : *B*
2. *Invectives*, Vanier, 1896 : *1896*
3. *Titre :* Souvenirs de prison (mars 1874) *1896 // Vers 2 :* bibliothèque bleue *en romains L // Vers 7 :* c'est un bonheur *L // Vers 10 :* agonie abominable *B.*

X. « Endiguons les ruisseaux... » (p. 191)

1. Lettre à Lepelletier du 22 août 1874 (Doucet) : *L*
2. Ce poème, non recueilli en volume, n'a pas été imprimé du vivant de Verlaine (notre version est celle de *A*, donnée intégralement par E. Dupuy).
3. *Vers 6 :* rhythme équilistant, *L.*

L'art poétique (p. 193)

1. Manuscrit *B* (variante donnée par A. Kies) : *B*
Lettre à Léon Valade, vendredi soir [1881] (Bordeaux) : *V*
Manuscrit du dossier *Jadis et naguère* (Doucet) : *J*
2. *Paris moderne*, 10 novembre 1882 : *1882*
Jadis et naguère, Vanier, 1884 : *1884*
Album de vers et de prose, Librairie nouvelle, [1888] : *1888a*
Anthologie des poètes français, Lemerre, [1888] : *1888b*
Jadis et naguère, Vanier, nouvelle édition, 1891 : *1891a*
Choix de poésies, Charpentier, 1891 : *1891*
3. *Titre :* Art poétique *V, J, 1882, 1884, 1888a, 1888b, 1891a, 1891 // Épigraphe :* pas d'épigraphe *V, J* (mais un

grand crochet sous le titre semble l'attendre), 1882, 1884,
1888a, 1888b, 1891a, 1891 // Dédicace : À Charles Morice *J,*
1884, 1891a, 1891 // Vers 1 : Musique *1882 // Vers 2 : la*
*majuscule d'*Impair *surcharge une minuscule J ;* impair, *V //*
Vers 3 : Verlaine avait d'abord écrit souple *corrigé en marge*
par vague *J // Vers 4 :* ou qui pose. *J, 1884, 1888a, 1888b,*
1891a // Vers 8 : Indécis au Précis *V, 1882, 1884, 1888a,*
1888b, 1891a ; Précis *(la majuscule surcharge une minuscule)*
J // Vers 14 : Pas la Couleur, *V, J, 1882, 1884, 1888a, 1888b,*
1891a, 1891 ; nuance *1884, 1888a, 1888b, 1891a, 1891 ;*
Nuance. *V // Vers 15 :* Ô la *V ;* nuance *1884, 1891a, 1891 //*
Vers 17 : la majuscule de Pointe *surcharge une minuscule J //*
*Vers 18 : la majuscule d'*Esprit *surcharge une minuscule J ;*
rire *1891a // Vers 21 :* Éloquence *J, V, 1882, 1888b // Vers 25 :*
Oh ! qui *1882, 1891 // Vers 28 :* creux et faux *J, 1882, 1884,*
1888a, 1888b, 1891a, 1891 // Vers 29 : Musique *1882 // Vers*
30 : chose *V, 1882, 1884, 1888a, 1888b, 1891a, 1891 // Vers*
32 : Sous d'autres cieux *B, V // Date :* Avril 1874 *V, 1882 ;*
pas de date J, 1884, 1888a, 1888b, 1891a, 1891.

À qui de droit (p. 197)

1. Manuscrit *B*, les 10 premiers vers (variante donnée par
Y.-G. Le Dantec) : *B*

2. *Le Chat noir*, 14 juillet 1883 : *1883*
Jadis et naguère, Vanier, 1884 : *1884*
Jadis et naguère, Vanier, nouvelle édition, 1891 : *1891*

3. *Titre :* Conseil falot *1883, 1884, 1891 // Dédicace :* À
Raoul Ponchon *1884, 1891 // Vers 6 :* Bois. L'ivresse est une
B // Vers 34 : coup du Destin *1891 // Vers 40 :* destin fier *1891*
// Vers 48 : Sur l'aile *1891.*

Via dolorosa (p. 201)

1. Manuscrit *B* : 14 derniers vers et date (dossier *Jadis et*
naguère, Doucet) : *B*
Manuscrit de *Sagesse* ayant appartenu à Charles de Sivry
(variantes données par Y.-G. Le Dantec) : *S*
Manuscrit de *Sagesse* ayant appartenu à Ernest Delahaye
(Fac-similé Messein) : *D*

2. *Sagesse*, Paris-Bruxelles, Palmé-Goemaere, 1881 [1880],
III, ɪɪ : *1881*

Sagesse, Vanier, nouvelle édition revue et corrigée, 1889, III, ɪɪ : *1889*

Sagesse, Vanier, troisième édition revue et corrigée, 1893, III, ɪɪ : *1893*

3. *Titre : pas de titre D, 1881, 1889, 1893 // Épigraphe : pas d'épigraphe D, 1881, 1889, 1893 // Vers 3 :* le soir *biffé et corrigé par* l'hiver *S, D // Vers 5 : Verlaine avait d'abord souligné* cette idée *(trait biffé) D // Vers 10 : Verlaine avait d'abord écrit* D[ieu] *(la majuscule est biffée) D ;* dieu *1893 // Vers 16 :* La rive, *biffé et corrigé par* La Meuse *D // Vers 17 : Verlaine avait d'abord écrit* sur la g *(le g biffé) D // Vers 25 :* Oh ! tes *D, 1881, 1889, 1893 // Vers 49 :* – Oh ! fuis *D, 1881, 1889, 1893 // Vers 50 : une strophe supplémentaire suit dans S, D, 1881, 1889, 1893 (elle a été découpée dans A) :*

> Quelle est cette voix
> Qui ment et qui flatte ?
> « Ah ! ta tête plate,
> Vipère des bois ! »
> Pardon et mystère.
> Laisse ça dormir.
> Qui peut, sans frémir,
> Juger sur la terre ?
> « Ah ! pourtant, pourtant,
> Ce monstre impudent ! »

Vers 53 : au grand cœur, *(bon biffé et corrigé par* grand *ajouté dans la marge D), 1881, 1889, 1893 // Vers 54 :* Ton aïeule, celle *D, 1881, 1889, 1893 // Vers 59-60 :* Grondeuse infinie/ De ton ironie ! *(La mer biffée et corrigée par* Grondeuse *D), 1881, 1889, 1893 // Vers 62 :* ta flamme *biffé et corrigé par* ton âme *D // Vers 81 :* Vis en attendant *D, 1881, 1889, 1893 // Vers 90 : une strophe différente suit dans S, D, 1881, 1889, 1893 :*

> Voici le Malheur
> Dans sa plénitude.
> Mais à sa main rude
> Quelle belle fleur !
> « La brûlante épine ! »
> Un lys est moins blanc.
> « Elle m'entre au flanc. »

> Et l'odeur divine !
> « Elle m'entre au cœur. »
> Le parfum vainqueur !

Vers 104 : ta tête *S // Vers 118 : Verlaine avait d'abord écrit*
Je ne veux plus croire, *biffé S, D // Vers 121-124 : encadrés
par des guillemets D // Vers 130 : une strophe supplémentaire
suit dans S, D, 1881, 1889, 1893 :*

> Ah ! plutôt, surtout,
> Douceur, patience,
> Mi-voix et nuance,
> Et paix jusqu'au bout !
> Aussi bon que sage,
> Simple autant que bon,
> Soumets ta raison
> Au plus pauvre adage,
> Naïf et discret,
> Heureux en secret !

Vers 131 : Ah ! surtout, *D, 1881, 1889, 1893 // Vers 135 :*
Odyssée *B // Vers 136 :* Par *biffé et corrigé par* Dans *D // Vers
137 : anticipation : Verlaine avait d'abord écrit* D'une humble
pensée, *biffé B // Vers 140 :* Jésus *D, 1881, 1889, 1893 // Date :*
Mons, juin., juillet 74. *B ; pas de date D, 1881, 1889, 1893.*

Crimen amoris (p. 211)

1. Manuscrit *B* (dossier *Jadis et naguère*, Doucet) : *B*
*[Copie de la main de Rimbaud (8 premières et 8 dernières
strophes) : cet état ancien, antérieur au ms. A et différent du
texte livré à l'impression, n'est pas pris en compte dans l'apparat critique. Voir la reproduction en Appendice, p. 285].*
2. *La Libre Revue*, 1-15 mars 1884 : *1884a*
Jadis et naguère, Vanier, 1884 : *1884*
Le Chat noir, 28 novembre 1885 : *1885*
Jadis et naguère, Vanier, nouvelle édition, 1891 : *1891a*
Choix de poésies, Charpentier, 1891 : *1891*
3. *Titre :* Crimen Amoris *sans sous titre B, 1884a, 1884,
1885, 1891a, 1891 // Épigraphe : remplace une traduction française biffée dans A ; pas d'épigraphe B, 1884a, 1884, 1885,
1891a, 1891 // Dédicace :* À Villiers de l'Isle Adam *B (ajoutée
dans l'interligne), 1884a, 1884, 1885, 1891a, 1891 // Vers 5 :*

oh ! *1884a* // *Vers 8 :* dans des plateaux B, *1884a, 1884* // *Vers 15 : les deux premières lettres de* fleurit *surchargent un autre mot* B // *Vers 16 :* diamants *1884a, 1884* // *Vers 21 :* belle *biffé et corrigé par* folle B // *Vers 26 :* Et le chagrin B, *1884a, 1884, 1885, 1891a, 1891* // *Vers 27 :* À son beau front tout chargé B, *1884a, 1884, 1891* // *Vers 32 :* vêtements B, *1884* // *Vers 37 : Verlaine avait d'abord écrit* il a dit *(l'auxiliaire est biffé)* B // *Vers 38 :* au claquement clair *1884a, 1884, 1891a, 1891* // *Vers 40 :* Oh ! *1891a ;* sera Dieu ! B, *1884a, 1884* // *Vers 45-48 : manquent dans* B, *1884a, 1884* // *Vers 46 :* les gais Saints ! *1891a* // *Vers 47 :* Que n'avons-nous *1885, 1891a, 1891* // *Vers 48 :* nos travaux *1885, 1891a, 1891* // *Vers 49 :* luttes trop égales ! B, *1884a, 1884, 1885, 1891a, 1891* // *Vers 53 :* une lutte inégale *biffé et corrigé par* Jésus qui cru bien faire B // *Vers 63 :* l'ouate *1891a* // *Vers 64 :* tout ardeur et tout splendeur B, *1884a, 1884, 1885, 1891a, 1891* // *Vers 65 :* mourant B *(le* s *est biffé)* // *Vers 66 :* comme s'ils étaient *1891a* // *Vers 73 :* une espèce de prière *1891a* // *Vers 78 :* QUELQU'UN *1885* // *Vers 84 :* un vain rêve *1891a* // *Vers 88 :* d'aller s'agitant *1884a, 1884, 1891* // *Vers 89 :* ruisseaux courent *1885, 1891a* // *Date :* Br. Juillet 1873 *biffée* B *; pas de date* 1884a, 1884, 1885, 1891a, 1891.

La grâce (p. 219)

1. Manuscrit de *Jadis et naguère* : vers 1-40 (Doucet) : *J*
2. *La Libre Revue*, 1ᵉʳ janvier 1884 : *1884a*
Jadis et naguère, Vanier, 1884 : *1884*
Jadis et naguère, Vanier, nouvelle édition, 1891 : *1891*
3. *Titre :* La grâce *sans sous titre* J, *1884a, 1884, 1891* // *Épigraphe : pas d'épigraphe* J, *1884a, 1884, 1891* // *Dédicace :* À Armand Silvestre J, *1884, 1891* // *Vers 4 :* tombe un rayon *1884a, 1884, 1891* // *Vers 14 :* suivi d'un blanc *1884a* // *Vers 18 :* suivi d'un blanc *1884a* // *Vers 24 :* en trahison *1884a, 1884, 1891* // *Vers 32 :* suivi d'un blanc *1884a* // *Vers 34 :* en ce moment suprême *1884a, 1884, 1891* // *Vers 39 :* suivi d'un blanc *1884a* // *Vers 45 :* suivi d'un blanc *1884a* // *Vers 47 :* suivi d'un blanc *1884a* // *Vers 49 :* suivi d'un blanc *1884a* // *Vers 51 :* sa volonté *1891* // *Vers 54 :* Hélas ! vient pour te dire *1884, 1891* // *Vers 58 :* enfer *1891* // *Vers 60 :* enfer *1891* // *Vers 68 :* l'Enfer jaloux, voie, *1884, 1891* (enfer*)* // *Vers 71 :* suivi d'un blanc *1884a* // *Vers 89 :* Qui blasphème et *1884a, 1884, 1891 ; suivi d'un blanc* 1884a // *Vers 94 :* Pour l'amour

1884, 1891 // Vers 103 : aimer au-delà *en italiques 1884a //*
Vers 117 : semblable à des cheveux *1884, 1891 // Vers 125 :*
se tendent savoureuses... *1884, 1891 // Vers 129 :* baiser spectral, *1884, 1891 // Vers 135 : suivi d'un blanc 1884a // Vers*
140 : ce dolent *1884, 1891 // Vers 145 :* clarté d'or *1884a,*
1884, 1891 // Date : pas de date 1884a, 1884, 1891.

Don Juan pipé (p. 229)

1. Manuscrit de *Jadis et naguère* : vers 61-140 (Doucet) : *J*
2. *Lutèce*, 30 novembre-7 décembre 1884 : *1884a*
Jadis et naguère, Vanier, 1884 : *1884*
Jadis et naguère, Vanier, nouvelle édition, 1891 : *1891*
3. *Titre :* Don Juan pipé *sans sous titre 1884a, 1884, 1891 //*
Épigraphe : pas d'épigraphe 1884a, 1884, 1891 // Dédicace :
À François Coppée *1884, 1891 // Vers 3 :* Pauvre, sans *1884a,*
1884, 1891 // Vers 10 : parler sur des faits authentiques. *1884a,*
1884, 1891 // Vers 20-21 : ces strophes sont liées 1884a, 1884,
1891 // Vers 21 : Il songe. Dieu *1884a, 1884, 1891 // Vers 31 :*
Mais lui, don Juan, n'est pas mort, et *1884a, 1884, 1891 // Vers*
38 : Et ce désir de volupté lui-même, *1884a, 1884, 1891 // Vers*
39 : Mais s'étant *1884a, 1884, 1891 // Vers 40-41 : ces strophes*
sont liées 1884a, 1884, 1891 // Vers 41 : À cet effet, pour
1884a, 1884, 1891 // Vers 44 : monta dessus *1884a, 1884, 1891*
// Vers 50 : instant hésitât *1884a, 1884, 1891 // Vers 66 :* Sans
cependant *J, 1884a, 1884, 1891 // Vers 69 :* n'abrite sous ses
ailes *J, 1884a, 1884, 1891 // Vers 86 :* reniant le divin maître,
J, 1884a, 1884, 1891 // Vers 98 : sa foudre *J, 1884a, 1884,*
1891 // Vers 104 : son œil plein *J, 1884a, 1884, 1891 // Vers*
114 : L'appel altier, *J, 1884, 1891 // Vers 118 :* répétant *biffé*
et corrigé dans l'interligne par racontant *J // Vers 124 :* Et dans
son cœur *J, 1884a, 1884, 1891 // Vers 128 :* bruit s'éteint *J,*
1884, 1891 // Vers 130-131 : ces strophes sont liées 1884, 1891
// Date : pas de date J, 1884a, 1884, 1891.

L'impénitence finale (p. 239)

1. *[Copie de la main de Rimbaud (dossier* « Jadis et naguère »,
Doucet) : cet état ancien, antérieur au ms. A et différent du
texte livré à l'impression, n'est pas pris en compte dans l'appa-
rat critique. Voir la reproduction en Appendice, p. 288].
2. *Lutèce*, 7-14 septembre 1884 : *1884a*
Jadis et naguère, Vanier, 1884 : *1884*

Jadis et naguère, Vanier, nouvelle édition, 1891 : *1891*

3. L'impénitence finale *sans sous titre 1884a, 1884, 1891 // Épigraphe : pas d'épigraphe 1884a, 1884, 1891 // Dédicace :* À Catulle Mendès *1884, 1891 // Vers 10 :* brûlés du feu *1884a, 1884, 1891 // Vers 16 :* Le bon garçon était *1884a, 1884, 1891 // Vers 18 :* Le duel *1884, 1891 // Vers 19 :* un jour dans un salon, *1884a, 1884, 1891 // Vers 21 :* Dit qu'il en oublia si bien son *1884a, 1884, 1891 // Vers 24 :* roman du cher, et jusques *1884a, 1884, 1891 // Vers 27 :* Et sa main contre *1884a, 1884, 1891 // Vers 55 :* des pas *1884a, 1884, 1891 // Vers 56 :* Mystérieux de pieds *1884a, 1884, 1891 // Vers 57 :* autour c'était *1884a* (c'étaient), *1884, 1891 ;* décadences soyeuses *1891 (vers faux) // Vers 66 :* C'est un jeune *1884, 1891 // Vers 73-76 : une strophe détachée 1884a // Vers 85 :* comme on rit, *1884a // Vers 93-94 : pas de séparation 1884a // Vers 107 :* Pépiaient à plaisir *1884a, 1884, 1891 // Vers 114 :* Et la couvait *1884a, 1884, 1891 // Vers 133 :* au pauvre homme *1884a, 1884, 1891 // Vers 139 :* Écartant *1884a, 1884, 1891 // Date : pas de date 1884a, 1884, 1891.*

Amoureuse du diable (p. 249)

1. Lettre à Lepelletier du 8 septembre 1874 (Doucet) : *L*
Manuscrit *B* (Doucet, 2 derniers vers et date) : *B*
2. *La Nouvelle Rive gauche*, 23-30 mars 1883 : *1883*
Jadis et naguère, Vanier, 1884 : *1884*
Jadis et naguère, Vanier, nouvelle édition, 1891 : *1891*
3. *Titre :* Amoureuse du diable *sans sous titre L, 1883, 1884, 1891 // Dédicace :* Pour Lepelletier *L (*Lepelletier *surcharge un autre mot) ;* À Stéphane Mallarmé *1884, 1891 // Épigraphe : pas d'épigraphe L, 1883, 1884, 1891 // Vers 2 : saut de ligne après* dit *L // Vers 9-10 : séparés par une ligne de points L // Vers 10 :* toute grandeur, *1883, 1891 // Vers 12 :* Belle, riche, *L // Vers 19 :* blonds cheveux *L ;* cheveux d'or *1883, 1884, 1891 // Vers 20-21 : non séparés L // Vers 28 :* N'eût pas frémi *L ;* N'eût pas frémi d'une ire énorme et *1883, 1884, 1891 // Vers 29-30 : séparés L // Vers 31 :* longtemps *surcharge* deux mois *L // Vers 49 : saut de ligne après* revinrent, *mots séparés par une ligne de points L // Vers 65 :* Du vernis, du velours, trop *1883, 1884, 1891 // Vers 67 :* un beau soir *1883, 1884, 1891 // Vers 68 :* Un hiver *L ;* L'autre hiver, *1883, 1884, 1891 // Vers 69 :* D'où sortait *L // Vers 78 :* Verlaine avait d'abord

écrit [Le sang des] femmes, *biffé L // Vers 79-80 : séparés par un blanc 1883 // Vers 85 :* principes impossibles ! *L // Vers 85-86 : séparés par une ligne de points L // Vers 93 :* licher *en italiques L // Vers 105 :* Ah *surcharge* Donc *L // Vers 109 :* pleins de candeur *L // Vers 112 :* espèce de paradis réussi, *L // Vers 118 : saut de ligne après* nenni !*, mots séparés par une double ligne de points L // Vers 120 :* ce qu'il veut, *L, 1883, 1884, 1891 // Vers 128 :* que l'on peut dire intelligent *L, 1883, 1884, 1891 // Vers 134 : saut de ligne après* dit *L // Vers 141 :* sait *en italiques L ;* Elle pâlit très fort et frémit *1883, 1884, 1891 // Vers 142 :* je sais tout *en italiques L // Vers 143 :* Vous jouez là, sans trop d'atouts *L // Vers 147 :* « Moi je sors. » *1883, 1884, 1891 ;* aujourd'hui *en italiques 1883, 1884, 1891 // Vers 150 :* Elle prend un *L (vers uni) // Vers 153-154 : séparés par une ligne de points L // Vers 167 :* savait pas *en italiques L ;* Absence *L // Date : pas de date L ;* Mons, 8bre 1874 *B ; pas de date 1883, 1884, 1891.*

Bouquet à Marie (p. 259)

1. Manuscrit *B* (Doucet) : *B*
Manuscrit *C* (Doucet) : *C (le passage à la strophe est signalé par un retrait du premier vers)*
Manuscrit *D* (Doucet, manquent les 6 derniers vers) : *D*
2. *Le Symboliste*, 15-22 octobre 1886 : *1886*
Amour, Vanier, 1888 : *1888*
Amour, Vanier, nouvelle édition revue et augmentée, 1892 : *1892*
3. *Titre :* Bouquet à Marie *biffé et remplacé par* Ex-Voto *D ;* Un conte *1888, 1892 // Épigraphe :* à J. K. Huÿsmans *1888, 1892 // Vers 2 :* pour *surcharge sur biffé B ;* sa patrie *C // Vers 6 :* justes *surcharge un autre mot B // Vers 19 :* regards *dans l'interligne corrige un autre mot, biffé C // Vers 20 :* pénitences ignorées *(*pénitences *surcharge* innocences*) D // Vers 21 :* — Pénitence, ô belle après l'Innocence inouïe *(*Pénitence *surcharge* Innocence *;* Innocence *surcharge* Ignorance *;* inouïe *surcharge un autre mot) D // Vers 23 :* éblouie *surcharge un autre mot B // Vers 24 :* rompu d'amour *corrige* désabusé *biffé D // Vers 25 :* amant *souligné C // Vers 28 :* pour *corrige* de *biffé // Vers 31 :* qui pressure *D // Vers 32 :* flasque *corrige* amer *biffé D // Vers 33-36 : la strophe est entièrement biffée D // Vers 35 : ce vers se substitue à* Il est vrai que sa femme était

une de ces grues ! *biffé B ;* Il est vrai que sa femme était une
de ces grues ! *D, C // Vers 37 :* quel préjudice *surcharge un
autre mot D // Vers 38 :* « plus pires » *D, C // Vers 44 :* trottoirs
C, 1886 // Vers 45 : de ce temps bête *corrige* de ces temps
bêtes *C // Vers 57 :* est-ce donc qu'il *C // Vers 62 :* d'en devenir
trop *1888, 1892 // Vers 63 :* tribunaux *1886, 1892 ;* Tribunaux
C, 1888 // Vers 67 : Verlaine avait d'abord écrit Puis il réfl
biffé et corrigé par Puis il s'attendrit *B ;* Puis il eut des pleurs
corrige Puis il réfléchit *biffé D ;* Or il s'attendrit, puis réfléchit
C // Vers 74 : LA Science *D, C ;* la Science *1886, 1892 ;* La
science *1888 // Vers 75 :* Et le rire et le sourire *(en marge :* 11
pieds *B) B, D ;* Et le rire et le sourire bête où *C // Vers 76 :*
Incroyance *D, C // Vers 78 :* enflammés *corrige dans l'interligne deux autres mots biffés D // Vers 80 :* L'art d'être un
enfant, d'être un puissant qui se réfrène *C // Vers 81 :* voudrait
donc *C // Vers 83 :* Qu'aimer le cœur de Jésus *écrit dans l'interligne, remplace un début de vers biffé B // Vers 84-85 : séparés
par deux lignes de points C // Date : pas de date C, 1886, 1888,
1892.*

Final (p. 267)

1. Lettre à Lepelletier du 8 septembre 1874 (Doucet) : *L*
Manuscrit C (Doucet) : *C*
Manuscrit de *Sagesse* ayant appartenu à Charles de Sivry
(variantes donées par Y.-G. Le Dantec) : *S*
Manuscrit de *Sagesse* ayant appartenu à Ernest Delahaye
(Fac-similé Messein) : *D*
2. *Sagesse*, Paris-Bruxelles, Palmé-Goemaere, 1881 [1880],
II, IV : *1881*
Sagesse, Vanier, nouvelle édition revue et corrigée, 1889, II,
IV : *1889*
Choix de poésies, Charpentier, 1891 : *1891*
Sagesse, Vanier, troisième édition revue et corrigée, 1893, II,
IV : *1893*
3. *Titre collectif :* Final d'un livre intitulé « Cellulairement »
C (dans le coin supérieur gauche du feuillet : fragments catholi-
ques*) ; pas de titre S, D, 1881, 1889, 1891, 1893 // Épigraphe :
dans A, Verlaine avait d'abord écrit* Nihil me judicans scire vel
amare vel spectare nisi Dominum Jesum Cristum *[illisible]*
(Saint Bonaventure) *biffé et remplacé par l'épigraphe originale ; deux épigraphes dans C :* la nôtre *et* Calicem salutaris
accipiam (P. CXV) *; pas d'épigraphe L, S, D, 1881, 1889,*

1891, 1893 // Date finale : dans A, Verlaine avait d'abord écrit
Mons. 20 août 1874 *biffé et corrigé en* 16 janvier 1875. Sortie
de prison. *biffé et remplacé par la leçon originale ; pas de date*
L, C, S, D, 1881, 1889, 1893 ; Mons, 7bre 8bre 1874 *dans l'exem-*
plaire Kessler.

Dans l'impossibilité de reporter les nombreuses variantes
typographiques portant notamment sur l'usage de la majuscule,
nous nous tenons aux indications d'Ernest Dupuy qui signale
que « le manuscrit prodigue les majuscules, appliqués aux
noms, adjectifs possessifs, pronoms possessifs ou pronoms per-
sonnels qui désignent Jésus ».

I. « Jésus m'a dit : "Mon fils, il faut m'aimer..." » (p. 267)

Vers 1 : Mon Dieu m'a dit : *S, D, 1881, 1889, 1891, 1893.*

II. « J'ai répondu : "Seigneur, Vous avez dit..." » (p. 267)

Vers 4 : une flamme ! *C // Vers 7 :* Oserais-je *L, C // Vers*
8 : De mes genoux *L, C ;* Sur ces genoux saignants *S, D, 1881,*
1889, 1891, 1893.

III. « — Il faut M'aimer ! je suis l'universel... » (p. 269)

Vers 8 : ciel clair *1891 // Vers 13 :* vouloir *en italiques C, S*
// Vers 14 : pouvoir *en italiques C, S.*

IV. « — Seigneur, c'est trop ! Vraiment je n'ose... »
(p. 271)

Vers 1 : Vous *souligné S // Vers 4 :* des purs vents *1881, 1889,*
1891, 1893 // Vers 6 : D'Israël, Vous, *S, D, 1881, 1889, 1891,*
1893 // Vers 8 : moi ! moi pouvoir Vous aimer *en romains L, C //*
Vers 13 : — que l'extase *1891.*

V. « — Il faut M'aimer. Je suis Ces Fous... » (p. 271)

Vers 3 : Ta Sparte, ton Paris, ta Memphis et ta Rome, *C ;* Ta
Memphis, ton Paris, et ta Sparte et ta Rome, *L ;* et ta Sodome *D,*
1881, 1889, 1891, 1893 // Vers 12 : Sors de ta mort. *L, C, S (*nuit
corrige mort, *biffé) // Vers 14 :* qui suis resté *en italiques C.*

VI. « — Seigneur, j'ai peur. Mon âme... » (p. 273)

Vers 2 : je sens *Verlaine avait d'abord écrit un autre mot, biffé L // Vers 3 :* Moi, ceci, me ferais-je, ô vous Dieu, *D, 1881, 1889, 1891 ;* ceci *en romains 1893 // Vers 4 :* la vertu des saints *L ;* que la vertu des bons redoute ? *D (Verlaine avait d'abord écrit* saints *biffé), 1881, 1889, 1891, 1893 // Vers 7 :* fluer à moi *S (Verlaine avait d'abord écrit* en *biffé), 1881, 1889, 1891, 1893 ;* fluer en moi *D.*

VII, ɪ. « — Certes, si tu le veux mériter, Mon fils,... » (p. 273)

Vers 1 : si tu veux le mériter *1891 // Vers 9 :* franchement et bonnement *C.*

VII, ɪɪ. « Puis, va ! Garde une foi modeste... » (p. 275)

Vers 13 : Verlaine avait d'abord écrit sembl[able] *biffé et corrigé par* pareil *C ;* semblable à moi *S, D.*

VII, ɪɪɪ. « Et pour récompenser ton zèle... » (p. 275)

Vers 3 : sur terre mes délices : *D // Vers 6 :* suivant ma promesse *D, 1881, 1889, 1891, 1893 // Vers 13 :* aimable irradiance *S, D, 1881, 1889, 1891, 1893.*

VIII. « — Ah ! Seigneur, qu'ai-je ? Hélas !... » (p. 277)

Vers 3 : du mal et du bien *L // Vers 4 :* Et le bien et le mal *L ; Verlaine avait d'abord écrit* Et la joie [et le mal] *biffé S // Vers 9 :* choisi *en italiques L, C // Vers 10 : Verlaine avait d'abord écrit* Et j'aspire en tremblant, encor qu'un trouble immense *biffé et remplacé par la leçon originale D // Vers 14 :* j'aspire *en italiques L.*

DOSSIER

RÉCEPTION DE L'ŒUVRE

1. Émile Blémont, [compte rendu des *Romances sans paroles*], *Le Rappel*, 16 avril 1874[1].

Nous venons de recevoir les *Romances sans paroles* de Paul Verlaine. C'est encore de la musique, musique souvent bizarre, triste toujours, et qui semble l'écho de mystérieuses douleurs. Parfois une singulière originalité, parfois une malheureuse affectation de naïveté et de morbidesse. Voici une des plus jolies mélodies de ces *Romances* :

> *Le piano que baise une main frêle*
> *Luit dans le soir rose et gris vaguement,*
> *Tandis qu'avec un très léger bruit d'aile*
> *Un air bien vieux, bien faible et bien charmant*
> *Rôde discret, épeuré quasiment,*
> *Par le boudoir longtemps parfumé d'Elle.*

Cela n'est-il pas musical, très musical, maladivement musical ? Il ne faut pas s'attarder dans ce boudoir.

2. Karl Mohr, « Boileau – Verlaine », *La Nouvelle Rive gauche*, 1-8 décembre 1882[2].

Paris-Moderne a publié récemment une curieuse poésie de M. Paul Verlaine, intitulée « Art poétique ». Le titre est effrayant, — mais il n'y a que trente-six vers.

Cette pièce a ceci de très intéressant, qu'elle indique avec

---

1. Émile Blémont (1839-1927), poète et critique, fondateur de *La Renaissance littéraire et artistique*. Il figure dans le tableau de Fantin-Latour, *Le Coin de table*, aux côtés de Verlaine et de Rimbaud. **2.** Karl Mohr est le pseudonyme de Charles Morice (1860-1919), un des principaux théoriciens du symbolisme. Lié avec Verlaine, il lui consacra une monographie (*Paul Verlaine*, 1888) et de nombreux articles. Leur correspondance a été réunie par G. Zayed (Nizet, 1969).

assez de précision où en sont les novateurs à outrance, ce qu'ils pensent faire de l'art et quelle est leur audace :

> *Si l'on n'y veille, elle ira jusqu'où ?*

La doctrine poétique de M. Verlaine se résume en ces deux mots : Musique et Nuance :

> *Pas la Couleur, rien que la Nuance !*

Puis voici les préceptes secondaires : choisir de préférence l'Impair ; joindre l'Indécis au Précis ; fuir la Pointe, l'Esprit, le Rire et l'Éloquence ; assagir la Rime.

> *Et tout le reste est littérature.*

Trouvez-vous que cela manque de clarté ? c'est que *rien n'est plus cher* à M. Verlaine que

> *La chanson grise,*

et qu'il ne va point

> *Choisir ses mots sans quelque méprise.*

C'est le précepte et l'exemple tout à la fois.

Mais en prose qu'est-ce que cela veut dire ?

Que signifie cette haine de l'Éloquence et du Rire ? qu'est-ce que ce musicien qui attaque la rime ? comme si la rime n'était pas dans les vers la grande harmonie ! On a souvent essayé de s'en passer, toujours il a fallu lui revenir ; mais on ne s'était pas encore avisé de rimer contre la rime :

> *Ô qui dira les torts de la Rime ?*
> *Quel enfant sourd ou quel nègre fou*
> *Nous a forgé ce bijou d'un sou*
> *Qui sonne faux et creux sous la lime ?*

Le fond du système, c'est l'obscurité voulue : *Des beaux yeux derrière des voiles.*

Il déplaît à M. Verlaine d'être intelligible au commun peuple.

Cela n'est pas très neuf. Sans remonter à Lycophron, il y a eu sous François Ier un poète d'infiniment de talent, nommé Maurice Scève, qui écrivit, dans un style absolument dédaigneux de toute clarté, un poème composé de 458 dizains. Le livre est mort avec l'auteur.

Balzac, dans une de ses nouvelles, raconte l'histoire d'un

peintre qui, perdu dans d'abstruses méditations sur la philosophie de son art, fit un tableau dont lui seul distinguait le sujet : le
vulgaire, et même les gens du métier n'y voyaient qu'une masse
confuse de couleurs empâtées. Dans un coin de la toile, un pied
se détachait, un pied de femme parfait, un chef-d'œuvre.

C'est à peu près le cas de M. Verlaine. Cet art qu'il
rêve, *soluble dans l'air, gris, indécis et précis*, il ne l'a que
trop réalisé, et lui seul peut comprendre ce qu'il a voulu faire.
J'espère donc qu'il n'aura pas de disciples et que cette poésie
n'est pas celle de l'avenir. Une seule chose lui reste, malgré
lui peut-être : c'est l'harmonie. Écoutez plutôt :

> *C'est des beaux yeux derrière des voiles,*
> *C'est le grand jour tremblant de midi :*
> *C'est, par un ciel d'automne attiédi,*
> *Le bleu fouillis des claires étoiles !*

Mais il ne faut pas lui demander davantage, et nous
devons nous féliciter de ne pas l'entendre, puisqu'il ne veut
être entendu.

3. Paul Verlaine, « À Karl Mohr », *La Nouvelle Rive gauche*, 15-22 décembre 1882.

Monsieur Karl Mohr,

Je lis à l'instant l'article que vous me consacrez sous le
titre Boileau-Verlaine dans votre avant-dernier numéro.

Je vous remercie de la dernière partie de l'avant-dernier
paragraphe, et de la citation qui l'appuie, — cela, bien cordialement.

Mais permettez-moi, tout en vous félicitant de si bien
défendre les vrais droits de la vraie Poésie française, clarté,
bonne rime et souci de l'Harmonie, de défendre à mon tour,
en fort peu de mots, l'apparent paradoxe sous lequel j'ai
prétendu réagir un peu contre l'abus quelquefois dérisoire
de la Rime trop riche.

D'abord, vous observerez que le poème en question est *bien*
rimé. Je m'honore trop d'avoir été le plus humble de ces Parnassiens tant discutés aujourd'hui pour jamais renier la nécessité de
la Rime dans le Vers français, où elle supplée de son mieux au
défaut du Nombre grec, latin, allemand et même anglais.

Mais puisque vous m'affublez de la perruque, très décorative du reste, de cet excellent versificateur, Boileau, « *je dis que je veux* » n'être pas opprimé par les à-peu-près et les calembours, exquis dans les *Odes funambulesques*, mais dont mon cher maître Théodore de Banville se prive volontiers dans ses merveilleuses œuvres purement lyriques.

Tous les exemples sont là d'ailleurs, partant des plus hauts cieux poétiques. Je ne veux me prévaloir que de Baudelaire qui préféra toujours la Rime rare à la Rime riche.

Puis, pourquoi pas la Nuance et la Musique ?

Pourquoi le Rire en poésie puisqu'on peut rire en prose et dans la vie ?

Pourquoi l'Éloquence dont la place serait à la Chambre ?

Pourquoi la Pointe, puisqu'elle est dans tous les journaux du matin ?

J'aime ces trois manifestations de l'âme, de l'esprit et du cœur, parbleu ! Je les admets, même en vers. Nul plus sincère admirateur que moi de Musset dans *Mardoche*, d'Hugo dans les *Châtiments* et d'Heine dans *Atta-Troll*. Mais, laissez-moi rêver si ça me plaît, pleurer quand j'en ai envie, chanter lorsque l'idée m'en prend.

Nous sommes d'accord au fond, car je résume ainsi le débat : rimes irréprochables, français correct, et surtout de bons vers, n'importe à quelle sauce.

Excusez-moi auprès de vos lecteurs, si vous deviez insérer cette rectification tout intime, de l'improviste d'icelle, — et veuillez agréer, Monsieur Karl Mohr, avec mes meilleures sympathies, le salut d'un vétéran (un peu taquiné) à votre vaillante escouade.

Bien à vous

Paul Verlaine.

4. Jean Mario [Léo Trézenik], « Paul Verlaine », *La Nouvelle Rive gauche*, 9-16 février 1883 [1].

Verlaine est un des disciples immédiats de Baudelaire. Il a pris à ce dangereux modèle ses inouïs raffinements de

---

1. Léo Trézenik (pseudonyme de Léon Épinette, 1855-1902), poète et journaliste, fut entre autres le fondateur de *La Nouvelle Rive gauche* et de *Lutèce*, deux des journaux littéraires les plus favorables au symbolisme naissant et auxquels Verlaine doit en grande partie d'avoir été réhabilité.

perversité, sa profondeur, son étrangeté ; il a des bizarreries analogues. Mais il lui laisse sa pharmacie de poisons et ses violences superflues. Je crois, d'ailleurs, que même eût-il ignoré Baudelaire, il aurait accompli son œuvre telle qu'il l'a faite ; ce qui m'en persuade, c'est qu'il est bien plus que l'auteur des *Fleurs du mal* tourné en dehors, c'est qu'il comprend mieux que lui la nature, et qu'il a eu le bon sens de chercher en elle, dans la traduction de ses harmonies presque intraduisibles, la rénovation de la poésie.

C'est l'aspect le plus intéressant de ce talent curieux et sincère. Il cherche le nouveau, je ne sais quel art qui serait vaguement des vers, de la peinture, de la musique, mais qui ne serait précisément ni de la musique, ni de la peinture, ni des vers, — quelque chose comme un concert fait avec des couleurs, comme un tableau fait avec des notes, — une confusion voulue des genres, une Dixième Muse. Évidemment les gens sages, classiques et de bon goût affirmeront que, cette Dixième Muse, ni Verlaine ni personne ne la trouvera. Du moins il rencontre en route, dans son effort vers elle, des effets inattendus, des combinaisons nouvelles. Seulement, cela n'est guère à la portée de la foule. Que dirait-elle de ceci ?

> *Il pleure dans mon cœur*
> *Comme il pleut sur la ville,*
> *Quelle est cette langueur*
> *Qui pénètre mon cœur ?*

> *Ô bruit doux de la pluie*
> *Par terre et sur les toits !*
> *Pour un cœur qui s'ennuie*
> *Ô le chant de la pluie !*

> *Il pleure sans raison*
> *Dans ce cœur qui s'écœure.*
> *Quoi ! nulle trahison ?*
> *Ce deuil est sans raison.*

> *C'est bien la pire peine*
> *De ne savoir pourquoi,*
> *Sans amour et sans haine,*
> *Mon cœur a tant de peine !*

Cela s'appelle une *Romance sans paroles*, un titre fou, n'est-ce pas ? — et très justifié. Mais cette folie est adorable, ce mélange d'insaisissable et de précis est dans la nature ; c'est une sensation morale et physique que tous nous avons éprouvée souvent et qui voulait, pour s'exprimer, cette infinie délicatesse, cette perfection de demi-teinte et de demi-ton.

Il y a un écueil. Dans cette recherche d'effets rares et spéciaux, on arrive fatalement au gongorisme, à l'affectation pure, à l'obscurité absolue. Il y a pis ; à force de ténuité, l'idée disparaît. Cela reste harmonieux, mais cela ne veut plus rien dire.

5. Edmond Lepelletier, [compte rendu des *Romances sans paroles*], *L'Écho de Paris*, 1ᵉʳ août 1887[1].

C'est une réimpression. Mais il s'agit d'un livre qui n'a été tiré qu'à un très petit nombre d'exemplaires, et dont il a été impossible de trouver un seul volume neuf et non marqué d'envoi chez les libraires ou sur les quais. C'est donc une véritable première édition que cette réimpression que donne aujourd'hui Léon Vanier, l'éditeur favori du grand et bizarre poète, Paul Verlaine, mon pauvre saturnien camarade de la rhétorique littéraire de Bonaparte.

Je ne saurais annoncer cette réimpression toute spéciale, sans dire un mot de la véritable édition princeps des *Romances sans paroles*. Cette petite plaquette tirée sur papier teinté, avec couverture bleue, fort soignée comme typographie, a été imprimée sous ma surveillance immédiate à Sens, en 1873. Je me trouvais dans cette petite ville, pourchassé par l'état de siège, à la suite de la suppression par le général Ladmirault de notre journal *Le Peuple souverain* publié à Paris, par Valentin Simond et Victor Simond, son frère [...]. Nous avions été installer à Sens nos bureaux et transporter nos presses. Le journal sous le titre : *Le Suffrage universel*, puis *Le Patriote*, paraissait là, hors de la portée des sabreurs militaires et continuait *Le Peuple souverain*. On

---

1. Edmond Lepelletier (1846-1913). Le plus ancien et le plus fidèle ami de Verlaine et son premier biographe (*Paul Verlaine, sa vie, son œuvre*, Mercure de France, 1907 et 1923).

tirait le journal dans une petite imprimerie provinciale dirigée par un nommé Maurice L'Hermitte. Nous avions
emporté de Paris quelques types variés de caractères, notamment des *italiques* de neuf. Ce furent ces italiques qui servi-
rent à composer les *Romances sans paroles*. Verlaine était
alors retenu en Belgique. Il m'avait prié de lui faire imprimer ce petit volume de poésies. Pour occuper mes loisirs de
la vie provinciale, je me fis éditeur. Ça valait mieux que
d'aller au café, n'est-ce pas ? D'ailleurs, ça n'empêchait pas
d'y aller.

Le petit volume parut donc avec l'entête de Maurice
L'Hermitte, imprimeur à Sens (Yonne). Le dépôt légal fut
fait à la sous-préfecture et au parquet de Sens. Aucun exemplaire ne fut mis en vente ; sauf *une cinquantaine d'exemplaires* que Verlaine reçut par la poste, tous les autres
volumes furent expédiés par moi à des auteurs célèbres, critiques, journalistes, éditeurs et amis personnels, sur une liste
dressée avec beaucoup de soin, par Paul Verlaine. Toutes
les dédicaces sont de ma main. Avis aux collectionneurs
d'envois.

Telle est l'histoire de cette petite plaquette curieuse et
rarissime. Je ne crois pas qu'il en existe un exemplaire à la
Bibliothèque nationale, le dépôt légal n'ayant pas été fait à
Paris. D'ailleurs, je serais heureux d'en offrir un sur les deux
ou trois que j'ai conservés à notre grand dépôt.

Cet historique terminé, disons un mot des poèmes en eux-
mêmes.

Ce sont de petits morceaux d'un art achevé, d'une délicatesse de langue inouïe, d'un raffinement et d'une préciosité
extraordinaires, mais supportables. C'est recherché, c'est
subtil, c'est ouvragé comme un flacon oriental, mais ça n'est
pas décadent. On y rencontre des « paysages belges », sous
cette rubrique : « Conquestes du Roy », qui nous reportent
aux estampes des XVIIe et XVIIIe siècles, où des raccourcis et
des traits peignent en quatre vers toute une campagne, toute
une région, étalée à perte de vue dans les compositions pano-
ramiques de Vander-Meulen et de ses imitateurs. Voyez
Walcourt :

> *Briques et tuiles,*
> *Ô les charmants*
> *Petits asiles*
> *Pour les amants !*

Des pièces étonnantes par la fantaisie et l'art qui s'y combinent, sont celles qui évoquent des souvenirs populaires du XVIIIe siècle : ainsi la pièce sur François les bas-bleus qui s'égaie du chien de Jean de Nivelle, tandis qu'une impure, palsambleu ! qu'il faut qu'on loue, monte dans son carrosse, cependant que la nuit vraie arrive. Un autre pièce, comme un cauchemar, ronronne dans la mémoire, c'est celle des « Chevaux de bois » qui tournent, sans qu'il soit besoin de nuls éperons pour hâter leur galop sans fin, qui tournent sans espoir de foin. Les « Chevaux de bois » sont une pièce sans égale dans aucune langue. Edgard Poë et Baudelaire eussent tiré leur révérence devant cette poésie fantastique et évocatrice. Du rêve condensé.

Il est aussi quelques pièces personnelles et autobiographiques d'une note intense, rare et puissante. Voir *Birds in the Night*. Les rimes de Paul Verlaine sont étranges ; l'assonance y fleurit, ses rythmes sont inattendus. Il fait avec le vers de neuf syllabes devenu son hochet « ce que Paganini faisait de son archet ».

Les *Romances sans paroles* sont un des livres les plus curieux et les plus charmeurs qui soient. Paul Verlaine, ne s'y révèle plus, mais s'y maintient grand poète. Il continue hélas ! la lamentable tradition des écuyers maudits du Pégase insouciant qui mène droit son homme à l'hôpital. Il est pauvre, il est malade, il couche le plus souvent dans les draps d'un hospice. Attendra-t-on qu'il soit mort de misère et de talent pour ouvrir une souscription destinée à planter un inutile laurier sur la fosse commune qui recevra sa carcasse ? Mieux vaudrait lui donner sa couronne tout de suite, en argent, qu'il la mange ou la boive, peu importe ! Nous y gagnerons encore s'il nous donne une suite aux incomparables *Romances sans paroles*.

6. Jules Tellier, extrait de *Nos poètes*, Paris, A. Dupret, 1888[1].

Le caractère essentiel de la seconde manière de M. Verlaine, c'est la sensualité aiguë, la perversité : mais une perversité nullement voulue, concertée ni acquise, toute sincère,

---

1. Jules Tellier (1863-1889), poète mort à 26 ans (*Les Brumes*, 1883). Il rencontra Verlaine en 1886.

et si l'on pouvait dire, naïve... Aux perversités du fond, répondent mille étrangetés dans la forme. Elles ne sont point mises là dans le dessein d'étonner, ni au hasard non plus. Le poète obéit à un instinct merveilleux. Une sorte de divination particulière lui fait trouver à tout instant quelque forme insolite qui rendra mieux que toute autre ce qu'il a senti. Ces étrangetés, je n'en essaierai point une étude méthodique. J'en note quelques-unes, un peu au hasard. — Comme le poète est agité toujours, il préfère aux vers de nombre pair, plus solides et plus calmes, ceux de nombre impair, dont l'allure a je ne sais quoi de dévié et de troublé. Il aime surtout le vers de onze syllabes et celui de treize, qui ne sont point rythmiques en eux-mêmes, qui n'existent, si je puis dire, que par allusion à l'alexandrin. Le vers de onze syllabes est un alexandrin incomplet, inquiet, tressautant. Il est admirablement propre à exprimer les inquiétudes sensuelles :

> *C'est la fête aux Sept Péchés : ô qu'elle est belle !*
> *Tous les Désirs rayonnaient en feux brutaux ;*
> *Les Appétits, pages prompts que l'on harcèle,*
> *Promenaient des vins roses dans des cristaux.*

> *Et la bonté qui s'en allait de ces choses*
> *Était puissante et charmante tellement*
> *Que la campagne autour se fleurit de roses*
> *Et que la nuit paraissait en diamant.*

Le vers de treize syllabes est un alexandrin allongé, abandonné, et, si l'on osait dire, vautré. Il exprimera merveilleusement l'espèce d'abandon où l'on se plaît après les excès des sens :

> *Ah ! vraiment c'est triste, ah ! vraiment, ça finit trop mal.*
> *Il n'est pas permis d'être à ce point infortuné.*
> *Ah ! vraiment c'est trop la mort du naïf animal*
> *Qui voit tout son sang couler sous son regard fané.*

— Comme le poète a des instants d'infinie langueur, il lui arrivera de faire rimer les mots avec eux-mêmes ; et cette négligence calculée aura je ne sais quel charme de nonchalance et d'épuisement. — Comme il passe rapidement et par sauts d'un sentiment à un autre, il fera volontiers alterner dans ses pièces un quatrain de rimes toutes masculines avec un quatrain de rimes toutes féminines. — Comme sa pensée

est extrêmement mobile, il supprimera toute liaison entre
ses phrases ; et, comme toujours quelque secousse subite le
traverse, il les coupera d'exclamations imprévues. — Enfin,
il introduira dans la versification française un procédé nouveau pour elle, ou à peu près : l'assonance. Il aura des asso-
nances mystérieuses, qui achèveront la pensée comme en un
rêve :

> *Voici que la nuit vraie arrive...*
> *Cependant jamais fatigué*
> *D'être inattentif et naïf*
> *François les bas bleus s'en égaie.*

Il en aura d'exaspérées, où palpitera toute la folie du
désir :

> *Dans un palais, soie et or, dans Ecbatane,*
> *De beaux démons, des Satans adolescents,*
> *Au son d'une musique mahométane*
> *Font litière aux Sept Péchés de leurs cinq sens.*

J'oserai dire qu'il est, avec Ronsard et Hugo, le plus grand
inventeur que nous ayons eu dans le rythme et la langue.
Seulement, les inventions de Hugo et de Ronsard étaient
bonnes pour tous ; et les siennes ne sont bonnes que pour
lui. Elles ne sauraient servir qu'à exprimer des états très
spéciaux, des frissonnements de tout l'être, des alanguisse-
ments absolus. Merveilleuses entre ses mains, elles sont inu-
tiles à tout autre. Ç'a été la folie de toute une école que de
les vouloir employer.

CHRONOLOGIE

1844. — *30 mars* : naissance de Paul-Marie Verlaine à Metz, ville de garnison de son père, alors capitaine au Génie.

1851. Le capitaine Verlaine démissionne ; après divers séjours de garnison dans le midi (Montpellier, Sète, Nîmes), installation de la famille Verlaine à Paris, aux Batignolles.

1853. — *17 avril* : naissance de Mathilde Mauté, future femme de Verlaine.

— *Octobre* : le jeune Paul est interne à l'Institution Landry, rue Chaptal. Il y restera jusqu'en 1862.

1854. — *20 octobre* : naissance d'Arthur Rimbaud.

1855. — *Octobre* : Verlaine entre au Lycée Bonaparte (futur Condorcet) tout en restant interne à l'Institution Landry.

1858. — *12 décembre* : premiers vers connus : « La mort », envoyés à Victor Hugo.

1862. — *16 août* : Verlaine est reçu bachelier ès lettres.

— *Octobre* : inscription à la Faculté de Droit, dont il fréquente peu les cours.

1863. — *Août* : premier poème publié, « Monsieur Prudhomme », sous le pseudonyme de Pablo, dans la *Revue du progrès moral, littéraire, scientifique et artistique* de Louis-Xavier de Ricard. Verlaine rencontre les futurs poètes parnassiens (Coppée, Heredia), mais aussi Banville, Villiers de l'Isle-Adam.

1864. — *Janvier* : Verlaine est employé à la Compagnie d'assurances « L'Aigle et le Soleil réunis ». En mai, il renonce à poursuivre ses études et entre comme expéditionnaire à la mairie du IXe arrondissement. Il rencontre Mendès, Glatigny, Dierx, Mérat, Vallade.

1865. — *1er janvier* : Verlaine est « expéditionnaire de l'ordonnancement » à la Préfecture de la Seine.

— *2 novembre* : premier article de critique, dans lequel Verlaine s'en prend à Barbey d'Aurevilly ; suivra, dans la même revue (*L'Art*), une longue et importante étude sur Baudelaire, ainsi que deux poèmes, « J'ai peur dans les bois » et « Nevermore ».

— *30 décembre* : mort du Capitaine Verlaine.

1866. — *28 avril* : la 9e livraison du *Parnasse contemporain*, « recueil de vers nouveaux » publié par Alphonse Lemerre, libraire au passage Choiseul et futur éditeur de Verlaine et des Parnassiens, contient huit poèmes de Verlaine.

— *20 octobre* : achevé d'imprimer des *Poèmes saturniens*, premier recueil de Verlaine, publié à compte d'auteur chez Alphonse Lemerre.

1867. — Verlaine entame une collaboration à plusieurs revues et journaux (*L'Étendard, L'International, Le Hanneton, La Revue des lettres et des arts*) dans lesquels il publie des poèmes de genres et d'esthétiques très différents.

— *Octobre* : l'éditeur de Baudelaire, Auguste Poulet-Malassis, publie clandestinement à Bruxelles le second recueil de Verlaine, *Les Amies*, sous le pseudonyme de Pablo de Herlagnez.

1868. — *6 mai* : le tribunal de Lille ordonne la destruction des *Amies*.

1869. — *20 février* : achevé d'imprimer des *Fêtes galantes*.

— *Juin* : Verlaine rencontre Matilde Mauté par l'intermédiaire du demi-frère de celle-ci, le musicien Charles de Sivry.

— *Juillet* : pris de boisson, il tente de tuer sa mère. De Fampoux (Pas-de-Calais), où il séjourne chez son oncle, il demande la main de Mathilde à Charles de Sivry.

— *Août-septembre* : Verlaine envoie des poèmes à Mathilde, alors en vacances en Normandie. Ils formeront l'embryon de *La Bonne Chanson*. En octobre, la demande en mariage est formalisée et les fiancés se fréquentent régulièrement.

1870. — *12 juin* : achevé d'imprimer de *La Bonne Chanson*. Le recueil ne sera mis en vente qu'en 1872.

— *19 juillet* : déclaration de guerre à la Prusse.

— *11 août* : mariage de Paul et Mathilde à Clignancourt.

— *4 septembre* : chute de l'Empire et proclamation de la République. Verlaine fait partie de la Garde Nationale pendant le siège de la Capitale.

1871. — *18 janvier* : mort de Lucien Viotti (ancien condisciple de Charles de Sivry) que Verlaine avait rencontré en 1868 et de qui il s'était épris.

— *18 mars* : proclamation de la Commune de Paris. Verlaine, dont les sympathies vont vers les insurgés, travaille au bureau de la presse à l'Hôtel de ville. Le 28 mai, défaite de la Commune et rétablissement de l'« ordre ».

— *11 juillet* : Verlaine est révoqué. En août, le couple s'installe chez les Mauté.

— *Septembre* : Rimbaud entre en contact avec Verlaine et lui envoie des vers. Son arrivée à Paris et sa liaison avec Paul va, entre autres, précipiter la fin du ménage Verlaine.

— *30 octobre* : naissance de Georges, fils unique de Paul et Mathilde.

1872. — *Mai* : Verlaine écrit une partie des *Ariettes oubliées* (*Romances sans paroles*)

— *Juillet-août* : Verlaine et Rimbaud partent pour la Belgique ; Mathilde tente en vain de ramener son mari à Paris.

— *8 Septembre* : les deux amis sont à Londres. Verlaine y restera jusqu'en avril 1873.

1873. — *19 mai* : Verlaine tente en vain de faire imprimer les *Romances sans paroles* en Angleterre ; il envoie le manuscrit du recueil à Lepelletier.

— *Juillet* : Verlaine, qui avait regagné Londres avec Rimbaud en mai, quitte l'Angleterre pour Bruxelles ; il supplie Rimbaud de venir le rejoindre. Le 10 juillet, ivre, il tire deux coups de revolver sur son ami, le blessant au poignet.

— *11 juillet-24 octobre* : Verlaine est incarcéré à la prison des Petits-Carmes, à Bruxelles ; il prépare le service de presse des *Romances sans paroles* et envoie à Lepelletier quelques-uns des poèmes du futur *Cellulairement*.

— *8 août* : condamnation de Verlaine à deux ans de prison ferme par le tribunal correctionnel de Bruxelles, confirmée en appel le 27 août.

— *25 octobre* : Verlaine est transféré à la maison d'arrêt de Mons.

1874. — *Mars* : parution des *Romances sans paroles*, imprimées à Sens par l'entremise de Lepelletier. Verlaine reçoit ses exemplaires en prison le 27 mars.

— *24 avril* : le tribunal de la Seine prononce la séparation de corps et de bien entre Verlaine et sa femme.

— *Mai-août* : crise religieuse : Verlaine demande la communion. Il envoie à Lepelletier dix « Vieux Coppées » et dix sonnets religieux, le tout destiné à *Cellulairement*.

1875. — *16 janvier* : libération de Verlaine. En février, dernière rencontre avec Rimbaud en Allemagne. Verlaine est le dépositaire du manuscrit des *Illuminations*.

— *Mars* : départ pour l'Angleterre ; Verlaine enseigne à la « grammar school » de Stickney (Lincolnshire). Il rencontre Germain Nouveau à Londres.

— *Mai-octobre* : Verlaine envoie les poèmes de *Cellulairement* à Delahaye puis à Germain Nouveau. Il entame *Sagesse*.

1876. Verlaine enseigne à Stickney, Boston et Bornemouth. Il passe ses vacances en France, chez sa mère.

1877-1878. En octobre 1877, il regagne la France et obtient un poste de professeur à l'Institution Notre-Dame à Rethel (Ardennes) ; il s'éprend d'un de ses élèves, Lucien Létinois.

1879. Son contrat n'ayant pas été renouvelé, Verlaine quitte Rethel pour Londres avec Létinois.

1880. — *Mars* : Verlaine achète une ferme à Juniville (Ardennes) qu'il entend exploiter avec Lucien. L'affaire périclitera rapidement, et la propriété sera revendue à perte deux ans plus tard.

— *Décembre* : publication de *Sagesse* à compte d'auteur chez Palmé, éditeur des Bollandistes : Verlaine a démembré le manuscrit de *Cellulairement*, dont 16 pièces sur 44 paraissent dans son nouveau recueil. Il est surveillant dans un collège à Reims, où Létinois fait son service militaire.

1882. — *Juillet* : Verlaine, qui a quitté les milieux littéraires parisiens depuis une dizaine d'années, tente de refaire sa rentrée : il publie deux poèmes dans *Paris-Moderne*, revue dirigée par Léon Vanier, son futur éditeur. Il essaye en vain de réintégrer son poste à l'Hôtel de Ville.

— *10 novembre* : « Art poétique », qui faisait partie de *Cellulairement*, paraît dans *Paris-Moderne* ; le poème suscite une polémique dans *La Nouvelle Rive gauche* (future *Lutèce*) qui contribue à attirer l'attention des nouvelles écoles sur Verlaine.

1883. — *7 avril* : mort de Lucien Létinois.

— *30 juillet* : Madame Verlaine achète une ferme à Coulommes (Ardennes), dans laquelle elle s'installe avec son fils en septembre.

1884. — *Mars* : *Les Poètes maudits* (Vanier). Ce volume, mais aussi une page élogieuse que consacre Huysmans à Verlaine dans *À rebours*, contribue à établir peu à peu la notoriété du poète.

— *30 novembre* : parution de *Jadis et naguère* (Vanier) : le recueil contient 14 pièces issues de *Cellulairement*.

1885. — *Mars* : vente à perte de la ferme de Coulommes. Verlaine est condamné à un mois de prison pour coups et menaces de mort contre sa mère.

— *Juin* : Verlaine et sa mère s'installent définitivement à Paris.

— *Novembre* : début de la publication d'une série de biographies littéraires dans la collection *Les Hommes d'aujourd'hui*.

1886. — *21 janvier* : mort de Madame Verlaine. Son fils, souffrant d'une ankylose au genou, ne peut assister aux funérailles.

— *Avril-mai* : Verlaine rencontre le dessinateur Frédéric-Auguste Cazals, de qui il s'éprend.

— *Juillet* : premier séjour de Verlaine à l'hôpital (Tenon).

— *Octobre* : *Louise Leclercq* (Vanier).

— *Novembre* : *Les Mémoires d'un veuf* (Vanier). Le 5, Verlaine entre à l'hôpital Broussais. Il y restera jusqu'au 13 mars de l'année suivante.

1887. Malade et sans ressources, Verlaine fait de nombreux séjours à l'hôpital (19 avril – 16 mai à Cochin ; 16 mai – 12 juillet à Vincennes ; 12 juillet – 9 août à Tenon ; 9 août – 9 septembre à Vincennes ; 20 septembre – 20 mars 1888 à Broussais). En septembre, rencontre avec Philomène Boudin, prostituée, qui devient sa maîtresse.

1888. — *7 janvier* : important article de Jules Lemaitre dans la *Revue bleue*. La critique officielle reconnaît peu à peu la place de Verlaine dans le mouvement littéraire contemporain.

— *Mars* : *Amour* (Vanier). Verlaine, sorti de l'hôpital, organise des « mercredis » littéraires fréquentés.

— *Août* : 2ᵉ édition augmentée des *Poètes maudits*, où

figure une étude sur « Pauvre Lelian », c'est-à-dire sur Verlaine lui-même.

— *Novembre* : *Paul Verlaine,* par Charles Morice (première monographie consacrée à Verlaine). Le 17, Verlaine rentre à nouveau à Broussais, qu'il quittera le 19 février 1889.

1889. — *Juin* : parution de *Parallèlement* (Vanier) ; le recueil contient 7 pièces issues de *Cellulairement*.

— *Juillet-août* : du 8 au 18 août Verlaine est à Broussais ; du 20 août au 14 septembre il est en cure à Aix-les-Bains ; du 19 septembre au 19 février, nouveau séjour à Broussais. Il entretient une relation avec Eugénie Krantz, ex-courtisane et amie de Philomène Boudin.

1890. — *Juin-novembre* : séjours à l'hôpital (19 juin – 22 juillet à Cochin ; 22 juillet – 11 septembre à Vincennes ; 12 septembre – 23 novembre à Broussais).

— *Décembre* : *Dédicaces* (Bibliothèque artistique et littéraire) ; *Femmes* (imprimé sous le manteau [Bruxelles, Kistemaekers]).

1891. — *9 janvier-6 février* : séjour à l'hôpital Saint-Antoine.

— *19 mars* : réponse de Verlaine à l'enquête de Jules Huret sur l'évolution littéraire.

— *18 avril* : Verlaine préside le banquet de *La Plume*.

— *21 mai* : spectacle au bénéfice de Verlaine et de Gauguin au Théâtre d'Art : parmi les pièces représentées, *Les Uns et les autres* de Verlaine, publiée dans *Jadis et naguère* en 1884.

— *Mai-juin* : parution de *Bonheur* (Vanier), *Les Uns et les autres* (Vanier), *Choix de poésies* (Bibliothèque-Charpentier).

— *Novembre* : *Mes hôpitaux* (Vanier). Verlaine est une nouvelle fois à Broussais (du 31 octobre au 20 janvier 1892). Le 10, mort de Rimbaud à Marseille.

— *Décembre* : *Chansons pour elle* (Vanier).

1892. — *Mars* : *Liturgies intimes* (Bibliothèque du Saint-Graal). Verlaine remet le manuscrit de *Hombres* à son éditeur (publication clandestine posthume, 1904).

— *11 août-7 octobre* : séjour à l'hôpital Broussais.

— *2-14 novembre* : tournée de conférences en Hollande (La Haye, Leyde, Amsterdam).

— *Décembre* : séjour à l'hôpital Broussais, du 19 décembre

au 17 janvier 1893. À sa sortie de l'hôpital, Verlaine loge chez Eugénie.

1893. — *Février-mars* : tournée de conférences en Belgique (Charleroi, Bruxelles, Anvers, Liège, Gand).

— *Mai-juin* : *Élégies* (Vanier), *Odes en son honneur* (*id.*), *Mes prisons* (*id.*). Verlaine, dont l'état de santé empire, est hospitalisé à Broussais du 14 juin au 3 novembre. À sa sortie, il rejoint Philomène.

— *4 août* : Verlaine est officiellement candidat à l'Académie française (fauteuil de Taine).

— *8-9 novembre* : conférences à Nancy et à Lunéville.

— *Novembre-décembre* : tournée de conférences en Angleterre (Londres, Oxford, Manchester). Publication de *Quinze jours en Hollande* (Blok-Vanier). Il rejoint Eugénie.

1894. — *Mai* : Verlaine est hospitalisé à Saint-Louis du 1er mai au 10 juillet. Publication de *Dans les limbes* (Vanier).

— *Août* : Verlaine est élu Prince des poètes à la mort de Leconte de Lisle. Un comité de poètes et de personnalités s'engage à lui verser une pension mensuelle.

— *Décembre* : le 1er, Verlaine entre à l'hôpital Bichat, qu'il quittera le 21 janvier 1895. Publication d'*Épigrammes* (Bibliothèque artistique et littéraire) et nouvelle édition de *Dédicaces* (Vanier).

1895. — *Mai* : *Confessions* (Publications du « Fin de siècle »).

— *Septembre* : Verlaine s'installe en ménage avec Eugénie.

1896. — *8 janvier* : mort de Verlaine, rue Descartes. Les funérailles ont lieu le 10, et le cortège funèbre est suivi par plusieurs milliers de personnes ; le poète est inhumé au cimetière des Batignolles.

BIBLIOGRAPHIE[1]

1. ÉDITIONS

A. Œuvres et œuvres complètes

Œuvres complètes, introduction d'Octave NADAL, études et notes de Jacques BOREL, texte établi par Henry DE BOUILLANE DE LACOSTE et Jacques BOREL, Club du meilleur livre, 2 vol., 1959 et 1960.

Œuvres poétiques complètes, texte établi et annoté par Yves-Gérard LE DANTEC, Gallimard, coll. Bibliothèque de la Pléiade, 4e éd., 1954 ; édition revue, complétée et présentée par Jacques BOREL, Gallimard, coll. Bibliothèque de la Pléiade, 1962 ; éd. augmentée, 1989.

Œuvres poétiques, textes établis avec chronologie, introductions, notes, choix de variantes et bibliographie par Jacques ROBICHEZ, Classiques Garnier, 1969 ; éd. revue, Dunod, coll. Classiques Garnier, 1995.

Œuvres en prose complètes, éd. Jacques BOREL, Gallimard, coll. Bibliothèque de la Pléiade, 1972.

Poésies (1866-1880), texte présenté et commenté par Michel DÉCAUDIN, Imprimerie nationale, coll. Lettres françaises, 1980.

Œuvres poétiques complètes, édition présentée et établie par Yves-Alain FAVRE, Laffont, coll. Bouquins, 1992.

B. Recueils isolés

Fêtes galantes, La Bonne Chanson, Romances sans paroles, avec introduction et notes de V. P. UNDERWOOD, Manchester, Éditions de l'Université de Manchester, 2e éd. révisée, 1963.

---

1. Le lieu d'édition n'est pas mentionné lorsqu'il s'agit de Paris.

Romances sans paroles, ed. by David HILLERY, London, University of London-The Athlone Press, coll. Athlone French Poets, 1976.

Fêtes galantes, La Bonne Chanson, Romances sans paroles, écrits sur Rimbaud, chronologie, préface, notes et archives de l'œuvre par Jean GAUDON, Garnier-Flammarion, coll. G-F, 1976.

Cellulairement, édition présentée par Jean-Luc STEINMETZ, s.l., Le Castor astral, coll. Les inattendus, 1992.

2. CORRESPONDANCE

Correspondance de Paul Verlaine, éd. Ad. VAN BEVER, Messein, 3 vol., 1922, 1923, 1929 et Genève, Reprint Slatkine, 1983.

ZAYED, Georges, *Lettres inédites de Verlaine à Cazals*, avec une introduction, des notes et de nombreux documents inédits, Genève, Droz, 1957.

VERLAINE, Paul, *Lettres inédites à Charles Morice,* publiées et annotées par Georges ZAYED, Genève-Paris, Droz-Minard, 1964 ; 2ᵉ éd. Nizet, 1969.

VERLAINE, Paul, *Lettres inédites à divers correspondants*, publiées et annotées par Georges ZAYED, Genève, Droz, 1976.

3. ORIENTATION BIOGRAPHIQUE

LEPELLETIER, Edmond, *Paul Verlaine : sa vie, son œuvre*, Mercure de France, 1907 (2ᵉ éd., 1923) et Genève, Reprint Slatkine, 1982.

CAZALS, F.-A. et LE ROUGE, Gustave, *Les Derniers Jours de Paul Verlaine*, Mercure de France, 1923.

DELAHAYE, Ernest, *Verlaine*, Messein, 1923 et Genève, Reprint Slatkine, 1982.

EX-MADAME PAUL VERLAINE, *Mémoires de ma vie* (1935), préface [et notes] par Michael Pakenham, Champ Vallon, coll. Dix-neuvième, 1992.

PETITFILS Pierre, *Verlaine*, Julliard, coll. Les vivants, 1981.

BUISINE, Alain, *Verlaine : histoire d'un corps*, Tallandier, coll. Figures de proue, 1995.

4. Iconographie

Verlaine : documents iconographiques, avec une introduction et des notes par François Ruchon, Genève, Cailler, coll. Visages d'hommes célèbres, 1947.

Album Verlaine, iconographie choisie et commentée par Pierre Petitfils, Gallimard, coll. Bibliothèque de la Pléiade, 1981.

Paul Verlaine : portraits (peintures, dessins, photographies), Librairies Giraud-Badin et Jean-Claude Vrain, [1994].

5. Instruments

Tournoux, Georges, *Bibliographie verlainienne*, Leipzig, Rowohlt, 1912.

[Talvart, H. et Place, J.], *Bibliographie des auteurs modernes de langue française : Paul Verlaine* [en fiches], Henry Goulet, 1926.

Van Bever, Ad. et Monda, Maurice, *Bibliographie et iconographie de Paul Verlaine,* Messein, 1926 et Genève, Reprint Slatkine, 1991.

Paul Verlaine, *Poèmes saturniens*, *Fêtes galantes*, *La Bonne Chanson*, *Romances sans paroles*, *Sagesse : Concordances, index et relevés statistiques*, Larousse, coll. Documents pour l'étude de la langue littéraire, 1973.

Verlaine, textes choisis et présentés par Olivier Bivort, Presses de l'Université de Paris-Sorbonne, coll. Mémoire de la critique, 1997.

6. Études

Martino, Pierre, *Verlaine,* Boivin, 1924 ; nouvelle éd., 1951.

Adam, Antoine, *Le Vrai Verlaine,* Genève, Droz, 1936 et Genève, Reprint Slatkine, 1972

Bruneau, Charles, *Verlaine,* CDU, coll. Les cours de Sorbonne, 1950.

Adam, Antoine, *Verlaine*, Hatier-Boivin, coll. Connaissance des lettres, 1953.

Richer, Jean, *Paul Verlaine,* Seghers, coll. Poètes d'aujourd'hui, 1953 ; nouvelle éd., 1975.

Richard, Jean-Pierre, *Poésie et profondeur*, Le Seuil, 1955 [« Fadeur de Verlaine », 1953].

UNDERWOOD, V. P., *Verlaine et l'Angleterre*, Nizet, 1956.

NADAL, Octave, *Paul Verlaine,* Mercure de France, 1961.

ZAYED, Georges, *La Formation littéraire de Verlaine,* Genève-Paris, Droz-Minard, 1962 ; 2e éd. Nizet, 1970.

CUÉNOT, Claude, *Le Style de Paul Verlaine,* CDU, 2 vol., 1963.

BORNECQUE, Jacques-Henry, *Verlaine par lui-même*, Le Seuil, coll. Écrivains de toujours, 1966.

ZIMMERMANN, Éleonore M., *Magies de Verlaine,* Corti, 1967 et Genève, Reprint Slatkine, 1981.

ROBICHEZ, Jacques, *Verlaine entre Rimbaud et Dieu*, SEDES, 1982.

CORNULIER, Benoît de, *Théorie du vers : Rimbaud, Verlaine, Mallarmé*, Le Seuil, coll. Poétique, 1982.

MOUROT, Jean, *Verlaine,* Nancy, Presses universitaires, 1988.

WHITE, Ruth, *Verlaine et ses musiciens*, Minard, coll. La Thésothèque, 1992.

AGUETTANT, Louis, *Verlaine,* préface de Jacques Lonchampt, L'Harmattan, coll. Les Introuvables, 1995.

7. COLLECTIFS

Europe : Verlaine, no 545-546, septembre-octobre 1974.

La Petite Musique de Verlaine : « Romances sans paroles », « Sagesse », SEDES-CDU, 1982.

Cahiers de l'Association internationale des études françaises : Verlaine, no 43, mai 1991.

L'École des lettres (second cycle) : Paul Verlaine, éd. Steve Murphy, no 14, juillet 1996.

Dix-neuf/vingt : Verlaine, éd. Bertrand Marchal, no 4, octobre 1997.

Spiritualité verlainienne, éd. Jacques Duffetel, Klincksieck, coll. Actes et colloques, 1997.

Verlaine 1896-1996, éd. Martine Bercot, Klincksieck, coll. Actes et colloques, 1998.

Verlaine et les autres, éd. Maria Luisa Premuda Perosa, Pisa, ETS, 1999.

Verlaine à la loupe, éd. Jean-Michel Gouvard et Steve Murphy, Champion, 2000.

Verlaine, éd. Pierre Brunel et André Guyaux, Presses de l'Université de Paris-Sorbonne, coll. Colloques de la Sorbonne, 2002.

Revue Verlaine, parution annuelle (n° 1, 1993).

Index des titres et des incipit

Ah ! Seigneur, qu'ai-je ? Hélas ! me voici tout en larmes, 277
Ah ! vraiment c'est triste, 159
Almanach pour l'année passée, 153
À ma femme en lui envoyant une pensée, 165
Amoureuse du diable, 249
A Poor Young Shepherd, 129
À propos d'une chambre, rue Campagne-Première à Paris, en janvier 1872, 283
Aquarelles, 117
À qui de droit, 197
Ariettes oubliées, 69
Assez des Gambettards ! Ôtez-moi cet objet, 179
Au lecteur, 135
Au temps où vous m'aimiez (bien sûr ?), 165
Aussi bien, pourquoi me mettrai-je à geindre ?, 111
Aussi, la créature était par trop toujours la même, 284
Avec les yeux d'une tête de mort, 151
Autre, 141

Beams, 131
Berceuse, 147
Birds in the night, 107
Bouquet à Marie, 259
Briques et tuiles, 93
Brûle aux yeux des femmes, 197
Bruxelles - Chevaux de bois, 101
Bruxelles - Simples fresques I, 97
Bruxelles - Simples fresques II, 99

Ce n'est pas de ces dieux foudroyés, 135
Certes, si tu le veux mériter, Mon fils, 273
C'est le chien de Jean de Nivelle, 81
C'est l'extase langoureuse, 71
Charleroi, 95
Chevaux de bois, 101 et 279
Child Wife, 127
Crimen amoris, 211 et 285

Dame souris trotte, 139
Dans l'herbe noire, 95
Dans l'interminable/ Ennui de la plaine, 87
Dans un palais, soie et or, dans Ecbatane, 211 et 285
Dans une rue, au cœur d'une ville de rêve, 161
Dansons la gigue !, 123
De la musique avant toute chose, 193
De toutes les douleurs douces, 169
Depuis un an et plus je n'ai pas vu la queue, 189
Don Juan pipé, 229
Don Juan qui fut grand seigneur en ce monde, 229
Du fond du grabat, 201

Elle voulut aller sur les flots de la mer, 131
Endiguons les ruisseaux, les prés burent assez, 191
Entends les pompes, 163
Et pour récompenser ton zèle en ces devoirs, 275
Et vous voyez bien que j'avais raison, 109

Final, 267

Green, 119

Il faut M'aimer. Je suis Ces Fous que tu nommais, 271
Il faut M'aimer ! je suis l'universel Baiser, 269
Il faut, voyez-vous, nous pardonner les choses, 77
Il parle italien avec un accent russe, 249
Il pleure dans mon cœur, 75
Images d'un sou, 169
Impression fausse, 139

J'ai peur d'un baiser, 129
J'ai répondu : « Seigneur, Vous avez dit mon âme..., 267

Je devine, à travers un murmure, 73
Je ne sais pourquoi, 145
Je suis né romantique, 183
Je suis venu, calme orphelin, 149
Je vous vois encor ! En robe d'été, 113
Je vous vois encor. J'entr'ouvris la porte, 113
Jésus m'a dit « Mon fils, il faut m'aimer..., 267

Kaléidoscope, 161

La bise se rue à travers, 153
La chanson de Gaspard Hauser, 149
La cour se fleurit de souci, 141
La fuite est verdâtre et rose, 97
La grâce, 219
La petite marquise Osine est toute belle, 239 et 288
L'aile où je suis donnant juste sur une gare, 185
L'allée est sans fin, 99
L'Art poétique, 193
Las ! je suis à l'Index, 181
Le ciel est, par-dessus le toit, 281
Le piano que baise une main frêle, 79
Les choses qui chantent dans la tête, 157
Les écrevisses ont mangé mon cœur, 281
Le sonnet de l'homme au sable, 284
Les passages Choiseul aux odeurs de jadis, 175
L'espoir luit comme un brin de paille, 155
L'impénitence finale, 239 et 288
L'ombre des arbres dans la rivière embrumée, 89
Les roses étaient toutes rouges, 121

Malines, 105

Ô Belgique qui m'as valu ce dur loisir, 187
Ô chambre, as-tu gardé les spectres ridicules, 283
Ô la rivière dans la rue !, 125
Ô triste, triste était mon âme, 85
Or, je ne veux pas, — le puis-je d'abord ?, 111

Par instants je suis le pauvre navire, 115
Parfums, couleurs, systèmes, lois !, 283

Puis, va ! Garde une foi modeste en ce mystère, 275
Pauvre âme, c'est cela !, 277
Paysages belges, 91
Pour charmer tes ennuis, 173

Réversibilités, 163

Seigneur, c'est trop ! Vraiment je n'ose, 271
Seigneur, j'ai peur. Mon âme en moi tressaille toute, 273
Simplement, comme on verse un parfum, 259

Spleen, 121
Streets I, 123
Streets II, 125
Sur les eaux, 145

Tournez, tournez, bons chevaux de bois, 101 et 279
Tu ne parles pas, ton sang n'est pas chaud, 282

Un cachot. Une femme à genoux, en prière, 219
Un grand sommeil noir, 147
Un pouacre, 151

Vers les prés, le vent cherche noise, 105
Vers Saint-Denis c'est bête et sale la campagne, 177
Via dolorosa, 201
Vieux Coppées, 173
Voici des fruits, des fleurs, des feuilles et des branches, 119
Vous n'avez pas eu toute patience, 109
Vous n'avez rien compris à ma simplicité, 127

Walcourt, 93

Table des illustrations

Page de titre de la première édition (1874) de *Romances sans paroles*. © BNF, Paris.................. 65

Dédicace à Arthur Rimbaud. © Bibliothèque littéraire Jacques Doucet/Suzanne Nagy..................... 68

Fac-similé de *Green*. Collection particulière, Genève 116

Verlaine et Rimbaud à Londres. © Bibliothèque littéraire Jacques Doucet/Suzanne Nagy..................... 132

La Grâce publié dans *La Libre Revue littéraire et artistique* (1er janvier 1884) 220

Mandat de dépôt à l'encontre de Verlaine (11 juillet 1873). © Bibliothèque royale de Belgique.......... 278

Table

Introduction 5
    Romances sans paroles 5
    Cellulairement 28

Notes sur l'établissement du texte 45
    Romances sans paroles 45
    Cellulairement 53
    Abréviations 63

ROMANCES SANS PAROLES

Ariettes oubliées
      I. *C'est l'extase langoureuse* 71
     II. *Je devine, à travers un murmure* .. 73
    III. *Il pleure dans mon cœur* 75
    IV. *Il faut, voyez-vous,...* 77
     V. *Le piano que baise une main frêle* 79
    VI. *C'est le chien de Jean de*
        Nivelle 81
   VII. *Ô triste, triste était mon âme* 85
  VIII. *Dans l'interminable* 87
    IX. *L'ombre des arbres...* 89

Paysages belges
    Walcourt 93
    Charleroi 95
    Bruxelles — Simples fresques
           I. *La fuite est verdâtre...* 97
          II. *L'allée est sans fin* 99
    Bruxelles — Chevaux de bois 101
    Malines 105

Birds in the night

   Vous n'avez pas eu toute patience 109

   Et vous voyez bien que j'avais raison.... 109

   Aussi bien, pourquoi me mettrai-je à geindre ? 111

   Or, je ne veux pas, — le puis-je d'abord ? 111

   Je vous vois encor. J'entr'ouvris la porte. 113

   Je vous vois encor ! En robe d'été 113

   Par instants je suis le pauvre navire...... 115

Aquarelles

   Green 119

   Spleen 121

   Streets

      I. *Dansons la gigue !* 123

      II. *Ô la rivière dans la rue !* 125

   Child Wife.. 127

   A Poor Young Shepherd........................ 129

   Beams 131

Cellulairement

Au lecteur 135

Impression fausse.. 139

Autre 141

Sur les eaux 145

Berceuse.. 147

La chanson de Gaspard Hauser 149

Un pouacre... 151

Almanach pour l'année passée

      I. *La bise se rue à travers* 153

      II. *L'espoir luit...* 155

      III. *Les choses qui chantent...* 157

      IV. *Ah ! vraiment c'est triste*............. 159

Kaléidoscope.. 161

Réversibilités.. 163

À ma femme en lui envoyant une pensée 165

Images d'un sou... 169

Vieux Coppées

      I. *Pour charmer tes ennuis...* 173

Table 351

   II. *Les passages Choiseul...* 175
  III. *Vers Saint-Denis c'est bête et*
      sale... 177
  IV. *Assez des Gambettards !...* 179
   V. *Las ! je suis à l'Index...* 181
  VI. *Je suis né romantique...* 183
 VII. *L'aile où je suis.* 185
VIII. *Ô Belgique.* 187
  IX. *Depuis un an et plus...* 189
   X. *Endiguons les ruisseaux* 191
L'art poétique. 193
À qui de droit 197
Via dolorosa. 201
Crimen amoris 211
La grâce 219
Don Juan pipé 229
L'impénitence finale 239
Amoureuse du diable 249
Bouquet à Marie 259
Final
    I. *Jésus m'a dit : « Mon fils... »* 267
   II. *J'ai répondu : « Seigneur... »* 267
  III. *— Il faut M'aimer ! je suis l'uni-*
      versel Baiser... 269
  IV. *— Seigneur, c'est trop !...* 271
   V. *— Il faut M'aimer. Je suis Ces*
      Fous. 271
  VI. *— Seigneur, j'ai peur.* 273
 VII. *— Certes, si tu le veux mériter.* 273
VIII. *— Ah ! Seigneur, qu'ai-je ?...* 277
  IX. *Pauvre âme, c'est cela !* 277

APPENDICE

Chevaux de bois (version de *Sagesse*) 279
Le ciel est, par-dessus le toit 281
Les écrevisses ont mangé mon cœur. 281
ΙΗΣΟΥΣ ΧΡΙΣΤΟΣ ΘΕΟΥ ΥΙΟΣ ΣΩΤΗΡ 282
À propos d'une chambre, rue Campagne-Pre-
   mière 283
Parfums, couleurs, systèmes, lois ! 283

Le sonnet de l'homme au sable 284
Crimen amoris (*2e version*) 285
L'impénitence finale (*2e version*) 288

VARIANTES

1. Romances sans paroles 293
2. Cellulairement 301

DOSSIER

Réception de l'œuvre
    1. Émile Blémont (1874) 323
    2. Karl Mohr (1882) 323
    3. Paul Verlaine (1882) 325
    4. Jean Mario (1883) 326
    5. Edmond Lepelletier (1887) 328
    6. Jules Tellier (1888) 330

Chronologie 333
Bibliographie 340
Index des titres et des incipit 344
Table des illustrations 348

Composition réalisée par NORD COMPO

Imprimé en France sur Presse Offset par

BRODARD & TAUPIN

GROUPE CPI

La Flèche (Sarthe).
N° d'imprimeur : 10569 – Dépôt légal Édit. 13223-01/2002
LIBRAIRIE GÉNÉRALE FRANÇAISE - 43, quai de Grenelle - 75015 Paris.

ISBN : 2 - 253 - 16075 - X   ✛ 31/6075/1